天砚

TIAN YAN

范小青

长篇小说系列

FAN XIAO QING

人民文学出版社

图书在版编目(CIP)数据

天砚/范小青著.—北京:人民文学出版社,2015
(范小青长篇小说系列)
ISBN 978-7-02-010992-0

Ⅰ.①天… Ⅱ.①范… Ⅲ.①长篇小说—中国—当代 Ⅳ.①I247.5

中国版本图书馆CIP数据核字(2015)第120555号

责任编辑　包兰英
装帧设计　陶　雷
责任印制　史　帅

出版发行　人民文学出版社
社　　址　北京市朝内大街166号
邮政编码　100705
网　　址　http://www.rw-cn.com

印　　刷　北京季蜂印刷有限公司
经　　销　全国新华书店等

字　　数　210千字
开　　本　680毫米×1000毫米　1/16
印　　张　18.25　插页3
印　　数　1—5000
版　　次　2016年10月北京第1版
印　　次　2016年10月第1次印刷

书　　号　978-7-02-010992-0
定　　价　33.00元

如有印装质量问题,请与本社图书销售中心调换。电话:010-65233595

第一部

一

　　如果马乐始终没有机会到地脉岛去,他就有可能永远也不知道爷爷的底细,或者说他永远就会把由许多人共同伪造编纂的爷爷的经历信以为真。
　　可是偏巧让马乐有了这样一个机会,偏巧马乐跑到太湖中心的这个很小的孤岛上去了,所以爷爷的底细就真相大白。
　　爷爷的底细真相大白,对于马乐来说是不是有什么很大的意义呢?好像没有。唯一的意义就是使马乐明白,他的根是在太湖中的一个孤岛上而不是在对面的一个半岛上,这算不了什么。但是了解爷爷的底细,对马乐来说毕竟是一个意外的收获。当然,马乐最初的感觉不是兴奋而是气恼,是一种上当受骗的感觉,然后他却笑起来,他觉得事情有点滑稽。
　　马乐是为了一个案子到地脉岛去的,而事实上爷爷的底细和这个案件是完全不相干的两回事。
　　这是一桩由兄弟单位转过来的案件。
　　事情经过是这样的:
　　福建省某市公安局在侦破一桩人命案的过程中,发现这个杀人案件是几个走私犯之间因为分赃不均斗殴引起的。根据已经缉拿归案的罪犯的交代以及其他线索,在杀人一事之外,又提供了以下情况:这个走私团伙向外走私的途径主要是海上渔船的交易,而不是走海关进出口,走私的文物、古董,有相当数量的货是由吴长根提供的,吴长根是两个被害者之一。根据回忆,死者生前曾多次吹嘘,他的货是从江浙沪一带农村中低价收购来的,据说吴本人便是当地农民。

这里就有疑点,江浙沪一带农村并非偏僻闭塞之地,民间至今还留有相当数量的古董,这样的说法是否可信?再则,江浙沪农村的农民无疑早已经被现代的风吹醒了脑筋,他们拱手把价值千金甚至价值连城的货三钱不值两钱地卖给吴长根,这样的说法同样值得怀疑;还有其他一些经不起推敲的地方,比如据同案犯反映吴长根平时几乎整年待在福建,偶尔回家一次,时间必定不长,他的那些货,如果是在回家的短时间内弄到的,这就让人怀疑,他是不是还有内线,都是很有背景的。

进一步的调查结果,证实了两点:其一,吴长根系太湖地脉岛人氏;其二,太湖地脉岛是一块闭塞的孤地。

这两点虽然不能说明更重要的问题,但也足以使办案人员为之振奋。他们数次深入到地脉岛去,结果却一无所获。

这个进展不下去的案子就转到地脉岛所归属的这个城市的公安局。那边因为人命案已经结案,似乎不想再啃这块硬骨头,而这边可能觉得这块骨头并不硬,而且还是相当有肉的,所以一拍即合。

早就有迹象表明,有人在打地脉岛的主意。地脉岛上确实有货。过去湖匪曾把地脉岛当作赃窝,加之地脉岛上有不少大户人家,不可能没有些宝物散落在民间,况且地脉岛这许多年来,一直是较为封闭的,只是在最近的一两年,才有人注意上这个小岛。

接下来就是领导向马乐交办这个案子。

二十七岁的马乐第一次独立办案。把这个案子交给马乐,是因为马乐比起别人来至少有两个以上的有利条件。

马乐毕业于一所警察学校,在毕业鉴定上,有这样一段话,认为毕业生马乐对于文物鉴赏有较强的能力。这就注定了马乐在今后漫长的侦查生涯中,少不了和走私犯打交道。为什么别人的鉴定上没有这样的话,偏偏马乐有这样的评语呢?这就很难弄明白了。因为据马乐和他的同学回忆,在校期间,包括实习期间,马乐并没有表现出这方面异常才能,也许班主任为了使四十几个学生的评语不至于单调重复而临时加上去的,或者,班主任希望他的每一个学生都具有某一方面的特长,这也是可能的。

反正这句评语现在就成了马乐办案的有利条件之一。

另一个条件是这样的,据说地脉岛的土话十分难懂,从地理位置上讲,地脉岛属吴语区无疑。在吴语区范围内,语言交流一般没有什么特别大的障碍,比如苏州人听无锡话,无锡人听常州话,常州人听上海话,上海人听宁波话,基本上都能听明白的。但问题是地脉岛从距离上讲在太湖中心,离半岛并不很遥远,但地脉岛的土话却是十分独特奇异的,一般吴方言区的人难以听懂,所以归入吴语区比较牵强,又很难确定应该属哪个方言区。这就说到马乐的有利条件。马乐的老家在与地脉岛相距七八里的南山半岛上,地脉岛上的人要出远门,第一站就是南山,所以时间长了,南山人对地脉岛古怪的土话便也略知一二,比如马乐的爷爷马顺昌在家里讲话,常常就会冒出几句地脉岛的土话来。

这是马乐的有利条件,这一点别人也无疑义。

所以马乐接了这个案子。

事情就是这样，很简单也很自然。

马乐在吃晚饭的时候，跟家里人说明天出发。他没有说到什么地方去，也没有人问他，吃过饭他就到单建平宿舍里去。单建平是派给马乐的助手，警校的应届毕业生，是马乐的师弟。马乐站在集体宿舍的走廊上，敲了半天门，单建平才来开，马乐看见宿舍里有一个姑娘。

单建平介绍说："我的同学，同班的，分在省公安厅。"

马乐对她点点头，笑笑。

单建平接着又说："她没有来过，明天想转一转园林。"

马乐说："好吧，反正先去摸摸底，我一个人去也行。"

单建平和那个姑娘对视一眼。

马乐板了脸说："不过你小子不要张扬，头儿知道了要叫我吃搁头的。"

单建平只是笑了一下，并没有表现出对他感激涕零甚至没有表现出一点感谢的样子。

归根结底单建平是不把这件案子放在眼里。单建平属于那种拿得起放得下甩得开的人，应该说马乐也是这一类的人，不过马乐因为参加工作时间比单建平长了几年，好像就变得有点沉重了。

这就开始进入正文。

正文开始的时候，马乐已经到了地脉岛。他是乘坐地脉岛村的班船上岛的，班船是一艘旧木船，船尾安个柴油机，通常称之为机动船。从前在太湖里经常发生翻船的事，这是毫无疑问的。在江南水乡这样的水网地区，船的利用率相当高，当然用船用得越多，翻船事故就越多，这样的推理听起来也无可非议，所以回过来说地脉岛,常常有船在太湖中翻沉,似乎也不足为奇。传说有一次岛上拆了一座庙,几天之间连翻三船,这样的说法恐怕多少有一点心理因素和迷信色彩,连翻三船的事是有的,拆庙的事也是有的,把这两件事联系起来,无疑和迷信有关。在早已经有了水泥船甚至又已经有了钢铁船的现在,仍然用一艘旧木船做班船,这就是迷信的结果。可以为这条旧木船编出很多很多的不同的故事,但有一点可以肯定,故事的主题应该是一致的:这条旧木船吉利。

班船的航行时间是这样的:第一天早上七点开船,如果风平浪静,一般在八点半到达对岸南山陆港码头,这时候进城办事的人正好赶上八点四十分开往城里的县郊班车。倘若遇上风大浪大的时候,班船就要提早半小时开。船到达陆港码头,就停在那里,一直到第二天下午四点,启程回岛,出来办事情的人一两天之间该办的事都办了,该买的东西都买了,跟船回家,一切安排得十分合理方便,但问题是这种合理和方便仅仅是为岛民安排的。反过来,倘若有人要上岛办事或采购什么,这样的航行时间就变得十分不合理,并且不方便了。他们在第一天下午将近傍晚的时候才能到达小岛,而隔夜一大早班船就要开出来,这里边的空隙太短,时间过于紧凑。倘若跟下一班船出岛,就要停整整两天。当然,虽说这种不合理性显而易见,而事实上并没有什么人提出是否把航班时间稍作调整或者其他什么建议,因为上岛办事的人毕竟很少。

这是深秋某月月初,马乐坐了班船上地脉岛,这一套航行时间他是事先详细了解过的,所以他在南山没有停留很长时间。马乐之所以没有告诉家里人包括爷爷他到什么地方出差,主要是怕爷爷要他到南山山湾里去看什么乡里乡亲。除了解航班时间外,为了工作方便,他还阅读了有关地脉岛的一些文字资料。文字资料介绍,古书上说:地脉就在这座小岛下面。地脉岛上有一个洞穴,直潜水底,深不可测,并且无所不通。怎么个通法呢?据说是"东通王屋,西达峨眉,南接罗浮,北连岱岳",所以号称地脉。

恐怕不会有人相信这样的说法,这种说法几乎就是古代寓言式的。马乐也不会相信。也许在很古的时候,确实有过这样的洞穴,但是从很古的时候到现在,其中只要有一次小小的地震或者一次小小的海啸,地形就会改变,洞穴就会塌没。古代神话曾经说天上有十个太阳,现在不是只有一个嘛。

马乐是去破案子的,不是去考古,也不是去勘探,他对那种无稽之谈极不感兴趣。

在班船尾上的柴油机停止吼叫的时候,地脉岛就到了。马乐在看了一个多小时白茫茫的湖水之后,突然看到一片绿洲,精神为之一振。然后他看见小码头周围的橘树上长满了黄橘子。小码头上站了许多大人小孩,他们都朝他看,这一点在船上已经明白,因为这一趟班船带回来的只有马乐一个岛外人。

有几个人走过来从船老大手里接过一只大口袋,蹲在地上分邮件报纸,这肯定是各个村民组派来的人,这一点在船上也已经弄明白了。这种蹲在小码头分邮件的情形,引起了马乐的某种回忆,某种熟悉的情绪,他好像在什么地方也见到过类似的情景,其实是没有的。以马乐的年纪,不会有插队支边的经历。他高中毕业考入警校,警校毕业参加工作,事实就是这样。他不可能见到在某一个边远的偏僻的地区闭塞的农民等待外面信息的情景。

分完邮件报纸,其中有一个中年人就过来问马乐找谁,马乐听他们的话,并不难懂,甚至还有一种亲切的感觉,这无疑归功于爷爷。

马乐说:"我找村支部书记吴小弟。"

又问:"你是哪里的?"

马乐说:"我是县民政局的。"

他们就笑起来,看得出比较开心,也比较放松。马乐冒充民政局的,主意是县公安局的老王教唆的。马乐现在很感激老王。

中年人就问船老大:"小和尚呢?他昨天跟船出去的。"

船老大摸摸头,说:"哎呀,我倒忘记了,小和尚怎么没有回来呢?我是等到四点才走的。"

马乐又报出第二个名字:"叶炳春在不在?"叶应该是村上的治安委员。

几个人插嘴说:"叶炳春,跑单帮,不认得回转了。"

马乐有点失望,报出第三个名字:"马惠根。"

小码头上的人一齐笑起来,有人说:"马惠根坐月子。"

马乐说:"是女的?"

他们又哈哈大笑,没有人回答他的问题。

马乐有点尴尬,最先和他搭话的中年人说:"你先住下来再说吧,住村招待所。"他回头喊一个半大的孩子,"狗三,领他到三娘娘那里去。"再回头对马乐说,"你跟他去,吃啦住啦,房东会关照的,房东姓叶。"

马乐说:"你是村干部吧?"

旁边的人又笑,说:"他是外拆生意人。"

马乐不明白外拆生意人是什么意思。

叫狗三的小孩领着马乐到村招待所去。

所谓村招待所也就是岛民的一般私人房屋,多搭几张小床,这一点马乐是有思想准备的。

假如马乐是一位充满激情的诗人,这时候他坐在农家的小床上,对着小油灯,听着窗外北风呼啸,很有可能触动灵感,写下一首好诗。假如马乐是一个贪图享受、及时行乐的现代青年,这时候他坐在农家的小床上,看着乌黑的帐子和被子,听着房东在土灶上煮饭,他也许会很沮丧,会后悔这一趟小岛之行。假如马乐是一个多愁善感的失恋的少女,这时候他坐在农家的小床上,孤零零地看着墙上挂着的农家的全家福照片,他大概会因为孤独忧伤而潸然泪下。可惜马乐不是,马乐是一个侦查员,这时候他坐在农家小床上,既没有很多的激情,也不至于多愁善感,他无疑在思考下一步的行动,也就是在村支部书记不在场的特殊情况下,他应该怎么办。

这时候女主人三娘娘走过来,捧了几个橘子,说:"先吃点橘子,晚饭马上就好。"

看马乐剥了橘子,三娘娘朝他笑笑,就出去了。三娘娘看上去四十出头,看得出来年纪轻的时候是个很漂亮的女人,现在仍然很有风韵。

后来晚饭弄好了,马乐到客堂一看,一张大圆桌,放了两菜一汤,都是小碗,一个炒青菜,一条巴掌大的鲫鱼,一碗韭菜蛋汤,放了一双筷子。

马乐问三娘娘:"你呢?"

三娘娘说:"这是你的,我们自己另外吃,是规矩。"

马乐自然要遵守规矩。

三娘娘站在旁边,看马乐吃,一边和他说话:"今天来不及买肉了。"

马乐就顺她的话题说:"你们这里买肉,去哪里买?"

三娘娘告诉他:"一般岛上隔几天总有人家杀猪,可以买一点,或者到南山去买。"

马乐指指碗里的鱼问:"这鱼是你们自己打的?"

三娘娘摇摇头,说:"买的,渔船上买的,我们岛上的人不捉鱼,不会捉的。"

到马乐吃完,三娘娘的家里仍然只有她一个人,马乐问:"你家里人呢,都不在?"

三娘娘点点头。

马乐又问:"你男人呢?"

三娘娘做了个手势。

马乐明白她的意思,说:"麻将。"

三娘娘吃饭的时候,马乐要出去转转。天已经完全黑了,什么也看不清,只知道到处是狗,马乐走了几步就被两只狗缠住了。马乐觉得扫兴,退回来。三娘娘说:"不要紧的,我们这里的狗不咬人。"

马乐笑起来,他并不是怕狗。

三娘娘也笑笑说:"真的,这个岛上是有仙气的,老鼠不吃谷,蛇不咬人的,我们老屋里有几条大蛇,养乖的,不吓人的。"

马乐又笑。

三娘娘说:"你不相信,我讲桩事情你听。有一回外面行过一只大船,装粮食的,碰上大风停到这里来,船上带过来一只黄鼠狼,短命黄鼠狼爬到岛上就昏头昏脑了,又逃到船上去,终究是不敢上来,你讲是不是仙气?"

马乐说:"是仙气。你们岛上一只黄鼠狼也没有?"

三娘娘说:"那自然,我们这里家家养兔子,长毛兔,从来没有黄鼠狼拖的。"

马乐突然叹了口气,说:"你们的吴书记今天没有回来,我还要等两天。"

三娘娘没有说话,马乐看她好像有点异样,不过他没有很在意。

后来三娘娘问:"你找他什么事情?"

马乐说:"民政上的事,拥军优属的事情了解一下。"

三娘娘"哦"了一声,马乐试探她说:"吴长根你晓得吧?"

三娘娘听了这个名字,果然愣了一下,说:"他死了,你问他干什么?"

马乐说:"他不是当过兵吗?"

三娘娘不动声色地"嗯"了一声,但是马乐却看出来,她开始起疑心。她究竟为什么起疑心,是不是她或者她家里的人和吴长根有什么关系,或者有什么亲属关系,或者有仇,也是可能的。

马乐就犯了一个小错误。他因为兴趣来了,并没有很在意三娘娘的态度,也没有考虑过三娘娘应该是怎样的一种人。他继续试探她,问她知道不知道吴长根是怎么死的,是什么原因死的。

当然马乐很快就意识到自己的过失,他从三娘娘急剧变色的脸上看到了自己的过失,他意识到自己犯了急躁病。到这时候他才想起老奸巨猾的头儿关照他的话。

让三娘娘提高了警惕,就是马乐暴露自己的开始,当然马乐并不是搞地下斗争,暴露真实身份也不至于惹来杀身之祸牢狱之灾,无非给侦破工作增加一点难度罢了。马乐还年轻,第一次独立办案,应该允许他犯一点错误,这样他才会比较快地成熟起来。

马乐的过失导致的第一个结果是三娘娘急急忙忙地出去了。

三娘娘出去以后,进来一个年轻人,马乐认识,全家福照片上有他。他是三娘娘的第二个儿子,三娘娘告诉过马乐他叫坤林。

坤林看见马乐一个人坐在他家里,也不问是什么人,做什么的,只是很随便地点点头,自顾到灶屋盛了饭吃,这至少说明三娘娘家确实具有了招待所的性质,因为和小码头上的人集中注意力看他的情形相比,坤林就是见过世面的了。

马乐和他搭讪,说:"忙啊?"

坤林说:"不忙。"

马乐看他很诚恳很实在的样子,又忍不住要问他什么,这时候三娘娘和她的男人一起回来了。

三娘娘是个偏高的女人,她的男人却是又矮又小,面黄肌瘦。这个委顿的男人一进门就对三娘娘发号施令:"你这个女人,泡杯茶给马同志吃。"

三娘娘去泡了茶来,就和坤林一起退出去,这无疑意味着这个男人在家里至高无上的权威,这使马乐心中突然很有感触,这大概就是"夫权",在城市里几乎灭绝。

三娘娘男人自我介绍:"我叫叶炳南。"

马乐说:"哦,你和叶炳春是兄弟?"

叶炳南说:"不是。"

马乐说:"差一个字。"

叶炳南笑起来,说:"我们岛上,同名同姓也很多呢。比如叶炳南就有三个,比如吴小弟有四个。"

马乐也笑,说:"怎么搞得清?"

叶炳南说:"搞得清,都有绰号,比如书记吴小弟,叫起来就叫小和尚吴小弟,后山的吴小弟,叫杀坯吴小弟。"

马乐问:"你呢,你叫什么?"

叶炳南不好意思地笑笑,说:"我叫干瘪枣叶炳南。"

马乐忍不住笑出声来,这个绰号真是形象得很。

乱扯了几句,叶炳南就问:"马同志,听说你是来调查吴长根的事情?"

问得直截了当,马乐承认也不好,不承认也不好,只好含含糊糊地"嗯"了一声。

叶炳南说:"其实我们和吴长根无仇无怨,无亲无故,不搭界的。不过,我这个人就是爱多管闲事,你住到我屋里,我总归要关照点的,你倘若相信我,我就劝你一句,吴长根的事情你不要去问,问不出名堂的。上次来了个公安局的,南边来的,也是来弄吴长根事情的,我也跟他讲,他不相信,结果呢?你是民政上的人,你又不靠吴长根的事情吃饭。"

马乐问:"吴长根的事情为什么弄不清爽?"

叶炳南说:"这种事情不是三句两句讲得明白的,里边根根底底的事情,你们外面人也不要听,听了又没有什么用场。"

当然,马乐也明白这种所谓根根底底的事情,什么地方都有,如果没有这样一个侦破任务,他确实是不想听,但问题是这些根根底底的事情中,也许就有吴长根走私案的蛛丝马迹甚至重大线索呢。

一方面马乐很想听,一方面叶炳南不肯讲,所以马乐就要采取声东击西、诱其上当的办法。

马乐说:"你们村里,姓叶的和姓吴的很多,对吧?"

马乐曾经从一些书中获取过这样的印象和间接经验,家族矛盾,常常是一系列矛盾的关键。

叶炳南果然被诱惑,可是他的话使马乐有点吃惊。他说:"姓叶的和姓吴的是不少,不过我们岛上大部分人家不姓叶也不姓吴,姓马,和你同姓。"

这就和文章一开始提到的爷爷的事情有点靠近了,但这时候马乐还一无所知,当然叶炳南也是一无所知。

叶炳南看马乐不响,又说:"还有很少几家外姓,是网渔船上来定居的。"

马乐突然萌生了一个念头,假如把地脉岛的岛史了解一下,哪怕了解一个大概,必定是件有益的事,所以他问叶炳南村里有没有史志一类的书。叶炳南想了一想,说了两个人的名字,说他们那儿可能有,因为他们有很多书。

这两个人一个叫冯仲青,另一个叫潘能。

这就引出了两个人物来。叶炳南显然不是个主角,他只起一点穿针引线的作用,至于冯仲青和潘能是不是主角,也许是,也许不是,这要看故事的发展,要看马乐的思路朝哪个方向发展。

叶炳南自告奋勇帮马乐借书,可是转一圈回来说没有。

马乐问是不是不肯借,叶炳南坚持说不是不肯借,确实是没有。看马乐失望的样子,他说:"你要是很想听,我讲点给你听听。我知道你们这种人,到我们岛上来,总要挖点什么东西去的。其实,也没有什么,三大姓马、叶、吴不大和睦,这是用不着讲的。再说,也是从前的事情了。从前马家是通匪的,你知道从前太湖上土匪很多。叶家通官,叶家是大家族,官僚地主多,叶家从前有人在苏州府里做官,还有京官。吴家是穷酸瘪三,无依无靠,不过到后来,就不一样了,苦人翻身,吴家就掌权了,村里大大小小的干部全是吴家人做的。"

马乐问:"马家叶家吃瘪了?"

叶炳南说:"马家倒还好,叶家顶吃瘪。"

马乐又问:"为什么马家还好?土匪没有了,马家还有什么靠山呀?"

叶炳南笑一笑,笑得意味深长,说:"六十年风水轮流转。"

马乐说:"怪不得你们村支部书记姓吴。"

叶炳南又笑一笑,说:"这你就不明白了,吴小弟不姓吴,姓马,从前叫马小弟,马小弟是招女婿改姓吴的,你有数儿了吧。"

马乐当然有数儿,并且当然听得出,作为最吃瘪的叶家人,叶炳南对马家和吴家是有点看法的。

这天夜里,谈话到此结束了。叶炳南说从前他没有讲过这么多内幕给外人听,但马乐觉得这话很难确定它的真实性。

夜里马乐做了一个很不好的梦,梦见吴长根抹了一脸血,对他说:"你不要来惹我。"

马乐被这个梦惊醒,看看手表,才半夜,他闷头继续睡,这时候就听见外面很远的地方,据马乐当时的判断好像是湖面上传来的声音,喊救命喊了好多声。马乐坐起来,听见房东没有动静,再听喊救命的声音,没有了。

到第二天早上,马乐起来,看见三娘娘在烧早饭,马乐心神不定地问她,夜里有没有听见喊救命,是不是湖里的船遭了水祸。

三娘娘摇摇头,说:"不是人,是落水鬼,天天喊的。"

马乐自然以为三娘娘开玩笑,可是看三娘娘的脸很严肃,没有笑意,马乐就有点悚然。

坤林在天井里刷牙,笑起来,说:"你怕落水鬼?"

马乐说:"哪有落水鬼,我是听见有人喊了,是湖上传来的声音,恐怕是有船……"

坤林说:"就是有船遇到什么事,喊也没有用,我们岛上有规矩,不救落水的人。落水的人是湖神要的,不能不给。"

说完,坤林又笑,马乐也笑起来,三娘娘却说:"是这样的,你们不要笑。"

马乐看见叶炳南从外面进来,说:"这么早就出去了?"

叶炳南说:"昨天夜里小和尚回转了。"

马乐说:"怎么可能,怎么回来的?"

坤林说:"这有什么,南山那边船多的是,只要有钱,雇一条就是,还有豪华游艇。"

马乐发现这一家人,至少是父子俩,对吴小弟都没有什么好感。可是吴小弟怎么会同意把村招待所办在他们的家里呢,他应该想到这个招待所实在是外来人了解地脉岛的一个窗口,这是吴小弟的策略还是有别的什么原因呢?

吃过早饭,马乐就去找支书吴小弟。

二

这样就把事情从引线人物叶炳南以及他的家人那里引到吴小弟这边来了,因为已经明白吴小弟既叫吴小弟又叫马小弟,这也许暗示着吴小弟是一个重要角色。

在去吴小弟家的路上,马乐还来得及把思路理一理,他决定向村支部书记如实相问。冒充民政局的人,因为吴长根是复员军人,所以要了解吴长根的情况,这样的说法也许能混过叶炳南、三娘娘,却绝对混不过吴小弟。不管吴小弟是什么样的人,马乐相信这个人一定是主要人物。当然这只是一种预感,马乐既没有根据,也没有这方面的经验。

马乐在理清思路的时候,却迷失了道路,他在一大片橘树林里晕头转向,脚下好像有好多条小路,又好像一条路也没有。不过马乐并不着急,橘林里有好多人在采摘橘子,他可以向他们问路,但他没有问,他觉得自己思路还不够清楚,行动方案还不够明确,他还需要在橘林里再转一转。

后来他钻出这片橘林,发现已经到太湖边了。他站在一块小土坡上,太湖水就在脚底下,拍打冲击着芦苇。这里没有人,也不见有停泊的渔船,有一只叫不出名的青色大鸟飞过,扑棱扑棱地扇动翅膀。

这无疑是岛上比较冷僻的一角,马乐很快发现除他以外,还有一个人。

是一位老人,也许不算太老,看上去六十左右,他低头在寻找什么东西,花白的头发被太阳照得有点耀眼。

马乐走过去,问:"你在找什么?"

老人显然吃了一惊,但他并没有发愣,很快说:"找什么?找宝贝。"

他的声音很大,震得马乐耳朵有点发涨。马乐狐疑地看着他。

老人走过来,马乐看见他手里捏着一把小锤子。老人把锤子放进口袋,问马乐是什么人,哪里来的。

马乐含糊地说是县里的。

老人眼睛突然一亮,说:"你是县里的?你是专门来找我的吧?你是文管会的?"

马乐摇摇头,说:"不是。"

老人有点泄气，说："我想也不可能是。"随即又振作精神，说，"你是县里的，不管哪个部门的，都一样，你们县里我去过，县政府、县委、县文管会、文教局、县文联、宣传部，我都去找过他们，他们都支持我的，我跟你汇报。"

马乐支吾了一下，和一个言行举止异常的老人说话，自然小心为妙，马乐说："我还有事，我要去找……"

老人说："是的是的，你们有公事要办。这样吧，晚上我来找你，你是住在叶炳南那里吧？我的事情，讲三天三夜也讲不完的，吃过夜饭我来找你。"

马乐只好先答应。

老人又说："你是去找吴小弟吧？我领你去。"

马乐连忙说："不用不用，请你指个方向，我自己去。"

老人说："我也要找他。你不要怕我，我没有神经病，只是有点神经质，我是钻了牛角尖。"

马乐有点不好意思，说："看上去你不是本地人。"

老人说："怎么不是？是的。我原先在初小做老师，做了三十几年，你听我的声音响吧，就是喊出来的。现在老了，做不动了，我女儿做。我女儿师范毕业，原本派她在镇上中学教书的，她自己要回来接替我，幸亏了她，别人是不肯到岛上来教小人读书的。"

马乐听了这话有点感动，可一时却不晓得说什么好，就随便地问了一句："你女儿叫什么名字？"

老人说："潘梅，我叫潘能，我女儿叫潘梅。"

马乐说："你就是潘能啊？"

潘能高兴地说："我当然是潘能，你晓得我的事情吧？"

马乐说:"听说你有很多书。"

潘能点点头,说:"有的有的。"

马乐问:"有没有关于地脉岛的历史方面的资料?"

潘能说:"有。"

这就使马乐怀疑起叶炳南来,马乐说:"能借给我看看吗?"

潘能说:"不能。"

马乐问:"为什么?"

潘能说:"还在我的笔记本上,地脉岛的历史必须由我来写,我还没有写完呢。"

马乐忍不住笑了。这时候潘能手往前一指,说:"喏,你看那边有一座亭子,叫唯亭。为什么叫唯亭?你不知道吧。《吴地记》上记载:吴王阖闾十年,东夷冠吴,吴王结亭于此,以御东夷,故名。"

马乐忍住笑,说:"你很精通,能背出来。"

潘能说:"这是我的饭碗。我从前的饭碗是教书,现在教师不做了,我重新捧一只饭碗。"

马乐问:"什么?"

潘能说:"考古。"

马乐笑笑,说:"地脉岛是一个孤岛,吴王御东夷,怎么跑到岛上来了,是不是误传?"

潘能正色,说:"那是三千年前的事情,你敢肯定那时候地脉岛一定就是一座岛吗?我说可能是一块陆地,也可能是一座半岛呢,东夷是浙江那一带,地脉岛的东南方向就是浙江嘛。"

亭子在半山腰,马乐走过去看看,亭子外面有一块大的石碑,一面写着"状元潮"三个字,另一面密密麻麻地记载着有关状元潮的说明,内容大致如下:据方志记载,该地元潮汐,宋绍兴年间方有之。有的诗称:"缓缓微潮至,听来恰有声。"可见潮并不很大。另有诗则称:"鼍吼轰雷翻见阙,蛟腾随云映奎星。"那样的潮势就很大了。相传,有一道人云游至此,曰:"潮到唯亭出状元",人以为是吉谶,信疑参半,口耳相传。有人便于亭北筑了一座问潮馆,以识其语,不料此谶果然有应,太湖区内宋明清皆有人状元及第,独占鳌头。从此,不但唯亭身价倍增,改为状元亭,连潮汐也被称为状元潮,并被列为古太湖八大景之一,成为历代骚人墨客争相赋诗题咏的对象。

马乐说:"可惜这些状元都不是出生在地脉岛上,地脉岛上有没有出过状元?"

潘能说:"不管从前有没有出过,现在出一个我,也不算太迟,范进也是六十中举嘛。"

马乐又笑起来。

他们一边走一边说,到了一个岔路口,潘能说:"喏,那个担挑子的,就是小和尚。"

马乐抬头往前看。

在一条小路上,吴小弟光着脚,挑着一大担粪,把扁担压得吱吱呀呀地响,这种形象似乎至少应该是一二十年以前农村干部的形象。马乐想不到吴小弟以这样的形象出现,他没有预料到吴小弟已经六十出头,并且其貌不扬,五短身材,罗圈腿,秃顶。他的绰号"小和尚"恐怕和他的秃顶有关。

马乐上前打招呼。

吴小弟笑笑,放下猪粪担子,说:"我是吴小弟。"

潘能在边上说:"小和尚,我的事情你怎么说法?"

吴小弟说:"潘老师,你不要急。"

潘能说:"我怎么不急。"

吴小弟说:"你先去吧,回头有空我再跟你讲。"

潘能说:"好,我先走,我跟你说你不要赖皮,县长叫你支持我的。"

吴小弟一边答应一边让马乐进屋,马乐看看那担猪粪,吴小弟说:"不急。"

马乐跟吴小弟进门,看看他家的房子,问:"你没有造新房子?叶炳南家三大间。"

吴小弟说:"他们有钱,他们家做的人多,五个强劳力,死做。"

这句话就使马乐起了一点疑心,也可能马乐在几年侦查工作中养成了怀疑一切的习惯。他认为这句话里有许多漏洞,其一,他认为死做是做不出很多钱来的,这当然也不只是他的看法,这是中国农村几十年之经验教训。其二,吴小弟为什么要强调死做,是不是在隐瞒其他什么,比如"活做"? 其三,吴小弟没有造新房子果真是家中劳动力少的原因吗? 其四,这话和叶炳南的儿子说的有钱雇船的事似乎对不上号,两个人中必定有一个说了假话。那么究竟是叶还是吴在说谎呢? 这等等疑点当然并无根据。马乐疑神疑鬼草木皆兵,作为一个侦查员不能不说是一种尽职的表现,自然是有益无害。但是作为一个年轻的男人,却显得小气了一点,俗称小肚鸡肠。所以从马乐的本意来讲他并不喜欢这种职业习惯。

马乐坐下,吴小弟泡了茶,说有什么事要关照一下,出去了。这样,马乐就有时间稳定一下情绪,很快,他发现他坐在这个位置上,同时有五个窟窿对着他。这五个窟窿实际上是五扇门,但这五扇门都没有门板,所以严格地说只能算是门洞。这间屋子里有六个门洞,其中只有一个装了门板,所以,这时候给马乐的感觉就是有五个黑咕隆咚的窟窿对着他。说黑咕隆咚是因为房间里光线比较暗,这同样使马乐觉得奇怪,一间有六扇门的屋子,为什么还给人光线不足的感觉呢?一个人坐在一个完全陌生的地方,四周有五六个黑窟窿,对一般的人来说恐怕会带来某种情绪上的不安,而对一个从事公安侦查工作的警察来说,会带来什么样的情绪变化呢?

马乐的情绪无疑是有波动的,他先是想到,江浙沪一带的农民住房,一般都是三开间七檩屋或三开间九檩屋,现在虽然又有了一层二层和三层的区别,但三开间的形式基本没变,当然不排除少数农民造了公寓式的小洋楼,用铝合金门窗,用高级瓷砖贴外墙,用进口木料做护墙板,用琉璃瓦盖房顶等等。这种小洋楼内部也可能变化多端、玲珑巧妙,如果有一间房间有六扇门,也是可能的,这无疑是农民露富的一种方法。问题是现在吴小弟的房子是破陋的旧宅,不存在和造价十几万几十万的小洋楼类比的前提条件,所以这里的六扇门确实是令人费解的。马乐在想过这些问题以后,就想是不是应该观察一下这幢旧房子的全貌,他轮流朝那五个黑窟窿窥探,就发现坐在他这个位置上,看不见这五个门洞背后的任何东西。

如果这时候五个窟窿里或者其中一两个窟窿里有人在看马乐,马乐是一无所知的。

后来吴小弟走进来,说:"吃茶。"

马乐问他:"你这房子什么时候造的?"

吴小弟说:"有年头了,还是我女人的爷爷那时候造的,算起来没有一百年也有八九十年了。"

马乐说:"这房子的结构很奇怪啊。"

吴小弟说:"我们这里的老房子,都是这种格式,房间里套房间,朝外的房间全不开窗,所以暗,大部分房子是靠山的,你看。"

吴小弟领马乐走到一个门洞边上。马乐发现门洞里边又是一间房间,房间里也有五六扇门。吴小弟推开其中一扇,后面是一个天井,养了不少花木盆景,天井里也有几扇门。吴小弟又开了其中一扇,这才到了外面,开出门来,果真就是山脚了。

马乐说:"这种格式的房子,是不是有什么讲究?"

吴小弟笑了,说:"当然有讲究有道理的。从前太湖上土匪多,防土匪的,门多,好逃人,土匪来了,开了后门就逃到山上去。"

吴小弟和马乐回到前面房里,吴小弟指指那扇关着的门,说:"你看看这扇门,这是一扇假门。"

马乐走过去,用手摸摸那扇门,才发现是画在墙上的一扇假门,因为画得很像,再加上光线暗,很容易让人上当。

吴小弟笑眯眯地说:"这间房间还有一扇门,你看不出吧。"

马乐摇摇头。

吴小弟走到一个竹橱前,拉开竹橱门,里面是一个洞。

马乐很惊讶,说:"现在用不着了。"

吴小弟朝他看看,说:"现在是用不着了,现在造房子,也全是三开间了。"

对马乐来说,关于房子的谈话,当然是闲话,但有时候闲话并不闲,至少马乐在谈论中对吴小弟就有了新的认识,他觉得其貌不扬的村支书性格是温和的,待人热情、诚恳,也比较直爽,感觉不出有对陌生人的隔阂。现在马乐要马上认定他是可以信赖的人也许为时过早,但有关房子的闲话,吴小弟事实上已经给马乐留下了一个比较好的印象。

马乐拿出介绍信和证件给吴小弟看。

吴小弟看了介绍信,叹了口气,说:"吴长根,唉。"

下面就是吴小弟讲的吴长根的故事。

吴长根是个孤儿。吴长根的父母在吴长根三岁时,遭水难而亡。吴长根从小吃了不少苦,基本上是岛上的人家一起养大了他。那时候村里也很穷,不能专门拨款照顾他、抚养他,他就东家吃到西家,大家说吴长根是吃百家饭穿百家衣长大的。他上学念书的钱,也是大家一起凑的。吴长根小时候体弱多病,三天两头生病,得了病,岛上没有条件治,送到外面医院又治不起,只能硬撑硬挺,每次吴长根病重,村里的老人就到湖神庙和观音庙求神拜佛,不知是湖神保佑,还是他命不该在病中死去,一次次都给他熬过来了。最可怕的是他十岁的时候,得了一场怪病……吴长根小时候很懂事,这和他的不幸有关,他比一般人家的小孩早熟好几年,上学读书十分用功,成绩总是名列前茅。有几次参加县里统考还拿了名次回来。潘能曾经非常喜欢吴长根,很想培养他上大学。吴长根高小和初中是在南山念的,情况怎样不很清楚,但是他带回来的成绩报告单上的分数和老师的评语表明,都是很好的。吴长根初中毕业,就回岛参加劳动,身体也好起来,他十分乐意帮助别人,比如……

但是吴长根一直很穷,家中一间破屋,始终无力修补,到了该成家立业的时候,就很伤脑筋了。吴长根的岳父母对他不怎么好,当然主要是因为他穷。吴长根的婚姻是指腹为婚的,吴长根父母死后,岳丈家曾想赖婚,由于岛上族人的坚持,才未能赖成。到吴长根十九岁,族人就为其主持了婚礼,婚礼的热闹超过了岛上任

何人家的婚事,大家都愿意出一份礼,凑一份热闹……(详情省略。此时马乐插话说,看起来吴长根人缘很好。吴小弟说,是的)

吴长根娶了老婆,木已成舟,但岳父母对他仍有偏见,吴长根心气很高,一心要出去闯天下。那时候要出去,只有当兵这条路。在当时,当兵是很吃香的,都要抢着去。第一年吴长根没有去成,第二年征兵一开始,他就跑到县里,也不知找了什么人,也不知怎么说的,人家就批准他了(马乐问,吴长根是不是能说会道?吴小弟说,恰恰相反,吴长根不善言辞)。

吴长根当兵五年,在部队表现很好,每年回来一次,但不住在自己家里,他不喜欢他的女人。

五年以后,吴长根复员回到地脉岛,这大概是他最不称心的事情了,所以他只在岛上待了半个月就出去了。我问过他在外面干什么,第一次他说,向人借了一些本钱,开了一个小饭店。第二次又说,改开服装店了。第三次问他,说在做二房东,也搞不清他到底干的什么。后来就听说他出事了……

说到这里,吴小弟停下来,吸烟,过了好一会儿没有开口,马乐于是就提问。

马乐问:"你们是不是发现吴长根很有钱?"

吴小弟点点头,说:"听说他是很有钱,但具体有多少,不清楚。"

马乐问:"你们是不是知道他在做古董生意?"

吴小弟点点头,说:"听说是的,但是我们没见他干过什么。"

马乐问:"他出去以后是不是经常回地脉岛,他回来做什么?"

吴小弟说:"不经常回来,难得回来看看大家,派派香烟,发发糖果。"

马乐问:"他有没有向岛上的人家收购什么东西?"

吴小弟说:"没有,好像没有。"

这就是吴长根。

故事节奏十分舒缓,吴小弟又尽可能地讲得详细而周全,虽然难免有点琐碎,马乐还是被这个故事吸引了。

马乐抽着吴小弟给的烟,细细地把这个故事梳理一下,后来他突然发现了一个事实:他从吴小弟讲的这个长而有趣的故事中得到了什么呢?什么也没有,在一个丰富的表面背后原本是一无所有。马乐重新注意观察吴小弟的神态,他当然看不出他是一个很狡猾的人。警校的课程中虽然有面相的内容,而事实上根据面相去判断一个人总是注定要失败的。这一点马乐和他的许多同事都深有体会。

吴小弟讲了一个丰富而又空洞的故事。

马乐明白自己已经走进了误区。

后来吴小弟说你第一次来,应该多住几天,岛上有几个风景点很不错,一般的风景区看不到这种自然风光。吴小弟说这类话的时候,马乐难免要疑心他是不是在下逐客令。

他当然不必听吴小弟指挥,他即使再年轻再没有经验,也不至于受吴小弟操纵。但吴小弟却是他工作进展顺利还是不顺利的关键。

所以马乐当机立断,继续采取诱敌深入的办法,他说:"我要赶回去,还有任务,最好今天就走,可惜班船早上已经开走了,要是昨天夜里碰到你,今天一早我就可以跟船走了。"

吴小弟果真被诱惑,他说:"你要是真有急事要走,我去看一看。今天中午可能有船出去,有橘子要运出去。"

这样马乐基本上就能吃准吴小弟确实不希望他在岛上驻留,由此马乐也就有了进一步推理的依据。

马乐和吴小弟分手,马乐回叶炳南家去吃午饭,吴小弟去联系船只。

马乐回到叶家,刚吃过饭,吴小弟就来了,进门说:"对不起,不行了,今天走不成。"

这就使马乐有点意外,他问:"怎么,没有船只出去?"

吴小弟说:"起了大风,封湖了,说有九级。"

马乐愣了一会儿,这当然在他的推理之外,他也许能靠严密的推理破掉一个案子,他却无法推测天气情况。

吴小弟说:"既然这样,你就不要急了,安心住下来吧,急也没有用,这里就是不方便的。将在外,可以不受君命。下午,你到岛上转转,晚上到我家喝酒。"

吴小弟说得很实在,安排得很周到,这倒使马乐有点不好意思了,对吴小弟的怀疑,是不是多虑了呢,也可能吴小弟根本不像他想的那样企图隐瞒什么。

马乐接受了吴小弟的建议,当然他也只能接受。

吴小弟说:"下午转转,找个人陪你,你看叫潘能还是叫冯仲青。"

马乐说:"不要了吧。"

吴小弟说:"不用客气,这是老规矩。"

马乐说:"我不熟,你决定吧。"

吴小弟说:"两个人肚皮里都有货色的。潘能太啰唆,冯仲青嘴巴又太紧,犟头,不过你要是跟他熟了,他会跟你讲的,还是叫他陪你。潘能最近好像有点那个，弄不清楚他。"

马乐跟吴小弟到冯仲青那里去，路上吴小弟说："岛上有一家姓冯的，说起来还是冯梦龙的后代呢。"

马乐觉得奇怪，问："冯梦龙是这里人吗？"

吴小弟说："我也搞不清，有人说是，有人说不是。不过冯梦龙本人大概没有来过，据说是冯梦龙的七世孙住在岛上的，现在这一脉，大概就是冯公七世孙的后人。"

他们翻过一个小山头，绕了一大圈，绕到地脉岛南端，沿太湖坐北面南有一座高大但破陋不堪的旧宅。

吴小弟在外面喊了一声："冯仲青。"

走出来的是一位年近七十的老人，淡漠地看着马乐和吴小弟。

吴小弟说："这位是市里的马同志，你陪他走走，跟他讲讲。"

马乐走上前，说："老伯，麻烦你。"

冯仲青说："不麻烦。"

吴小弟交代了一下就走了，冯仲青让马乐进屋坐。马乐跟他进去，发现大门里边的世界是很大的，进门有前院，然后是一座大庙似的建筑，左右各有两通道，通道后边有房间，东边还有一个小花园，房子虽然高大气派，可惜破旧的痕迹十分明显。

马乐不由说："这房子要是修一修就好了。"

冯仲青没有回应。

马乐问："这原来是一座庙吗？"

冯仲青说："是冯家祠堂。"

果真嘴巴比较紧，谈话就难以进行下去。马乐喝茶。冯仲青也喝茶，喝干了加水，加了水再喝。马乐觉得有点尴尬，看起来冯仲青是不会主动跟他说什么的。吴小弟把他交给这样一个人，可说是万无一失的。

所以必须要马乐主动找一点话题来讲。马乐打量四周,看见墙上有一幅书法:万事随缘了,唯有古砚忘不了。落款是"了空"。

马乐看看冯仲青,问:"冯老伯,了空是谁?"

冯仲青说:"是我。"

马乐脱口说:"你做过和尚?"

冯仲青说:"没有。"

这样开始一问一答,话题无非是讲佛教啦绘画书法啦这样的问题,马乐当然只不过略知一点皮毛,而冯仲青看上去却是深得要领。

马乐看见冯仲青桌子上放着一本影印的《易经》,马乐说:"冯老先生在看周易?"

冯仲青说:"翻翻而已,不得要领的,《易经》之精髓,一辈子也掌握不了的。"

冯仲青的话终于多了一点。

后来话题重新又回到冯家祠堂,冯仲青说冯家祠堂不光在建筑上很有特点,据一些古书记载,冯家祠堂从前是相当有名的,比如在《吴地录》上,就有这样一段文字:冯家祠堂在地脉岛之南,为冯氏七世孙所建。此处多美石,曾凿池得古砚,因名天砚堂。据传古砚上镌"天砚"二篆字,又刻有"墨憨斋主人用"等等,故疑为冯公之遗物。

这时候马乐就插了一句嘴,问这种说法是不是有根据,冯仲青说当然有根据,那方古砚就是根据。

这就提到了古砚,在故事中出现了一方砚台。有一方古砚,这说明什么呢?

万事随缘了,唯有古砚忘不了,是什么意思呢?

马乐问冯仲青是不是见过这方古砚,冯仲青说何止见过,他曾经保存了几十年。但下面的问题冯仲青不再回答了,因为马乐追问现在在哪里,他也想看一看,长长见识,倘若真是冯梦龙用过的砚台,那就是稀世之宝。

是不是冯仲青发现自己话多了,言多必失,他不肯再说什么?

马乐从冯仲青突然缄默的神情中,好像发现了什么,他好像在黑乎乎的山洞里摸索了很长时间,突然觉得眼前有一个亮点一闪,尽管不明显,忽隐忽现,但马乐相信这是一线希望的光,他是不能放弃的。他继续追问古砚的下落,冯仲青只说不见了。马乐再问怎么不见的。

冯仲青说:"君子不可强人所难。"

冯仲青有难,他的难是不是不能说出事实真相呢?

面对这样的情况,马乐的推理是这样的:如果关于古砚的说法基本属实,那么这方古砚属文物无疑,一般的人,即使得了古砚又有什么实用价值呢?所以马乐推测古砚的下落可能有两种情况,一是被收藏家收藏了,二是成了走私品,这样就和马乐的任务至少有了一点关系。至于马乐如此推理是不是牵强附会,是不是想入非非,现在还很难说。

这种推理实在是太简单也太蹩脚了,一般的人碰到这样的事,大概也会作这样的推理,这证明了这样一个事实:马乐原本是一个极普通的人,他并不比别人多一个心眼儿、多几根脑神经。

下一步该怎么走,暂时马乐还心中无数,要等事态发展,也许水到渠成,也许水向东流。

这时候冯仲青站起来,招呼马乐出去转转,这是吴小弟关照过的。

三

现在还没有迹象表明将出现和爷爷有关的内容,离爷爷还有多远呢?这很难说。离马乐要办的案子还有多远呢?这同样很难说。如果马乐走的是一条直线,那么也许很快就能直奔主题;如果马乐走了一条弯路,就可能背道而驰。当然最后终究是要结案的,但这个最终的结果也许会被许许多多另外的琐碎的事件所淹没,也可能到后来对案子本身反倒不再有很大的兴趣,而纠缠到另外的事件中去了。或者同样存在几种可能:一种可能是终于被马乐侦破一起重大案件,人命案、走私案等等;另一种可能是根本没有什么案件,吴长根在家乡地脉岛上根本没有内线或同伙。

两种结果都不奇怪,也都有可能。任何大的或小的案件都只能是生活中的极小的一部分,生活不仅由案件组成,生活也由许许多多琐碎的事件组成。即使是靠破案子吃饭的马乐这样的人,也不能简单地把自己的生活和侦破案件画等号。当然这一层意思用一句反话来说,也是同样的。也可以说生活本身恰恰是由许许多多的案件组成,每个活着的人,随时随地都在破案子。这样一想,也许就不会责怪马乐在自己走入误区的时候,又把别人也引入误区。

事实上最希望直线破案得到结果的当然是马乐本人。

用句老话叫性急吃不了热粥,所以马乐现在不急,他还要跟着冯仲青观光小岛呢。

他们沿着橘林中的小路往前走,就看到有个不大的村落,零零落落的房子,靠山面湖,林后一大片地以及山脚下到处坑坑洼洼,绿色的山坡已被挖得斑痕累累,就像人身上翻出一块块白骨。

他们走到一户人家门前,门开着,进门是一个大院子,院子里乱七八糟地堆着大大小小的石块,有十几个人,叮叮当当地敲石头,满院子灰尘。

马乐问:"他们做什么?"

冯仲青说:"做砚台,澄泥砚就是这里出产的,全国四大名砚之一。"

马乐问冯仲青:"你说的那方砚台,是不是澄泥砚?"

冯仲青说:"那是古砚。"

冯仲青说了古砚,院子里敲石头的人都笑起来,又从屋里走出来两个人,一个四十多岁,手里拿着一把凿子,身上围着围裙,看样子在里面做活。另一个二十多岁,嘴上叼一根烟,两手空空,身上也很干净,这个年轻人笑着说:"老先生,又来啦?"

冯仲青看见这个人,脸上就有一种复杂的神色,他同马乐打个招呼,转身走了。

马乐有点发愣,院子里大家又笑,说:"你追不上他的,冯先生看见洋卵子,跑得比兔子还要快。"

马乐不晓得他们岛上人与人之间的过节,自然不好随便插嘴,不过总觉得这样对待一个古稀老人,并不是一件可乐的事,而事实上马乐一开始就看不惯这个小伙子的举止言行,看他穿一件蹩脚西装,吊在肚皮上,蜡烛店小开的样子。

马乐不想和他搭讪,小伙子却走上来,说:"我认得你,你是县外贸公司的,我在外贸公司见过你,外贸公司我老去的,熟悉。"

马乐说:"我不是外贸公司的,你认错人了。"

小伙子说:"噢,对了,我弄错了,人头太多,经常要搞百叶结的。你是谢湖那里的,谢湖叫你来催砚台的。这个家伙,催煞人了。你跟他讲,砚台是硬碰硬一记一记敲出来、一刀一刀凿出来的,又不是吹出来的。"

那个和他一起出来的中年人拿凿子柄敲敲他的头,说:"你这只洋卵泡倒是吹出来的,二十岁的人,八十岁的卵。"

又是一阵大笑,马乐也忍不住笑。

小伙子等马乐笑停了,就去和他握手,说:"我叫吴中强,你是新来的吧?我见过你,不过不熟,我同谢湖熟,关系一级。"

马乐说:"我不认得谢湖。"

吴中强笑起来,说:"你认真啊,谢湖你怎么会不认得?"

别人就说:"洋卵子牛皮,活灵活现,人家不认得,你硬说人家认得,人家又不像你,要抱牢谢家里的大腿,要舔谢家里的屁股。"

吴中强说:"什么牛皮?不管谁来,总归是为砚台来的,什么牛皮?"他回头对马乐说,"走走,里边坐,这批人,不懂的,只会做。"

马乐跟他进屋,才发现屋里也有十几个人在做,看上去是第二道和第三道工序了。有的磨石头,有的用凿子在基本成形的砚台上雕花。马乐随手拿起一方已经完工的砚台看,这是一方竹形砚台,竹叶上雕了一只蜘蛛,生动逼真,极有情趣,马乐不由赞叹一声。

吴中强立即高兴地说:"怎么样,看中了吧?不过这批货不能给你,这批货谢湖订的,日本人要。你要订,先看样品,另外再谈。"

马乐再一次郑重地说:"我不是来买砚台的。"

吴中强又笑了,说:"不搭界不搭界,看看,不中意也不要紧,又不会硬叫你买,再说这一阵还来不及做呢。为了谢湖,把外贸公司得罪了。你看看,这班人,忙得脚钳起来也来不及做。"

马乐终于不再向吴中强解释什么,他也不想听吴中强介绍他的生意,所以他转守为攻,问吴中强:"听说冯仲青从前有一方古砚,你们有没有见过?"

马乐问了这句话,吴中强果真不再向他纠缠买砚台的事了。他盯着马乐看了一会儿,哈哈大笑起来,说:"你也是搞那一行的呀,倒看不出你啊。我见过玩古董的,全是老八脚,像你这样年纪的不多啊。"

到这时候马乐已经有了和吴中强打交道的经验,对吴中强自以为是的推理根本用不着解释。按自己的思想和吴中强对话,虽然要绕一点远路,但并不困难。这样马乐居然还发现了吴中强的一些可爱之处,他并不像潘能那样不让别人说话。

马乐又问:"那方古砚,也是这种澄泥砚吗?"

吴中强又一次大笑,但毕竟循着马乐的问题而答,他说:"你这个人,你们这种玩古董的人,宿笃气,你听信他呀,捧他个热屁呀,什么古砚?那是老先生自己想出来的,没有的。"

马乐自然大吃一惊:"怎么会?"

吴中强说:"老先生有毛病,神经不大正常。"

马乐说:"怎么会?我怎么看不出来?有毛病你们吴书记怎么没有说?"

旁边的人又插嘴,说:"洋卵子就是小和尚的儿子呀。"

吴中强正在说"我和他不搭界,桥归桥,路归路"之类的话,突然眼睛一亮,说:"来了!"

马上有人说:"爷来了。"

从外面进来一个人。

吴中强迎过去,叫了一声:"谢湖!"

马乐看这个被吴中强挂在嘴上的谢湖,三十多岁,瘦高个子,棱角分明的方脸,张开的嘴巴里牙齿蜡黄。

谢湖坐下来,给几个人发了烟,也给马乐,马乐接了,就有一只电热丝高级打火机凑上来。

马乐说:"谢谢。"

谢湖笑笑。

吴中强问谢湖:"刚到,汽艇怎么样?"

谢湖说:"过瘾,三刻钟。"

吴中强说:"几时我试试。"

谢湖点点头。

马乐不由问了一句:"今天湖上风大不大?"

谢湖说:"不大。"

马乐就不能不有点怀疑了。吴小弟说风大,有九级,谢湖不是上岛了吗?也可能谢湖不怕风,确实也看得出来谢湖是个比较厉害的角色,他有可能把大风当作小风。但若是封湖,船只是一律不许开航的,若没有封湖,吴小弟为什么说封湖呢?分明是要留他住下来,但一开始吴小弟又明明希望他早一点走。吴小弟是在他吃午饭的时候,出去联系船只的,也许在这段时间里他根本没有去联系什么船只,而是跑到一个什么人那里去商量对策了,然后他改变了主意,决定留他住下来,所以骗他起大风封湖了。现在的情况看起来,这样的分析比较合理,因为事实上谢湖已经上岛了。那么吴小弟为什么要骗他?为什么要留他呢?吴小弟又是怎么改变主意的呢？倘若他果真去找人商量过，那个人又是谁呢？那个人以及吴小弟究竟和吴长根的事有没有关系呢？这些问题极其笨拙，却也是必须解决的。

这就需要马乐进一步调查、思考、分析，所以马乐现在没有必要留在这个做砚台的地方，也没有必要听吴中强和谢湖谈关于砚台的生意经。这里制作的澄泥砚和冯仲青的那方不知是否存在的古砚也许确实没有什么关系，所以马乐完全可以离开这个地方，到应该去的地方去，比如再回到吴小弟那里去，至少他应该弄明白吴小弟说封湖是什么意思，比如他要证实冯仲青是否有病，因为这样可以进一步证明那方古砚的存在与否。他相信沿着古砚这条线会找到他所需要的东西。

当然这只是马乐的一步计划，这步计划是否实行，要看事态的发展，而事实上事态的发展却使马乐走了另外一条线。就在马乐准备离开制砚工场的时候，他看见一个小孩，是一个很正常很一般的小孩，马乐当然并不是被小孩吸引住，他是被小孩身上的一件东西吸引住的。这是一件玉饰，凭马乐的经验，他估计这是清朝的玉饰。

这饰如意形状的玉饰，挂在一个小孩子的颈项里。这个小孩子开始并不在这间屋子里，他是什么时候进来的，马乐不知道。事情发生的时间是在深秋季节，一般的人都穿了毛衣，小孩子也穿了毛衣。倘若小孩子不是因为很热，把对襟的毛衣敞开来，这个挂件肯定在毛衣里边，马乐就无从发现，但偏巧这个小孩子很热，大概在外面玩得热了，就把毛衣敞开了，挂件就露出来了，这应该说是各种偶然因素凑成了一个必然的结果。

和马乐同时注意到这件玉饰的还有一个人，这个人当然就是谢湖。虽然谢湖没有说话,也没有动作,马乐是从他的眼神中发现的,他认为谢湖懂得这件玉饰的价值。

这一下子就把马乐的警惕从吴小弟那边拉到谢湖这边来了。在这种情况下,马乐需要察言观色,后发制人。现在马乐就等于在谢湖毫无防范的前提之下张开罗网等谢湖来钻。可是谢湖却偏偏移开了目光,放弃了猎物,回头对吴中强说:"你们这批货,这个礼拜天一定要拿出来,开夜工干通宵也要赶出来。他妈的小日本不发货不肯动身,这几天天天吃我的住我的用我的,误了合同期要罚我,我赔不起。"

吴中强说:"你放心,笃定,误了合同期,你罚我。"

谢湖说:"那当然。"

马乐因为见了那件玉饰,对其他事情自然不再感兴趣。一件玉饰本身也许并不说明什么,但一斑而见全豹,有玉如意,就可能有玉蝴蝶、玉蜻蜓。有一件,就可能有几件几十件。有清朝的,就可能有汉朝唐朝甚至更早的。有玉饰,就可能有其他金银瓷器文物古董,由此就可以推断出一个最根本的问题:地脉岛上确实有宝。当然也可以说如果确实有宝,进而就可能推断出确实除了吴长根还会有马长根叶长根什么长根的。现在看来这种种可能毫无根据,而许多案子的侦破也恰恰是在许多没有根据的可能中找出根据来的。

马乐的眼光一直盯着这个小孩子。小孩子在屋里转了一会儿,没有什么好玩的,又出去了。马乐跟他出来,小孩子很机灵,看马乐跟在他后面,回头对马乐一笑。

马乐赶紧追过去,问:"你叫什么名字?"

小孩子不回答,只是笑。

这时,谢湖也出来了。

马乐又问:"你父亲叫什么?"

小孩子说了一句"叫马福康",就往房子后面一钻,溜走了。

谢湖说:"这个小孩很调皮,喜欢说谎。"

马乐看看他,说:"你很熟?"

谢湖说:"也不算熟。我半年前才知道,太湖中有这样一个小岛。"

马乐说:"你手脚很快,听他们说你是开发公司的,县里的。"

谢湖说:"混混。"

马乐摸出烟来,说:"对不起,不能跟你的比,只能请你抽牡丹。"

谢湖在马乐的烟盒中抽了一根,点着了,不说话。

马乐说:"你们怎么跑到这个小岛上来做生意?人家都往热闹的地方去,这里很闭塞。"

谢湖说:"闭塞的地方不一定没有生意做,热闹的地方也不一定遍地黄金。"

这话不错,但也说不上怎么深刻、有什么哲理。谢湖好像有点故作深沉。不过现在马乐对谢湖还谈不上有什么具体的看法,直觉告诉他,谢湖身上有一种悲剧因素。谢湖很可能是一个悲剧人物,当然直觉是没有根据的,谢湖的结局究竟如何,现在预测是不科学的。一个人的命运说到底是由先天和后天两方面的因素组成的。

突然,潘能不知从哪里钻出来,走到谢湖面前,喘了一口气,大声说:"总算找到你了,听说你来了,我就来找你。"

谢湖说:"找我也没有用。"

潘能说:"怎么没有用?没有用我也要找你,我盯住你不放。你不能这样干,你这样做是犯罪,你这个人……"

谢湖转身不理睬潘能。

潘能绕到他面前,又说:"你这个人,你不像话,你不把我放在眼里,你舅舅和我同班同学,你爷爷我也认识,当年我到这里来,就是你舅舅叫我来的,你这样子,我找你舅舅。"

吴中强大概听见了潘能的声音,跑出来,和潘能接上了火,就把潘能的矛头引到他那边去了。

谢湖笑笑,对马乐说:"到那边转转,怎么样?我领你看一样东西。"

一直到很久以后,马乐仍然没有想明白,当时他怎么会跟着谢湖转的,也可能是他破案的心情过于急迫,也可能他发现了谢湖的什么异常之处,也可能是谢湖有一种吸引力。

马乐跟着谢湖走了不少路,他已经记不清了,只觉得天渐渐暗下来,远处太阳正在湖面上跳跃,好像不甘心落下去。在湖滩上一片杂树杂草丛中,谢湖停下来,指着一处对马乐说:"你看,那是什么?"

马乐看了一会儿,说:"好像是个山洞的洞口,但是并没有山洞,只有一个洞口的形状。"这时候他突然想起吴小弟家的真假门。

谢湖说:"我想这下边应该有个洞。"

马乐问:"你挖过?"

谢湖摇摇头。

马乐说:"既然你想挖,为什么不试试呢?"

谢湖说:"这是潘能要找的洞。我没有告诉他。潘能找了半年,什么也没有找到。"

马乐问:"他要找什么?"

谢湖没有回答潘能要找什么,却说:"这个地方,只有我和吴中强两个人知道,现在有第三个人了。"

马乐说:"你要我保密?"

马乐对自己的嘴巴应该是有把握的,但他不能想象吴中强这样的人也能守住什么秘密。

谢湖不置可否地一笑。

马乐突然领悟到谢湖的意思并不是要他保守秘密,如果要保密,根本就不必让他知道,不知道才是最高的秘密。谢湖既然把他这个陌生人带到这里,告诉他这件事,谢湖的目的不是要他保密,恰恰相反,他是要他去泄露这个秘密,由他去告诉潘能,告诉岛上的人,这里面有什么道理,马乐现在还不知道。

谢湖扔掉烟头,说:"差不多了,你到吴小弟家去喝酒吧。"

马乐并不奇怪谢湖怎么知道这一切。像谢湖这样精明的人,能在几个月之内拿下一个岛,他就可能在几个月内了解岛上的一切。

马乐说:"你也去?"

谢湖笑笑说:"我不去,他们不喜欢我。"

马乐说:"他儿子喜欢你。"

谢湖点点头。

马乐又问:"他们为什么不喜欢你?"

谢湖说:"事实上,他们对外来人都不很喜欢,包括你。"

马乐笑着说:"不管喜欢不喜欢,请喝酒总是好事。"

谢湖也笑,说:"当心鸿门宴。地脉岛的土特产之一就是自己酿的米酒,像迷魂汤。像你这样的人,尤其应该是他们的对象。"

马乐很快明白了谢湖的意思,在他明白了之后,他就笑不出来,反而觉得很沮丧。当他自以为得意冒充民政局来拥军优属,而岛上的人像叶炳南他们看上去也确信他是民政局干部的时候,其实他们大概早就知道了他的底细。也许他人还没有出发,消息已经先到了,然后他们抱成一团,和他兜圈子,让叶炳南抛出什么家族矛盾,让潘能唱一出莫名其妙的闹剧,又让冯仲青说什么古砚,然后是制作澄泥砚,这一切和他要破的案子有什么关系呢?

马乐有一种被耍弄的屈辱感,可是这不能怪别人,就凭班主任胡诌几句评语,就凭懂几句土语方言,就来闯这个水泼不进、针插不进的孤岛,走弯路一开始就注定是不可避免的。马乐注意到谢湖眼角的皱纹刀刻一般,他想谢湖闯进这块地方,走了多少弯路呢?看着谢湖沉稳的样子,马乐想要是此刻把谢湖的肚皮划开来,必定有一肚子他急于想知道的秘密,甚至包括这个案子本身。

这样一想,倒刺激了马乐的自尊心,他要从头开始,他不再指望别人给他指路。尤其不希望从谢湖那里得到什么,他对谢湖同样抱有怀疑。

太阳落下去,岛上最宁静的时候开始了。马乐看谢湖还没有往回走的意思,就问他:"你不走?"

谢湖指了一个方向,说:"你从这条路过去,斜穿过去,近一点。我走那边一条路,我等一个人。"

马乐不再问什么,他沿着谢湖指的方向走。天黑下来,马乐并不怕走夜路,四周什么声音也没有,只有他自己的脚步声,这时候突然肩上被拍了一巴掌,马乐猝不及防,心怦怦乱跳,无疑是被吓出来的,这不可否认。

马乐回头,看见吴中强嬉皮笑脸地站在他背后。

马乐有点恼火,说:"你做什么?"

吴中强说:"怕你走到鬼打墙那边去,出不来,我来接你。"

马乐没有农村生活的经验,虽然平时也听过鬼打墙这样的说法,但毕竟没有体验。他看看吴中强贼大胆的样子,突发奇想,说:"鬼打墙在哪里?我不相信有鬼打墙。你敢领我去走一走吗?你怕不怕?"

吴中强笑起来,说:"我怕什么?我也不相信有鬼打墙,有好多人遇上过鬼打墙,我就没有遇见过。"

马乐问:"远不远?"

吴中强说:"不远,这条岔路走过去,从前有一座关帝庙,后来拆掉了,就说有鬼打墙了。"

吴中强和马乐一起朝岔路走去,他们心里到底怕不怕,恐怕多少总有一点。但是像他们这样的人,这时候哪怕前面真的是地狱阎王殿,也是要硬着头皮去闯一闯的。

在岔路上走不多远,马乐就被一棵古树的气势震惊了。这是一棵古银杏树,干纹萦绕,古枝苍苍,却是树叶郁郁葱葱,生机盎然,看上去四五个人合抱也围不住粗壮的树干。

马乐赞叹了一声,问吴中强:"这棵树有多少年了?"

吴中强说:"我不晓得。这有什么稀奇?这种古树岛上多的是,根本没有人看一眼,要是生在城里花园里,就要被保护起来,是不是?"

马乐说:"这倒是的,不过说是保护,也不见得有什么措施,只是不许游人碰罢了,铁丝网围起来,还有什么。"

说话间,有几只大鸟从他们头上扑棱飞起。

马乐说:"是鸟。"

吴中强说:"不是鬼。"

然后两人一起笑起来。

又走了一段,就到了一片空旷的废墟前,吴中强说:"喏,原来关帝庙就在这里。"

他们站了一会儿,马乐说:"没有鬼打墙。"

吴中强说:"是没有。"

他们好像不甘心,又站了一会儿。马乐问吴中强关帝庙是什么时候拆的,吴中强说他不晓得,他只是听他奶奶说,拆关帝庙那年,一连翻了三条渡船。这当然是迷信,或者说是巧合。吴中强告诉马乐从前庙里的关帝塑像是活的。倘是谁家的果树长出自己的地界,延伸到道上,挡别人的路,关帝像就会走出来,手举大刀砍掉那些枝杈。谁也没有话说,没有人敢违背关帝的意志。马乐自然不会相信这种说法。尽管这样的说法十分浪漫也十分美好,完全符合精神文明的要求,但事实上是不可能的。吴中强说他起先也不相信,但他奶奶说他小时候也看见过,可是吴中强不记得了。后来,他才弄清楚,说关帝塑像是活的,只是说这个木制的雕像手脚活络,在手脚关节处做了活扣,使手脚可以活动,需要惩罚什么人的时候,就用车子把关帝像推出来,让它在小路上走。关帝手里举着大刀,也是真的。但那只手终究是被人手操纵着,才能砍下那些侵占公用路面的枝杈,或者说是人手借助了关帝的手。

他们谈了一会儿关帝,吴中强说:"走吧,没有鬼打墙,你还记得回去的路吗?"

马乐看了一下,自信地点点头。

由马乐带路,吴中强跟在后面,从原路往回走,走了一段,马乐发现前面白茫茫的一片,他停下脚步,说:"走错了,好像又绕到湖边来了。"

吴中强哈哈大笑,说:"鬼打墙了。"

马乐看吴中强得意的样子,不由气从中来,说:"你做什么,你有意叫我走岔路,你想干什么?"

吴中强一边走一边说:"你还算聪明。我是有意叫你走岔路的,根本没有什么鬼打墙。你不是要查走私的事情吗?喏,那边的网渔船,你看见没有?今天来了人,上船了,你要不要去看看?"

马乐说:"你怎么这样关心我的事情?"

吴中强说:"你不是公安局的探子吗,我从小就喜欢做探子。"

马乐说:"我看你做个生意人倒是最合适了。"

吴中强又笑,说:"人家都这样讲我,谢湖说我最适合卖狗皮膏药。"

马乐忍不住笑起来,他问吴中强:"你说来了人,什么地方来的?在哪只船上?"

吴中强说:"什么地方来的?我要是晓得,我也可以做探子了。船在那边,你一个人上去不好,网渔船上的人最见外。我跟你一起上去,就说你要看货。"

马乐不明白:"看什么货?"

吴中强说:"什么货?还有什么货,还不是古董货。"

马乐更加觉得不可思议,难道他准备花大力气寻查的事情,已经摆在眼皮底下了?这么简单,这么轻而易举?马乐当然不能相信,但他决定跟着吴中强引的这条线走,他不管吴中强出于什么目的。

马乐问吴中强:"你们这地方,这种事情公开的吗?"

吴中强说:"什么叫公开？什么叫不公开？对我们岛上的人来说,岛上的事是没有什么秘密可言的。"

马乐说:"那你为什么告诉我这个外来人？"

吴中强说:"我跟你说你又不相信,我就是喜欢做探子嘛。"马乐当然不相信,但有一点他却是相信的,吴中强有意带他到湖边来,并且要带他上网渔船,这是真的。至于上船到底做什么,是不是如吴中强说的可以看到什么货,那就是下一步的事情了。如果是真的,那么吴中强为什么要帮助他呢？反过来说,如果是真的,就可以证明吴中强确实是在帮助他。那么吴中强下午在制砚工场说的那些话,又是什么意思呢？比如他说冯仲青的古砚根本就不存在。如果吴中强说的是真话,那么冯仲青就说了假话。冯仲青为什么要说假话？他是真的有病,还是别有用心呢？

马乐思绪纷乱,他希望吴中强能够帮助他,他违背了求己不求人的决心。当然说到底这种决心是很可笑的,作为一个刑侦人员,求己不求人根本不可能。

这时候吴中强手一指,说:"喏,最里边的那一只船。"

马乐看见那只船的船舱里透出一点烛光,这时他才发现天已经完全黑了,他想起吴小弟要请他吃晚饭喝酒的事情。

但这时候没有退路了,只有上了船再说。

四

太湖里的网渔船,独往独来的比较少,一般都有一队船阵集体行动,一起出船打鱼,一起停泊在某一个地方,这种形式的网渔船,叫作连家船。连家船的阵势有大有小,小的二三十户,大到百十来户也是有的。在地脉岛四周停泊的网渔船,大约有四五十户,大概可算是中型船阵。

太湖渔民的组成,说起来也比较复杂,大部分是世居太湖的正宗太湖渔民。这些人据说是南京水师的后代,在太湖以捕鱼为业,至少有八百多年的历史了。也有从前是海洋渔民,在山东、河北一带海洋上捕鱼,后来或因南北经商,或因躲避战祸而遁入太湖。还有外来渔民来自苏北、山东等地,大部分是民国期间的破产农民,逃难而来。另外还有一部分太湖渔民,是由农转渔的。由当地的农民或因为破产或因为渔业比农业收入高而逐步变成专业捕捞渔民。

到了现在,情况恰恰向相反的方向变化,不少专业渔民逐步上岸定居,慢慢地放弃了捕捞业而成为农民,也有的渔船不再从事打鱼生产业,把渔船改成了运输工具以及利用网渔船从事其他各种事业,真正四海为家、漂泊不定的捕鱼人,逐渐减少了。

马乐和吴中强还没有走近渔船,船上就有人喊:"什么人来了?"

吴中强对马乐说:"是船老板,叫戴阿宝。"然后对船上喊:"戴老板,是我,吴中强,带了朋友来看看你。"

戴老板从船舱里钻出来。这是一个皮肤很黑的中年人,和马乐想象中的打鱼人模样十分吻合。他看看吴中强和马乐说:"来吧,来吧,上来吧。"

注意,这里又出现了一个新的人物戴阿宝。到现在为止,马乐的地脉岛人物谱,有名有姓并且已经打过照面的人已经有了十个。马乐需要将他们清理一下,他们是:狗三、三娘娘、叶坤林、叶炳南、潘能、吴小弟、冯仲青、吴中强、谢湖、戴阿宝(以出场先后为序)。

除了狗三基本可以排除在本案之外，其余的人，都是未知数，包括这个戴阿宝。

马乐随吴中强上了船，船不大，跳上去两个人，就有点摇晃了。他们跟着戴阿宝钻进船舱，发现船上有一个人背对他们坐着，身形瘦小，头发花白。听他们进舱，那人回过头来，是个老人，看上去至少有六七十岁了，形销骨立，面黄肌瘦，破衣烂衫，十分落泊委顿的样子。

瘦老头见了马乐和吴中强，只是稍稍示意了一下，表示看见他们来了，随即就眼睛盯住戴阿宝。

戴阿宝也只说了一声"他是杜国平"，并不加以说明杜国平是什么人，也没有要吴中强介绍马乐，一点没有见外的意思。

吴中强显然对杜国平这个名字不熟悉，但马乐却不同了，他听见杜国平三个字，不说如雷贯耳，至少也是大吃一惊。马乐虽然没有见过杜国平，但应该说他很熟悉杜国平这个名字。同时更加熟悉"杜老"这个称呼。平时在他听到别人谈起杜国平的时候，总是在杜国平的名字前加上杜老两个字，说起来就是杜老杜国平。

杜老杜国平是一位很有名的文物收藏家，从前在博物馆专门鉴赏文物古董，退休以后，就一心一意玩起古董来。杜国平的名气大，原因至少有三：其一，他的收藏极丰厚，以杜国平收藏之古物，称江南巨擘也是不为夸张的。其二，杜国平穷追猛打的精神令人为之赞叹。比如有一次杜国平听说有一拾荒老妇藏有一对明朝青瓷莲花碟，便从城西追到城东，终于在一个破陋不堪的棚户区找到这个老妇人。拾荒老妇人见他如此情急，乘机大敲竹杠。杜国平求宝心切，高价买下了这对青瓷莲花碟。那一天正下雪，在回家的路上，杜国平摔倒了，因为两手护着青瓷莲花碟，没有撑地，结果摔断了股骨,在床上躺了三个月,事后谈起来,他还连连感叹值得,倘若再有这样的机会,他情愿再跌一次等等。第三个原因,说出来就有点塌台了,别人常说玩物丧志,说是过于迷恋一样事情,以至于向上进取之心都没有了,这还情有可原,因为向上进取之心并不是丧失,而是转移了。而杜国平玩物,不是丧志,而是有点丧人格了。据说杜国平到朋友家欣赏收藏,倘是看中哪一件,是非要讨去不可的。主人或者婉言谢绝,或者怒目相对,杜国平一概不予理睬,拿到手的拿了就走,拿不到手的,便以迂回战术,总要带走而后快。这样的说法,也许有些夸张,但杜国平因此断了许多朋友和同道中人这是事实。

还有比如杜国平玩物玩得妻恨子怨成为孤家寡人,比如杜国平玩物玩得衣不遮体食不饱腹,比如杜国平玩物玩得怎样怎样等等,也都是事实。

但是奇怪的是,这些事实使一些人鄙视杜国平,同样却使另一些人更尊重杜国平。当然,鄙视也好,尊重也好,杜国平仍然是杜国平,杜国平仍然做着他想做的事情,不为任何舆论所左右。

对于杜国平的收藏,马乐当然是佩服的;对传说中杜国平的一些举止,马乐心中也是有一些疙瘩的。但总的来说,他对杜国平其人其事,只是耳闻罢了,还谈不上是鄙视还是尊重。直到现在,马乐才第一次目睹了杜国平的尊容。虽然这副尊容实在不怎么样,但马乐认定这就是杜国平自己,而不是另外的一个杜国平。

马乐没有让戴阿宝和杜国平本人知道他熟悉杜国平这个名字,这并不是什么高深莫测的计策,只是一个刑侦人员最起码的谨慎。

他和吴中强一起盘腿坐下来,就有一个女人从下面仓里钻出来,拿了碗筷。大概是戴阿宝的女人。

杜国平说:"吃饭不急,先给我看一看。"

戴阿宝对马乐说:"这位朋友也想看看,是不是?"

吴中强抢先说:"是的是的,戴老板拿来给我们开开眼界。"

戴阿宝说吴中强:"你个洋卵子,开什么眼界?你下次再把乱七八糟的人带到我船上来,我不客气。"

吴中强说:"哪里有乱七八糟的人,都是一本正经的人。"

戴阿宝不跟吴中强啰唆,钻进底舱,拿来一个布包,在蜡烛下解开来,包的是一件陶器,像是明代的花酒盏,外博古龙,里云鹤花,十分精致。

杜国平一看见这件花酒盏,眼睛发亮,精神振奋,他伸出手哆哆嗦嗦地拿过来,随后却慢慢地泄了气。不要说杜国平,连马乐也看出来,是仿制品。

戴阿宝变了脸色,说:"我是真价钱弄来的。"

杜国平摇摇头,说:"你不要骗我,骗我是绝对骗不过去的。"

这样的对话可以说极其老套,从这种对话中绝对听不出有什么弦外之音,而且马乐根本就没有怀疑杜老杜国平也会涉嫌走私案。所以他一开始就没有打算更多地注意杜国平,他只是把目标集中在戴阿宝身上,这无疑是正确的。马乐现在虽然不能断定,但他至少已经看出来,这个苏北口音、看似憨厚实在的渔民,很可能是个三教九流的人物,推想起来也是有依据的。他驾着渔船到处开码头,什么样的人、什么样的事,他遇不到呢?和这样的人打交道,要多几个心眼才够用。可惜马乐和大家一样,只有一个心眼,所以马乐的处境比较困难。可以肯定杜国平本来是能看到真货的,正是因为他这个不速之客的到来,惊扰了戴阿宝,也搅扰了杜国平的美事。

戴阿宝看上去没有一丝一毫警觉的意思,但实际上他是有防范的,只有杜国平不明白,看了仿制品以后大为不满,一会儿责怪戴阿宝耍滑头,说马上就走,以后决不再来;一会儿又说不见真佛决不走什么的。

马乐看这情形,知道不会有什么结果,于是说:"听说你原来跟吴长根认识,听说吴长根也是弄这个的。"

戴阿宝哈哈一笑,说:"你是不是想要了解吴长根的事?我可以说给你听。"

就这样,在马乐毫无思想准备的情况下,戴阿宝讲了吴长根第二个故事。

戴阿宝的网渔船是十年前开始停靠在地脉岛的,所以,戴阿宝所了解的吴长根的事情,只能是这十年中的事情。而这十年中,吴长根在地脉岛待的时间加起来总共还不到一年,并且,吴长根回来,戴阿宝却不一定在地脉岛。这样说起来,十年中戴阿宝和吴长根的接触,从时间上讲,是不多的。所以戴阿宝有言在先,不大可能提供更多的情况。

按规矩连家船停靠在什么地方,过年过节的时候,船队要派代表上岸进村,向当地农民送礼致谢。那一年,戴阿宝他们的连家船刚进地脉岛,就推了张海根和戴阿宝为代表,到村支书吴小弟家去拜访。那一年,是吴长根在部队的最后一年,过年前他也回了地脉岛,就住在吴小弟家里。戴阿宝正是那一次结识了吴长根的。

吴长根穿着军装,给戴阿宝的第一印象是很诚恳很实在。他们在吴小弟家里一起吃了饭,说了些闲话,戴阿宝和吴长根很谈得来。后来吴长根就跟他们上了连家船,晚上戴阿宝请吴长根喝酒,吴长根多喝了几杯,说了不少话。戴阿宝至今还记得的大概有这样一些内容:首先,吴长根表示自己对岳丈家包括对老婆的不满(这是在戴阿宝打听了以后才说的)。吴长根那一次说得最多的是在部队的情况。他说他苦干了五年,得不到提拔,连入党也很困难,不想再干了,想复员,但是复员就要回地脉岛,他不想回地脉岛。他又说如果部队一定要他复员,他决不在地脉岛生活,要出去闯一闯。戴阿宝记得当时还问了他怎么闯,他说走一步看一步吧,相信会有路的。

半年以后,吴长根果真复员了,他只在地脉岛住了半个月,就出去了。出去之前吴长根去看戴阿宝,戴阿宝又问他准备到哪儿去,去干什么,吴长根仍是那句话,相信有路的。那一次吴长根问戴阿宝借钱,戴阿宝没有钱(戴阿宝说我很后悔,但当时我确实没有钱)。

吴长根一去不回,关于他在什么地方做什么,各种说法都有。一直到过了一年,吴长根回来了,听说在岛上派烟发糖,十分风光,可能是赚了点钱。吴长根没有因为戴阿宝不借钱而记仇,回岛第二天就上船看望戴阿宝。这一次戴阿宝没有再问他在干什么,吴长根却主动告诉了他。吴长根告诉戴阿宝,他找到了一条赚大钱的路:倒卖古董。吴长根希望戴阿宝能够利用渔船到处开码头的有利条件,帮他弄货。戴阿宝没有答应他,吴长根也不强求。以后吴长根倒是常常回来转转,每次仍然来戴阿宝船上坐坐,每次都要动员戴阿宝跟他干,戴阿宝始终没有动心。

这时,马乐又直截了当地提问:"那你现在手里的这些东西,是怎么回事呢?"

戴阿宝说:"这是另外一回事。吴长根是拿这个当饭吃、赚大钱的,我这是偶尔的一次。这件东西,是一个从前的朋友硬卖给我的,他急等钱用,说我买下了再转手,翻一倍是笃定的,我上他的当了。"

说到这里,戴阿宝停了下来。

然后马乐提问,提问内容和问吴小弟的差不多,但回答却大不一样。

马乐问:"你们是不是发现吴长根很有钱?"

戴阿宝点头,说:"是的,吴长根有钱,而且不是一点小钱,这是众所周知的。地脉岛上谁不知道吴长根有钱?"

马乐问:"是听说的?有没有根据?"

戴阿宝说:"当然有。吴长根帮老丈人造了三楼三底新房子,不就是根据?吴长根为村里一个病人支付了一万多块钱的医药费,不就是根据?根据多呢。还有,听说吴长根还捐了不少钱给村里——这只是听说。"

马乐问:"除了你,地脉岛或你们连家船上,其他人是不是知道吴长根在做什么?我是说在他出事之前。"

戴阿宝说:"当然知道,地脉岛上无秘密。"

马乐问:"吴长根回来,有没有向岛上人家收购些什么古董?他有没有从地脉岛带走什么?"

戴阿宝说:"他从地脉岛带出去的东西,绝不止一件两件三件五件。"

马乐问:"吴长根收购这些东西,是怎么付钱的?"

戴阿宝说:"他只给很少的钱,有的是白要的,便宜了他。"

这就是戴阿宝讲的吴长根的故事。这是马乐上岛以后听到的第二个关于吴长根的故事。这和吴小弟讲的吴长根的故事不一样（指关键部分即复员以后的内容）。虽然不能说截然不同，但毕竟差异很大。哪一种说法更接近事实真相，或者两种说法都不可靠，现在马乐还不可能作出判断，他还没有掌握推理的依据。如果可以凭直觉破案，事情也许好办许多。现在直觉告诉马乐，戴阿宝的网渔船很可能是个黑窝，可惜直觉常常极不可靠。最靠不住的一条理由就是吴中强怎么会把黑窝端到马乐面前，拱手让他去捣烂呢？

在戴阿宝再次朝舱底喊"上酒上菜"的时候，马乐和吴中强告辞了，杜国平甚至没有感觉到他们的离开，他仍旧说："吃饭不急，吃饭不急。"

戴阿宝说："你不急我急，我是饿了。"

从船上跨上岸，马乐说："我们走开，真货会拿出来了，你说是吧？"

吴中强说："这家伙！"

看上去吴中强好像有点尴尬，他本来是要带马乐上船看货的，现在他好像有点丢面子。

问题是马乐现在不会轻易相信他，不会被他的假象所迷惑。马乐曾经想过如果能在戴阿宝船上发现一些有价值的东西，也许可以证明吴中强的好意，但结果没有看到，所以就有两种可能：一是如吴中强此刻表现出来的那种沮丧难堪的情绪，说明吴中强本意是要让马乐了解一点什么的，但是由于吴中强错误地估计了自己在戴阿宝心中的地位，所以连同马乐一起吃了一个软钉子、闭门羹。另一种可能就是吴中强根本没安好心。现在马乐宁愿相信后一种情况，这样反倒使马乐又有了信心。在这之前，上岛开始，一直到从戴阿宝的船上出来，马乐认为自己始终是被动的，至少他是在明处,而他的对手是在暗处,他看不见他们,而他们却始终盯着他。马乐认为现在情况不同了,虽然他自己一开始就暴露在光亮处,但他的对手现在也逐渐从暗处走出来,他开始看清他们,这不能不说是一个相当大的进展。回想起来,这个进展尽管不一定出于马乐的主观努力,但事实上事情正按这个方向发展,或是自然而然地发展,或是由于对手人为的结果。

如果马乐掌握了主动权,马乐就有希望。

马乐回头看看戴阿宝的小船,他问吴中强:"你是不是怀疑戴阿宝有问题,有走私嫌疑?"

吴中强说:"怀疑不怀疑,不是我的事情,是你的事情。"

马乐笑笑,说:"好吧,你领我到你家去吧,现在叫我认路,我又要鬼打墙了。"

吴中强朝马乐看了一眼,说:"求你一件事,能不能答应?"

马乐说:"什么事?"

吴中强说:"回头到我家吃饭,不要告诉他们我带你来过这里。"

马乐点点头,不告诉就不告诉,既然吴中强对他表示信任,他当然要守信用。

此后,吴中强只是赶路,一直没有说话。他这样缄默,马乐觉得奇怪。走了一段,吴中强果真又开口了,但他这次开口说话,又使马乐进入了一个新的疑区。

吴中强说:"是谢湖叫我带你看戴阿宝的。"

马乐愣了一下,他想问为什么,想问是不是谢湖和戴阿宝有什么关系,或者谢湖了解戴阿宝的什么情况,但最后随口而出的一句话是这样的:"你总是离不开谢湖。"

吴中强说:"你们只看见我离不开谢湖的一面,却不晓得谢湖也同样少不得我。没有我,谢湖到这里来,能干什么?"

这句话马乐是相信的。

吴中强又说:"我要是没有遇见谢湖,我早就出去了。谢湖要是没有遇见我,他就不会到这里来做他的生意。"

谢湖和吴中强的相遇,有一段故事,这毫无疑义。或者很精彩,或者很平淡。对马乐来说,精彩也好,平淡也好,如果与本案有关,他会很感兴趣;如果与本案无关,他就不会很感兴趣。但马乐也明白什么事情都不是绝对的。有没有可能在谢湖和吴中强的交往中发现什么蛛丝马迹呢?即使不能,听一听他们的事情,对马乐至少没有害处。

但是吴中强却不再就这个话题往下说。就吴中强的性格而言,他不会就此收住话题。吴中强不再说,无疑有一些外在的因素。是不是谢湖呢?可能性很大。吴中强对谢湖基本上是言听计从的,如果确实是谢湖要吴中强保守秘密,这是为什么呢?是不是谢湖和吴中强的交往或者他们的生意中有什么不可告人的事情呢?

马乐想起谢湖领他去看那个神秘的洞口,他突然想试探一下吴中强,说:"你知道那边湖滩杂树里有一个洞口吗,没有洞的洞口?"

吴中强愣了一下,马上反应过来,说:"谢湖那混蛋,到底讲出来了。这王八,他想告诉潘能。"

吴中强骂谢湖混蛋王八,马乐很吃惊。马乐听不出是真情还是假意,或者就是吴中强的口头语。马乐只有按自己的思路问他:"为什么开始要瞒,现在又要告诉,是不是潘能缠得他吃不消了?"

吴中强笑起来，说："谢湖是块牛皮糖，韧得不得了，他才不怕老十三点缠呢。这王八蛋，他是心里不过意了，看老十三点天天到处乱钻，像个老疯子，这家伙不过意了。"

马乐不明白吴中强这话是什么意思，问："有什么不过意？"

吴中强"哼"了一声，说："这混蛋看中潘梅，当我是瞎子呢。"

马乐还没有开口问是不是谢湖还没有成家这一类的问题，吴中强已经先说了："谢湖这小子，儿子都有了，老婆大学生，比潘梅洋派漂亮得多了，家花不如野花香。"

马乐又问："潘梅不晓得谢湖有家小了？"

吴中强说："怎么会不晓得，谢湖的女人也来过的。"

马乐说："那潘梅怎么肯？"

吴中强说："现在这种女人有几个不骚的。"

马乐说："她不是做老师的吗？"

吴中强说："老师怎么啦？你以为老师个个都是和尚尼姑啊？"

开始，马乐听吴中强半真半假半喜半忧一口一个王八一口一个混蛋骂谢湖，他以为是三角恋爱的原因，很可能吴中强也看中潘梅，现在被一个有妇之夫抢去，心里自然窝火，但听下去就发现并不是这个原因。吴中强倘是对潘梅有意，大概不至于用这种难听的话来说潘梅。虽然吴中强这张嘴说出话来不会好听，但是对自己喜欢的人，是应该有点分寸的。

吴中强看马乐不再问什么，又笑起来，说："我是全告诉你了。"又说，"他们当别人全是瞎子，其实瞎子只有一个，潘能。这老十三点一门心思钻牛角尖，眼睛瞎光了。潘能倘是晓得这桩事情，有得缠呢。"

马乐正想问一问潘能到底在钻什么牛角尖，天天钻天打洞要做什么,突然前面小路上出现一个黑影子,是一个很矮的人,走近一看,是吴小弟。

吴小弟说:"马同志,你到哪里去了,我找了你半天了。"

吴中强说:"他要去看看峭壁峰,我带他去了。"

吴小弟没有接儿子的话,只是对马乐说:"去吧,都准备好了,就等你了。"

他们朝吴小弟家走去。

很快就要出现和爷爷有关的内容,但现在马乐还一无所知。

五

一桌子的人守着一桌子的菜不动筷子,等马乐。马乐走进吴小弟家看到这样的情景,实在有点受宠若惊,同时也很难为情,幸好被请的客人不止他一个。除了他,另外还有三个人,吴小弟一一作了介绍。这样,马乐就知道了其中一位是吴中画院的画家小李,另两位是县城建局的工程师老梁和助理工程师小王。在介绍马乐的时候,只说是"市里的马同志",没有具体讲哪个单位和做什么工作的,别人也没有追问。

吃饭的位子是事先排好座次的,马乐并不明白其中的规矩。他只看得出最主要的位子,是一位长者坐了,大家叫他马三爷。马乐的位子紧靠马三爷,这表明了主人对马乐身份和地位的认定。

等马乐落座,吴小弟就对灶屋里喊:"阿三,出来斟酒。"

从灶屋里走出来的是三娘娘。马乐很奇怪,三娘娘朝他笑笑,拿了酒瓶,从正中的位子开始斟酒。

吴小弟坐在马乐下首,他看马乐注意三娘娘,就说:"她是我的小姨子。"

马乐"哦"了一声,这时候马乐又一次意识到吴小弟是个善解人意的人。

三娘娘斟酒斟到几个做陪客的中年人那里,被缠住了,他们起哄,说斟酒人自己先要干一杯。

三娘娘朝吴小弟看看。

几个人又哄起来,说一些不三不四的话,比如说小姨子吃酒,要看姐夫眼色啦什么的。

吴小弟果然笑起来,说:"阿三,你就干一杯吧。"

三娘娘抿嘴笑笑,就干了一杯酒,大家笑,叫好。

吴小弟对马乐说:"我老婆不来事,不出趟,不会陪客人,我这里有客人,总是叫阿三来陪。"

到所有的杯子都斟满了酒,马三爷发话叫大家动筷子吃,酒席算是正式开始了。马乐对这种一本正经的仪式感到很新鲜。

马乐身边的这位马三爷,看上去身体很健壮,马乐听吴小弟喊他"叔公",算起来就要比吴小弟长两辈。这位"叔公"不知是个什么样的人物,马乐坐在他旁边,感觉到他身上有一种很威严的力量。

席间,谈话的中心始终没有转到马乐身上,没有一个人问马乐什么问题。吴小弟、马三爷,以及其他几位陪客,只是不断地劝他喝酒、吃菜。这样马乐就比较自在,可以从从容容地观察别人。

他们先和小李叙旧,从他们的谈话中,马乐了解到小李原先插队在南山。这样算起来,小李年纪也不小了,总在四十上下了。小李插队在南山的时候,听老人说起太湖中有一个孤岛,岛上虽然有人住，但那些人很少出岛。小李就觉得很奇怪，后来就划了船到地脉岛来玩，这样就和地脉岛熟了。回城以后，也是隔三岔五就要来一趟。小李来，主要是画画，他说地脉岛永远也画不完。

然后，马乐又了解到梁工程师和王助理工程师是来勘察地脉岛的地理位置的，这是他们的本行。

这样马乐在地脉岛上见到的外来人，已经有了五个，这五个人都不是乘坐昨天下午地脉岛村的班船上岛的。他们是怎么上岛的呢？谢湖好像是自己驾着汽艇来的。其他人呢？或者搭乘别的船只，或者并不是这一两天才来的，也许已经来了好些时候了，也许他们长住在岛上，比如小李，比如两位工程师，他们的工作都不是临时性的。

在这五个人中间，马乐也许应该怀疑谢湖和杜国平，但他却没有理由怀疑酒席上的这三个人。

酒已经喝了六七成，仍然没有丝毫迹象表明将会出现和爷爷有关的内容。

这时候三娘娘端上来一道菜：白煨羊肉。

马乐最喜欢吃白煨羊肉，这个习惯是跟爷爷学来的，每年冬天，南山老家的农民，都要送一两只羊腿给爷爷。爷爷有了羊腿就吩咐白煨，从来不红烧。白煨羊肉是南山特产，也可以说是太湖特产。白煨羊肉取太湖羊肉烧煮而成，方法别具一格，工夫是很大的，先要用文火煨煮一整夜，然后剔除骨头，再煨半天，使原味浓汁渗入肉层，所以白煨羊肉香味浓郁，肉色鲜艳，质地肥嫩，又没有腥臊气味。

吴小弟指着热气腾腾的羊肉说："羊肉吃一冬，少穿棉一层，大家多吃点。"

马乐不由脱口说:"我们南山老家的人也是最喜欢吃白煨羊肉的。"

如果马乐不说这句话,或者他只说老家,而不说南山这两个字;或者如果三娘娘没有端上这一道白煨羊肉来,很可能就会错过有关爷爷的内容。但是现在的情况是,三娘娘已经把白煨羊肉端上来了,马乐看见白煨羊肉,就说了南山老家的话,所以就决定了下面的故事情节朝哪一个方向发展。

马三爷听马乐说"南山老家",他朝马乐看看,问他:"你是南山人吗?"

马乐说:"我爷爷是南山的,我老家应该是南山。"

马三爷说:"南山马家?"

马乐问他:"南山马家和你们这里的马家是不是一族的?"

马三爷说:"是一族的。"

离爷爷越来越近了,但马乐还没有察觉。他们吃过羊肉,都觉得味道不错。马乐乘兴问马三爷:"你们和南山马家的人熟吗?我爷爷叫马顺昌,你认识他吗?"

马三爷反问说:"你爷爷叫马什么?"

马乐说:"叫马顺昌,顺利的顺,昌盛的昌,你认识吗?"

马三爷好像愣了一愣,他停了一会儿,又问马乐:"马顺昌,你爷爷叫马顺昌?是不是在太湖上打东洋人的马顺昌?是不是马二麻子马顺昌?"

马乐点点头,同名同姓的马顺昌也许有好几个,但在太湖上打过东洋人的马二麻子马顺昌恐怕不会有两个。

马三爷又愣了一会儿,然后却哈哈大笑起来,一边笑一边说:"马二麻子跑到南山去了。"

马三爷笑得突然，马乐莫名其妙，吴小弟对马乐说："我叔公叫马顺元，是马家顺字辈。你爷爷叫马顺昌，肯定也是顺字辈。"

马乐仍然不明白这位名叫马顺元的老太爷有什么好笑的，即使爷爷和他是一辈人，都是马家顺字辈，又有什么好笑的呢？

马三爷笑过以后，问马乐："你爷爷是不是跟你说他的老家在南山？他是不是告诉你他年纪轻的时候打过东洋人？"

马乐点点头，当然实际上并不是爷爷对他说的，本来事实就是这样，历史就是这样记载的，爷爷的履历表就是这样填写的。还有一点马乐认为可以肯定的，惹得马三爷大笑的马顺昌，就是他的爷爷马顺昌，而不是同名同姓的另外哪一个马顺昌。因为爷爷马二麻子这个绰号，一般人是不会知道的。马乐也是一次偶然的机会才晓得的，这个绰号连马乐的父母亲也不知道。爷爷并不麻，怎么会有马二麻子这样的绰号，马乐问过爷爷，爷爷说是小时候随口叫出来的。这种说法极不可靠，马乐当然不相信。

爷爷的底细就在这短暂的时间里开始揭晓，这是马乐始料未及的一个意外的小插曲。现在看来马乐不能相信的事情，远远不止爷爷的绰号从何而来，不麻而被叫作二麻子，这样的事情虽然有点奇怪，但毕竟是一桩很小很小的事情。

根据马三爷马顺元的说法，爷爷根本就是地脉岛人氏。爷爷为什么要把老家从地脉岛迁移到南山去，事情很明白，爷爷一开始并没有参加太湖游击队。爷爷在参加太湖游击队打东洋人之前，有过许多别的事情，爷爷要隐瞒这些经历。

马乐进一步了解爷爷的底细，使之真相大白，是在酒席结束，其他人都走了以后。爷爷隐瞒历史真相这件事，不管怎么说，都不是一件好事。

马乐是在几分醉意中听马三爷讲述爷爷的经历的。

然后,马乐在心里把爷爷履历表上填写的内容和马顺元讲述的内容作了比较。

对比表如下:

	爷爷自己填写的履历	马顺元讲述的马顺昌的历史
家庭出身	贫农	地主
本人成分	贫农	地主(土改规定:凡十六岁始收租定成分为地主)
离开地脉岛原因	贫困所迫	杀人(为争夺一个女人而杀了另一个富家子弟)
参加革命活动经历	直接投奔谢永光领导的新四军太湖游击队,在太湖区域内打击日本侵略者,作战英勇,屡建奇功,任太湖游击纵队第四支队大队长。	杀人之后逃避官兵追捕而入太湖做土匪,数次与谢永光部队,与日本人,与大股土匪交战,后被谢永光司令收编,编入新四军太湖游击纵队第四支队,与日本人打仗,英勇作战,屡建奇功,后任第四支队大队长。
证明	以上经历有县、乡、村数级党组织和行政组织证明,并有南山群众数人作证。	以上为马顺元口述。

这张对比表是粗线条的,但大体意思还是能看出来的。这意思就是,爷爷隐瞒了参加新四军太湖游击队之前的一段历史。

事情究竟怎么样,恐怕有几级组织证明的历史,不是马三爷一张嘴就能说倒的。但问题是现在马乐基本上已经相信了马顺元的话。这很奇怪,马乐怎么轻易地相信了马顺元的话呢?有没有可能马顺元和爷爷有什么宿怨,借机向爷爷泼污水?马乐难道没有想到这种可能吗?

应该说马乐是想到的,值得怀疑的还有很多细节。大前提是,爷爷篡改了的历史,是由南山人作证的。当然有可能爷爷打东洋人的名气和威风是在南山一带响起来的,所以南山人很可能是崇拜爷爷的。但崇拜一个人,并不是替他作伪证的理由,所以马乐认为这里边有几点可疑之处。其一,南山人为什么要作伪证?其二,这么多年地脉岛的人难道对这件事一无所知吗?这种可能性太小了。如果地脉岛的人是知道这件事的,他们中间为什么没有一个人去告发爷爷呢?爷爷可能会通过各种办法,比如用金钱比如用宗族观念比如用人情关系比如用其他什么来收买地脉岛上的一些人,但爷爷不可能收买岛上所有的人、所有的嘴。

而事实上爷爷等于收买了全南山的人和全地脉岛的人,这是不是证明岛上的人很可能能够共守一个秘密呢?

马乐觉得这个小岛很神秘,这是他对这个小岛的一个新的感觉。由于小岛的封闭,小岛上的人是不是还存留着一种原始的不出卖朋友的信念呢?如果是这样,对爷爷来说实在是一桩好事。可是对他自己来说,对他要完成的任务来说,那就不很妙了。如果全岛的人共同守着吴长根的秘密,马乐是无能为力的。

如果马乐真的无能为力,他只能打道回府,如实汇报。他也许不能推掉这个任务,但他至少可以请求支援,讨一点计策。但是马乐不会这样做,这样做马乐不仅不好向头头交代,甚至连他的助手那个初出茅庐就雄心勃勃的单建平,马乐也无脸见他了。当然好不好交代,有没有面子,说到底不过是虚荣心。马乐除了虚荣心,更多的是责任心,这一条不可否认。问题的关键在于马乐现在并不认为已经到了无能为力的时候,即使稍有一点山重水复的感觉,说不定下一步就柳暗花明了呢。即使果真全岛的人共守吴长根的秘密,还有知情的岛外人呢。比如画家小李,他和地脉岛联系不是一年两年了,马乐相信小李是知道一些内情的。另外杜国平这个人也是很有戏的,虽然马乐不相信杜国平会和走私案有牵连,但从杜国平那里发现一些线索的可能性还是有的。

所以这时候马乐很想回招待所,他急于想和小李,也和两位工程师聊一聊。

可是马三爷阻止了他,马三爷说:"你等一等,知道吗,是我叫小和尚留下你来的。"

马乐看看马三爷,说:"没有封湖?"

马三爷不回答这个问题,却说:"我留下你来,是要跟你说说吴长根的事。"

马乐觉得很意外,他已经听两个人讲述了关于吴长根的事,现在又有第三个人要讲吴长根的事。

马三爷讲的吴长根的故事,是从吴长根的父亲开始的。

吴长根的父亲吴宝奎是个老实巴交的人,一生只活了二十八岁。因为家境贫穷,什么嗜好也没有,要说他的爱好,只有一桩,相信迷信,求神拜佛。

在吴长根出世的时候,吴宝奎去算了一卦,算出来这儿子是富贵命。吴宝奎十分开心,此后精心抚养吴长根。不料三年后,吴宝奎夫妇双双落水遇难,吴长根富贵也好,贫贱也好,他们都看不见了。在吴宝奎夫妇死后一二十年,吴长根一直为贫困所迫。但是他贫而不贱,为人处世,十分得体,真是无师自通,所以村里人也愿意照顾他。吴长根十九岁以前一直过得比较太平,十九岁是他的一个关口,他结婚了。从吴长根来讲,他对这桩婚姻不满意。但是在大家看来,他一个孤儿,家境又不好,能娶这样一个女人,是很不错了,而且这桩婚姻还是大家为他争取来的。吴长根开始一直不松口,后来却突然同意了。我问过他什么原因,他说他父亲吴宝奎托梦给他,要他完成这桩婚事。婚后吴长根就不安逸了,要去当兵。他丈人和老婆都找我,要我劝劝他。我跟吴长根说了,吴长根叹口气,说他父亲也不希望他外出,说他的安乐窝在地脉岛,出去会有祸。但这一次吴长根没有受他父亲托梦的影响,坚决要走,到底给他走出去了。

吴长根这一走,基本上就脱离了地脉岛,以后回来,只是把地脉岛当作一处栈房了,小住几天,又走了。有一次回来,他来看我,我问他在外面日子过得怎么样?他说日子过得还可以,但总是心神不宁,他老是做梦梦见父亲叫他回地脉岛过日子。他告诉我,他父亲在梦中说,你不回地脉岛你会有杀身之祸的。他又说他的右眼皮总是跳个不停。我发现吴长根好像继承了吴宝奎的传统,相信迷信。

吴长根果真出事了,吴宝奎托梦实在是有道理的。

马三爷叹息着,不再往下说了。

马乐问:"吴长根跟你说他在外面日子过得还可以,他有没有说他是怎么过日子的?干的什么事情?"

马三爷说:"说的,吴长根什么都肯跟我说的,他在外面开了一个店,生意不错。"

马乐问:"你们是不是发现吴长根很有钱?"

马三爷说:"没有,据我知道,吴长根自己并没有多少钱。"

马乐问:"你是不是知道他在外边做古董生意?"

马三爷说:"听说过的,但我没有问过他,他也没有告诉过我。"

马乐问:"吴长根出去以后是不是经常回来?他回来干什么?"

马三爷说:"不是经常回来,大概一年一次吧。回来干什么?回来总是做点善事。他说是他父亲叫他做的,他小时候就喜欢帮助人。"

马乐问:"他回地脉岛有没有向谁收购古董?"

马三爷说:"没有。"

最后,马三爷说:"我跟你说,总之一句话,吴长根这个人是好人。"

马乐说:"他犯了罪。"

马三爷说:"他已经死了。"

马三爷讲的吴长根的故事,果真和吴小弟和戴阿宝讲的不一样,当然也不可能一样,因为三个人的叙述角度是不一样的。

马乐在三个不同的故事中转来转去,在他内心深处却有一种预感,如果他能走出这个扑朔迷离的三角阵,他就能破这个谜,谜底很可能就在同与不同之间。他需要仔细地认真地分析这三个故事。

吴小弟讲的吴长根的故事,突出他青少年时代的好,与人为善,助人为乐,贫而不贱;戴阿宝讲的吴长根,突出他成年以后的情况,待人真诚,胸襟开阔;而马三爷,则从天命不可违这个角度讲了吴长根的生与死。所有这些即对吴长根参军前的评价,应该说是大致相同的,问题在于后面的部分,也就是关键的部分。马乐发现,这后面的关键部分,大多数内容都是他主动提问以后才得到回答的。三个人都是如此,如果他不提问,他们会不会主动介绍呢,这很难说。而对于一些关键问题的回答,吴小弟、戴阿宝、马三爷三人是不一致的。比如关于钱的问题,吴小弟基本承认吴长根有钱,但因为他自己没有看见,所以口气不十分肯定,很活络;戴阿宝则肯定吴长根很有钱,并且以事实为证;马三爷却说吴长根自己没有钱,这里面就有几处漏洞和矛盾。戴阿宝所举事实,均是在地脉岛发生的,戴阿宝知道,吴小弟和马三爷不可能不知道,而且这种事情很好查对,戴阿宝不会如此胆大包天无中生有的。那就是吴小弟、马三爷隐瞒了什么,这是一;第二,马三爷在说吴长根没有钱的时候,强调"自己"两个字,口气很重,那意思是不是说吴长根赚了钱,但他自己没有钱。那么,钱到哪里去了呢?还有关于在地脉岛收购古董等问题,回答都是大相径庭的。

马乐隐隐约约地感到,同与不同之中,都隐藏他们三个人的目的和动机。

马三爷讲完吴长根的事就走了。吴小弟对马乐说:"等会儿阿三也要回去,叫她领你走,天黑山路很难走的。"

马乐点点头。

吴小弟把三娘娘喊出来,说:"阿三,你领马同志回去吧,下手事情让她去做吧。"

三娘娘解了围裙,把吴小弟的杯子拿过来,喝了一口,说:"干死了。"

马乐向吴小弟道谢、告辞,就跟着三娘娘往回走。

三娘娘走在前面,不说话,马乐跟着她的手电光,心里想着爷爷的事情和案子的事情,不由得有点烦躁,他忍不住要同三娘娘说话。

马乐问:"三娘娘,你知道马顺昌这个人吗?"

三娘娘说:"我听他说起过的。"

"他"是谁,马乐没有问,他的直觉告诉他,这个"他"肯定是吴小弟,而不是她的丈夫叶炳南,也不是别的什么人。至于三娘娘为什么既不叫姐夫,也不直呼其名,又不叫书记,那就是另外一回事了。

马乐问:"马顺昌真的做过湖匪吗?"

三娘娘笑笑,说:"这也不是什么大不了的事情,我们这里有好多人从前都做过土匪的。"

马乐张了张嘴,不知说什么好。

三娘娘又笑着说:"其实土匪也不是个个都很凶的,我小时候,还被土匪绑票到匪船上去了呢,也没有拿我怎么样,只要我家大人拿出一百块钱来,就放我回来了,送我到家门口,还帮我买一件新衣裳呢。"

马乐说:"你还记得清楚?你那时候大概几岁?"

三娘娘说:"我是听我娘说的,那一年我五岁。那时候到我们这里来的,大多数是小股的土匪,顶多三四十人,人家叫太湖猢狲的,不敢做大手脚的,只上来弄点洋钱,弄点粮草,有的客客气气。像金阿三、刘阿本那样的大股土匪,是很凶的很吓人的,杀人放火,样样做得出。我听说大土匪到我们这里来过几次,抢的几家人家都是最好的人家,像叶富贵家和叶长龙家顶惨,金银财宝抢光,房子烧光,人杀光。那时候岛上也有他们的坐探的。"

马乐问:"谁做坐探?"

三娘娘说:"大概是吴家的人,不过我也是听他们讲的,我没有见过,到我懂事,已经没有土匪了。"

三娘娘这样说,就和她的丈夫叶炳南的说法有所不同了。照叶炳南的口气通匪的是马家,三娘娘却说是吴家,奇怪的是三娘娘娘家是姓吴的,她怎么会说吴家人通匪呢?她是不是在庇护马家?如果是,又是为什么呢?当然三娘娘和叶炳南说谁通匪这样的话题并不是马乐真正要了解的内容,马乐要听的是有关爷爷做湖匪的事情。所以,他又一次向三娘娘提出这个问题。

三娘娘说:"马二麻子做土匪的事和马二麻子打东洋人的事,我们这里的人都晓得的。马二麻子名气大,本事大,人家做土匪,都没有好结果的,枪毙的枪毙,吃官司的吃官司,马二麻子福气最好,做土匪做成了老干部。我们这里的人都服帖马二麻子的,他和马三爷是堂房兄弟,三代内亲。"

马乐试探说:"马三爷好像很有本事、很有威信的,他从前是不是做过干部?"

三娘娘说:"马三爷从来没有做过什么干部,不过人家都服帖他的。"

马乐就有了这样一个想法:马三爷是岛上的核心。用时髦一点的话来说,岛上有一个影子内阁,马三爷就是影子内阁的总理。这一点马乐已经看出来了,可以想象,像吴小弟上门做女婿从马小弟变成吴小弟这样的事,很可能就是影子总理的一着棋。当然对作为村支书的吴小弟来说,可以看出,他早已经不是一颗可以任人移动的棋子了。

马三爷和吴小弟是不是完全彻底掌握了这个小岛呢?由一个人或几个人做土皇帝统霸一方天下,这在早些年农村里是常有的事,并不很奇怪。如果现在地脉岛确实是由马三爷、吴小弟掌握,那就是说,在岛上仍然是马家的势力占上风,这和叶炳南的说法比较一致。但问题是在现在这样的时候,马三爷、吴小弟统霸地脉岛有什么好处呢？照马乐想起来自从十年前重新分田分地之后,农村的党组织行政组织只不过就剩下一块招牌了。其实,马乐是大错特错了。事实上现今的农村,一个村支部书记,权力并没有因为责任制的实行而丧失,批造房子的基地、批二胎生育的指标、订承包合同,开具是否能够服兵役的证明等等,全在吴小弟和马三爷的手掌心里。在这样一个封闭的孤岛上,马三爷和吴小弟一手遮天还是有可能的。

马三爷、吴小弟是不是一手遮天,并没有确凿的事实可以证明,只不过是马乐的推想而已。即使他们真的一手遮天,或者一手遮地,这并不关马乐的事。马乐虽然应该属于有正义感的一类青年,但他还没有正义到去管这种管不了的事情,他关心的只是他自己的工作,如果马三爷、吴小弟一手遮天也遮住了他要查的案子,那马乐自然要闯一闯他们的一统天下;如果他们一手遮天并没有遮掩吴长根的事,马乐也就不至于去过问他们的别的什么事情。

马三爷和吴小弟究竟有没有遮盖吴长根的事情,马乐现在还不能作出判断。

麻烦的是冒出了爷爷的事情。这使得马乐不能一心一意直奔吴长根的案子了。

而且事实上已经不能说爷爷的历史真相和这个案子毫无关系了。

这时候突然冒出爷爷的事情,好像有点蹊跷,马乐突然想到一个问题。他突然想到他们会不会在暗示他什么,比如他们暗示他,如果他抓着吴长根的事穷追不舍,那么,他们手里捏着的爷爷的秘密也会……

有这种可能吗？难道从一开始,从吴长根被杀死的时候开始,他们就想到有人会来调查吴长根,他们早就有所准备？但他们怎么会知道来的就是那个隐瞒了历史的马二麻子马顺昌的孙子呢？他们怎么知道能够捏住他的什么短处呢？反过来说,侦破这桩案子的任务落在马乐身上,是不是他们在其中做了工作？那就是说,在市局里,至少在局长、科长这两层里,也有他们的人了。

这很荒唐。

这等于是西方黑社会了,所以这绝不可能,只是一个玩笑而已,天方夜谭。

首先,局长科长等人绝不会有什么瓜葛;第二,即使马三爷、吴小弟料到有人来调查吴长根,他们也不会料到来的会是马乐这样一个嫩角色;第三,在马乐上岛以后,他们只知道他是马乐,而不知道他是马二麻子的孙子;第四,关于爷爷的话题,是马乐自己先提出来的。所以,马乐大可不必因为爷爷的历史真相而妨碍他的侦破工作。他的目标是吴长根和跟吴长根有关联的人和事。

马乐加快步伐赶上三娘娘,问她:"吴长根的事,到底怎么样？为什么吴小弟说的和马三爷说的不一样呢？"

一提到吴长根,三娘娘就有点紧张,不像谈论马顺昌做湖匪那样轻松自如了。这是马乐的感觉,也可能是神经过敏。

三娘娘说:"我不晓得的。我跟吴长根小的时候是熟的,后来他去当兵,当兵回来就出去做生意了。吴长根的事情,弄不清楚的。"

这倒和她的丈夫叶炳南的口气一样。

既然搞不清楚,为什么又一个个要讲吴长根的事情呢？吴小弟讲吴长根的故事,是因为他是村支部书记,他有责任有义务向马乐介绍一些情况。那么戴阿宝呢,还有马三爷呢,他们为什么也要讲一讲吴长根的故事呢?

马乐像一个在森林里搜索猎物的猎人,转了半天,才发现前面是一口诱惑野兽的陷阱。问题是这口陷阱对他的诱惑力同样很大,因为很可能成功和失败都在里面。

马乐必须去走一走。

六

开发太湖风景区,把太湖中南山、北山、地脉岛连成一线,建成三处风格各异的旅游点,开辟南山湖区水上乐园、设置游泳场、水上酒吧、气垫游艇等游乐设施。在地脉岛建一批富有乡野情趣的小别墅,包括小型的疗养院等。

让太湖风景区变成全国一流的旅游胜地,让中外游客在这里流连忘返。

这无疑是一个大胆而富有创造性的设想。

县城建局为建立这样一个旅游区的设想,已经谈了几年了,但大都是泛泛而谈,没有具体的形成文字的东西。这一次有了一个具体的设想,城建局组织讨论了好几次,意见不一,争论不休。在一般情况下,大概早已搁置在一边了。但这一次开辟南山湖区的建议,却是县委书记陆怀中交代下来的。陆书记当然没有说一定要实施,他不会那样讲,他只是很谦虚很客气地请城建局讨论一下。陆书记自己的意见很清楚,他认为设想是很好的,但对可行性持怀疑态度。所以现在城建局要做的主要是讨论可行性问题,也就是落实具体问题的可能性。

既然纸上谈兵谈不出结果,局长决定先派人到地脉岛去看一看。作为未来风景区中的南山,是半岛,北山岛离南山很近,交通比较方便,开放也比较早,所以可以说南山和北山的风景点已经是初具规模了,问题的关键在地脉岛。地脉岛不仅作为三个景点中的主要风景区,将来的水上乐园也必将设在地脉岛附近的湖面上,各类建筑的落脚点也在地脉岛上。这个设想当然是有充分的理由的,比如地脉岛一带的湖面不是航道中心,航船比较少,除向南三公里外有一避风港,别无屏障,并且地脉岛周围湖深三米左右,比较理想。

老梁和小王都不是墨守成规的人,开辟太湖旅游区这样的蓝图,在他们心中也是常常酝酿的。派他们上地脉岛摸情况,对这个设想,应该说是积极的、有益的。

但是老梁和小王的共同结论是,不可行。原因是多方面的,最主要的一条,耗资太大,负担不起。曾经有些外商港商来谈过投资的事情,但都没有谈成,有的被别的地方拉走了,有的谈不拢,总是双方条件差距太大。

老梁和小王一致认为,要靠自己的力量,开辟南山湖区,绝对不可能。不说别的,就是把电通上地脉岛这一项,至少要花数十万元,即使用了这么多钱,也不一定办成。在深达三四米的湍急的湖水中打桩拉电杆,这样危险的事,并不是有了钱就能办到的,没有现代化的安装设备,恐怕只有望湖兴叹的份。这么多年,地脉岛一直没有用上电,原因恐怕也正在于此。当初在地脉岛向南三公里的湖面上筑避风港,在这么深的水中扔石块,筑石墙,实在不是一件容易的事,据说死了好几个当兵的。

所以说,在现在的情况下,地脉岛开辟风景区旅游点是不可能的,这是老梁和小王第二次考察了地脉岛以后的想法。

需要说明的是,在老梁和小王来讲,他们并不因为得出这样的结论而高兴,相反,他们都觉得很遗憾,因为他们对地脉岛很感兴趣。

老梁和小王对地脉岛的兴趣,应该说在他们第一次上地脉岛之前就有了。在他们认真地看了那份详尽的摆事实讲道理的设想,看了设想中关于开辟地脉岛的那些文字,关于地脉岛的现状和未来的描述,他们就被吸引住了。

他们不得不承认,如果排除经济因素,这个设想无疑是一个很了不起的东西。即使是专业人员,要弄出这样翔实而富有创造性的东西,也是不容易的。老梁小王他们即使从职业道德出发,也应该为这个设想大声疾呼,四处奔走,为使之实现而作一点努力。

可惜提出这个设想的人,是一个他们不喜欢甚至很讨厌的人——陆书记的外甥、开发公司的经理谢湖。

要说不喜欢谢湖,恐怕在县级机关的办公楼里,至少有一半以上的人有共同的感觉。当然不排除其中有一部分人根本不认识谢湖的可能性,没有见过怎么谈得上喜欢或者不喜欢呢。无疑是人言的力量,所以许多人对谢湖最多也只是一种肤浅的感性认识。

对谢湖的认识,城建局的人应该是最有发言权的。谢湖从南京调来,就是在城建局落脚的。很快这个人身上的高干子弟的特点就暴露无遗。其中有两个特别明显,一是强横霸道,一是拈花惹草。对城建局的人来讲,既有比较形象的感性认识,又有相对深刻的理性认识。可以说,对于谢湖的议论,大都是从城建局流出来的。

至于谢湖怎么会自愿从省城跑到县里来,那是众说纷纭的。

被分析出来的理由很多,比如说为了老婆孩子,因为谢湖的妻子在本市工作,但这个理由站不住脚,像谢湖这样的家庭,要把一个儿媳妇调到南京工作大概不会是一件很困难的事,所以谢湖完全可以把老婆孩子弄到省城去,而不必反其道而行之,从省城跑到乡下来。又比如说是想赚大钱,这个理由也有破绽,高干子弟要赚钱,根本不必亲自动手,只要求爷爷奶奶叔叔伯伯批个条子弄点平价紧俏物资,不费吹灰之力,钱就到手了。再比如有人怀疑谢湖在南京犯了案子,到乡下来避风头的,这个理由更不可信。其一倘若谢湖真的触犯了刑律,他就是跑到天涯海角,也是难逃法网的;其二,倘是一个人犯了法而潜逃,公安人员首先当然要怀疑是不是逃到亲戚家去了。谢湖大概不至于笨得连这点常识也不知道,而来投奔舅舅陆怀中吧。所以关于谢湖在大家都向往开放、向往现代化、向往大城市生活的时候,逆历史潮流而动,跑到乡下来的真正目的,无人知晓。

　　谢湖在城建局待了半年,县里成立开发公司,他就过去了,所以有人说这个公司是专门为谢湖开的,这种话虽然很不好听,但毕竟有些道理,开发公司当然是谢湖一把抓的。另外有一位关书记,是一个老资格低水平的老公社书记,做了三十年的公社书记,除了烟熏酒泡玩麻将,什么政绩也拿不出来,实在是提拔不上去,现在年纪一大把,安排个公司书记,挂名不管事,又是个肥缺,也不会有什么意见。话说回来,能和谢湖配合的,也只有这样的人比较合适。

　　谁也弄不清开发公司到底是开发什么,但有一点是明确的,开发公司经济收入很高,公司职工的收入要高出一般机关干部一倍以上。机关干部有意见,反映到陆书记那里,陆书记说,这是他们做出来的,我没有给他们任何优惠条件。这样的话,即使是事实,恐怕也是难以服人的。

谢湖的网现在已经撒到地脉岛了,他已经在小岛上撒下一张大网。撒下去的是空网,收起来是什么呢?这个问题并不难回答。谢湖是怎么跑到地脉岛上去的?这个问题恐怕也像他是怎么从南京跑到乡下来一样,至今没有明确的答案。但有一个事实是不可否认的,谢湖是由地脉岛村支书吴小弟的儿子吴中强引上岛来的。吴中强的行动,是引鬼上门,引狼入室,还是引火烧身,抑或是塞翁失马,现在还不好下结论。如果按辩证法来看问题,总是有好的一面,也有不好的一面。事实就是这样。

以上内容,是城建局的梁工程师和王助理工程师向马乐谈话时提供的,他们并没有义务向一个刑侦人员提供什么东西,并且他们也不清楚马乐的身份,他们只是作为一起在地脉岛住夜的萍水相逢的朋友,在闲谈中谈到这些情况的。当然这样的闲谈,很明显是受马乐引导的。

马乐从吴小弟家喝了酒出来,跟着三娘娘回家。马乐走进屋子,看见小李和两位工程师各占了一张床,剩下一张床是马乐的。叶炳南和叶坤林父子俩坐一张长条凳子,几个人正在瞎扯,屋里很热闹,马乐说:"今天客满了。"

叶炳南说:"隔壁还有人。"

马乐问是谁。

叶炳南说没有见过,好像是第一次来,是个老人,瘦骨嶙峋的。马乐就想到是杜国平,不知他是否如愿以偿买到了什么。没有人提起谢湖是不是也在招待所住夜。

小李说:"早几年,我刚来的时候,一个外人也没有。"

叶炳南说:"都是这一年里兴起来的。也是见鬼,这里有什么稀奇,有时候一来一大群,约二十个人,住不下,打地铺,像游泳队什么啦,到太湖来游泳,还有一帮小青年,写写文章诗歌,也喜欢来,说起来,全是谢湖这小子引来的。"

这样他们就提到了谢湖,后来老梁和小王参加进来,就说了以上那一些事情。

接着,小李也讲了一些事情,其间有叶炳南父子穿插补充,归纳如下。

湖中之岛地脉山山清水秀,风光旖旎,孤绝而巧。虽然近代以来,岛外人对地脉岛十分隔膜,但早在前朝,却时常有文人骚客或失意官吏上岛观光甚至隐居。比如清朝诗人吴庄上了地脉岛,曾写诗赞叹:"长圻龙气接三山,泽厥绵延一望间。烟水洋中分聚落,居然蓬莱在人寰。"

地脉岛面积约有两平方公里,世人称为小蓬莱。岛上风景奇特,有峭壁峰、动物石象形、长圻嘴、烟谷、五角亭等自然景观。峭壁峰是地脉岛主要景观之一,位落山坳,四周青山环绕,宛如一水石盆景。当然这个盆景奇大无比,壁宽有二十余米,高约十多米,岩壁陡峭,纹理纵横,青苔斑驳,藤蔓攀附,石缝中小树生机勃勃,最为触目的是独具风采的叠石。地脉岛的山石大都具有太湖石瘦、漏、透、奇、皱的特征。所谓瘦有清癯俊秀之风采,漏有玲珑剔透之情趣,透有轻盈窈窕之佳姿,奇有鬼斧神工之魅力,皱有古拙隽永之神韵。所以自古就有地脉之胜莫过于石的说法。再比如长圻嘴,是地脉岛上一古村,此处峰回路转,离尘远俗,沉沉乎自成奥区。村中黄土腴地,枯林绕屋,果实漫野,宜夏,宜冬,宜雨,宜晴,常年晓雾流红,晚烟曳白,从别处遥望而来,若有云气蒸蔚其间,美不胜收。据传当年乾隆下江南,也曾来此一游,并留下"仙境"二字。此"仙境"二字,现在仍赫然雕刻于长圻石壁,字体圆润、娴熟,很像乾隆手迹,但其真伪,较难考证。此外又有烟谷之景,称其苏南独美,亦当之无愧。烟谷古村每近黄昏,山村农家上空炊烟袅袅,与薄暮时晚雾交融一体,于夕阳余晖照映下,宛如给山村古屋披上层层飘忽柔软的轻纱,蒙上了一种宁静、安谧的神秘色彩。

小李是画家,口才也很不错,马乐听到这里,不由笑着插嘴说:"你要是做导游,肯定也是一流的。"

小李听马乐这么说,笑了,说:"我是被这个地方迷住了。好吧,言归正传。"

地脉岛的居民以花果为主业,小岛可谓春日梅花盛开秋季橙橘满山,可惜由于交通不便,也由于外面对小岛不了解,每年许多成熟的瓜果因为不能及时运出去,或者即使运出去也找不到销路而糟蹋浪费了。他们做过腌制品,同样打不开销路,半途而废。谢湖来了以后,以开发公司的名义收购瓜果以及腌制品。至于他怎么去推销,岛上人并不明白。只有一点他们是明白的,他们知道谢湖是不肯吃亏的。这样岛上的瓜果不再被浪费,腌制加工也恢复了,这当然是件好事。但是谢湖在收购价上卡得太紧。他收购糖渍青梅,每百斤只给一百元钱。糖渍青梅的腌制加工,费时费料,一百斤青梅要用糖九十斤,从头道工序洁果开始,要折腾三个月,其间每一个梅子都要用铜针刺十几针、翻身、加针、浇卤,反反复复三个月,才能制成甜中带酸、嫩脆爽口的青梅蜜饯。而谢湖收购一百斤糖渍青梅所付的钱,只能买一百一十斤白糖,也就是说,岛上人腌制一百斤青梅,只能赚二十斤糖钱。

这是小李讲的关于谢湖的第一件事,第二件事情就是做砚台。

地脉岛的澄泥砚是有传统的,据说早在一千七百年以前,三国时期,孙权在苏州郊外灵岩山为其母营造陵墓,封山禁止采石,原来在此以采石为生的工匠被赶走,没有了立足之地,他们在太湖上漂泊,后来就到了地脉岛。在这里他们发现了石质细腻的澄泥页岩,于是因材施艺,开始采石制砚。后来逐渐发展,到了唐宋年间已经十分有名。清初时出了一位著名的雕龙镂凤的女制砚匠叶二娘就是地脉岛人氏。以后由于太湖区域的其他地方先后也发现了澄泥页岩,制砚中心就转移到别处去了。

澄泥砚取太湖水域特有的澄泥页岩精心雕琢而成,质地坚硬而细腻,色泽深沉而含蓄,造型端庄古朴,图案精美优雅。澄泥砚发墨快,不损毫,不渗水,书写流利生辉,当初曾与广东端砚、安徽歙砚、甘肃洮砚齐名。

澄泥砚既有观赏性,又有实用性,制作讲究精雕细刻,本来是不适宜大规模生产的,但后来由于大量生产澄泥砚,就难免暴露出种种的弱点,加之传统工艺的中断、流失,后来制作的一些澄泥砚,往往粗制滥造,难登大雅之堂,至多只能放在园林门口个体小贩的地摊上,骗骗外行。

谢湖上岛之前,肯定了解了关于地脉岛制作澄泥砚的历史,虽然这段历史已经中断,但重新续上也是有可能的。天时地利,谢湖又用高薪请出了早已经告老还乡、闭门不出的制砚女艺人叶芗。叶芗是叶二娘的后人,叶家的制砚手艺是传女不传男的。在叶芗十多岁的时候,就已经学得一手好本事,后来被请出岛,到市里一家工艺厂做了几十年老师傅,名声很大。三十年代,她曾设计制作了一方"七寸方形砚",不仅图案雕得精细绝伦,生动无比,砚台本身也独具匠心,使水沟紧贴砚台四周,窄里见渊,加盖后数日不干,发墨如细流而不损毫,充分体现了澄泥砚特有的保水性能。此砚被选入赴万国展览会展品,现存放在南京博物馆内。叶芗到了晚年以后,很少出精品,后来就退休回了家乡地脉岛,好像不再有所作为。

谢湖请叶芗出山,并不是一件容易的事。首先叶芗是老派人物,她看不惯谢湖这种以为金钱万能的现代青年,所以开始叶芗是一口回绝。谢湖并不甘心,几顾茅庐,和叶芗谈起叶二娘的"凤砚",引起了叶芗的兴趣。当年叶二娘制作的"凤砚",现亦存于南京博物馆。谢湖专门回南京详细了解了有关"凤砚"的情况,终于找到了和叶芗谈话的题目。"凤砚"色紫,石质细腻、温润,长四十厘米,宽十厘米,高二厘米。砚台四周呈大圆角,前端稍窄,后端微宽,略呈梯形,砚身四侧至砚面砚背边框镌刻成柔和浮动的云纹,云纹烘托出腾翔于砚台顶部的"汉凤","汉凤"俯首,似在酣饮池水,凤嘴圆润,凤翼丰盛华丽,凤尾左右畅展,与云纹连成环抱之势,中间形成发墨池。此砚刻工极为精细,行刀轻重深浅得体,刀法婉转流畅,使图案生动活泼。砚台古朴、蕴奇,充分体现了叶二娘的制砚功夫。

由叶二娘"凤砚"的话题开始,终于请出了叶芗,她带出了一批徒弟,地脉岛很快恢复了制砚工艺。在叶芗的指导下,根据澄泥页岩中"鳝鱼黄""蟹壳青""虾头红"等不同色泽因材施艺,在很短时间,就设计制作了一批既有传统风格又有现代气息的新产品。比如有生动逼真的"香瓜含露砚",有淳朴简约的"唐僧取经砚",有古雅大方的"花瓶瑶琴砚"、栩栩如生的"群鸟竞飞砚"等等。其中有一方"云水大马砚",砚面周围镂镌八匹骏马,穿云破雾,气势磅礴,给人以呼之欲出之感(此时叶炳南插嘴说:在砚台上刻一匹马就要进刀几千次)。谢湖通过外贸部门,把这块砚台带到广交会上,被日本客商看中,一纸就签订了三千方的合同。

小李讲这几件事,与老梁和小王不大一样,没有明显的感情色彩,很显然小李纯粹只是一个局外人,而老梁、小王毕竟是身在其中。小李只是叙述事情的经过,其中的是与非、好与坏、爱与恨,都要马乐自己去思考。马乐确实是很认真很有味道地听了谢湖的故事,但听完之后,他自己仍然不明白为什么对谢湖这么感兴趣。他现在最关心的应该是两件事:走私案和爷爷的历史真相,是不是他预感到谢湖和这两件事有关呢?老梁、小王和小李讲了这么多,实际上,一个最重要的问题他们始终没有提到,那就是谢湖究竟对古董文物有没有染指。

听完老梁、小王、小李以及叶炳南父子的讲述,马乐对谢湖应该有了一个大概的印象,但这些印象和马乐要完成的任务毕竟相距较远,所以接下来马乐必须循循善诱,引导他们讲一讲他更感兴趣的事,这时候大家谈兴正浓,想来是会顺题而下的。

当然马乐不能直截了当地问,但又不能离题太远,他想了一下,选中一个自己认为既不太远又不太近的题目。

马乐说:"说乾隆皇帝来过地脉岛,是真的吗?"

果然大家都笑起来。

小李说:"乾隆到过的地方多着呢,哪里没有他的题字?不过许多书上记载乾隆来过地脉岛,写得有板有眼,听岛上人说,也是有根有据的。"

马乐以退为进,说:"我不大相信,就凭长圩嘴上那两个字,很难相信。这种字,可以仿,也可能是写好了赐下来的,这算什么根据?"

叶坤林就被引诱了,说:"是有根据的,我听我奶奶说过,她家老太太那里,从前有一枚戒指,说是乾隆赐给上代祖宗的,听老太太说起来,活灵活现,说当年乾隆乘船到岛上来,在长圻嘴南望村,看风景看得开心,当时正巧叶家那一代祖宗抱了儿子在旁边,小孩刚刚六个月,乾隆走过去逗他,小孩笑了,乾隆龙颜大开,就赐了一枚戒指。"

马乐笑起来说:"不大可能的,这种事情传得比真的还要像,戒指呢?"

叶坤林说:"戒指老早不在了。"

小王说:"这算什么凭证。"

这样谈话正中马乐的心思,他倒不是要追查乾隆的戒指,他也晓得这种传说悬空八只脚,极不可靠。但他现在沿着这条线往下讲,十分自然。他说:"这地方大概是有一些稀世珍宝的。我听冯仲青说,他从前有一方古砚,是冯梦龙用过的。"

叶坤林马上笑起来,和吴中强一样的口气,说:"脱空,哪里有什么古砚呀。"

叶炳南却说:"你怎么晓得没有?"

叶坤林说:"谁也没有见过。"

叶炳南说:"你没有见过别人见过的。"

叶坤林说:"你见过?"

叶炳南愣了一愣,说:"你不要管我有没有见过,反正有人见过。"

叶坤林说:"你讲出来,谁?"

叶炳南好像要讲的样子,马乐心中大喜,可是叶炳南说:"冯仲青见过的。"

叶坤林说:"你这句话等于没有说。"

叶炳南说:"什么等于没有说,就是有一方古砚的,你不晓得不要瞎说。"

三娘娘听见父子俩争吵起来,走过来说:"你们吵什么,这种事情,不要瞎说。"

叶炳南好像突然之间上了火,说三娘娘:"你走开点,少插嘴,你在别人家里神气,在我这里你最好靠靠边,我不吃你这一套。"

三娘娘说:"你啥个腔调?"

叶炳南说:"我啥个腔调?我又没有爬到别人床上去。"

三娘娘笑笑,脸孔有点红了,走开了。

这时候小李拿了手电筒出去方便,马乐连忙跟出去,他问小李:"叶炳南说三娘娘什么?"

小李笑笑,说:"没有什么大事情,就是姐夫弄小姨子。"

马乐没有听明白,又问一遍。

小李说:"就是吴小弟和三娘娘嘛。"

马乐说:"这种事叶炳南晓得?"

小李又笑笑,说:"不光叶炳南晓得,岛上的人恐怕都晓得。跟你说,这地方这种男男女女的事情,人人有份,不稀奇的,叶炳南说他老婆怎么样,他自己也有花头的。"

马乐说:"既然他自己也有,怎么说三娘娘上别人的床?"

小李说:"他没有说错,这里的风俗,都是女人上男人的床,所以三娘娘要去上吴小弟的床,叶炳南自己弄的女人,就来上叶炳南的床。"

马乐笑起来,他觉得有点不可思议。

小李又说:"其实在这方面,这地方比什么现代化大城市开放得多、随便得多。"

马乐说:"这恐怕是一种原始的东西吧。"

小李说:"不是有人说,最原始的就是最先进的,最先进的就是最原始的。"

马乐没有说什么,他觉得很难说清楚。

他们回到屋里,马乐还想继续刚才的话题,谈古砚的事,叶炳南却说:"不早了,睡了。"

叶炳南的谈兴并没有冷落,马乐觉得他的态度同三娘娘刚才的话有关系,表面上看叶炳南把三娘娘奚落了几句,实际上他还是受她影响的。三娘娘叫他不要瞎说,他就不瞎说了。三娘娘为什么不让他们谈古砚呢? 三娘娘既然和吴小弟有那一层关系,她会不会在维护吴小弟呢?

这时候大家听见潘能的大嗓门在院子里响起来,听见三娘娘说:"这么晚了,潘老师你怎么还来呀?"

三娘娘说话的时候,潘能已经走到房门口,他看看马乐,走过来对他说:"哎呀,马同志,我来看过你三次了。"

马乐站起来,说:"真对不起。"

潘能说:"不说客气话了,我有事情跟你讲。"

除了马乐,别人都笑起来。

七

看到潘能深更半夜追来缠马乐,其他人都笑起来。小李、老梁、小王都被缠过,现在轮到马乐。

叶炳南说:"你们要谈话,别人不能睡觉怎么办,几点钟了?"

潘能说:"这好办,我们到你家灶屋去。"

大家又笑了一阵,后来分头睡了。

这期间住在另一间屋子的杜国平始终没有一点声音,外面再吵,他也不出来看一看。马乐跟着潘能到叶炳南家灶屋,点了一盏小油灯,两个人坐在灯下,马乐看潘能的脸在油灯暗淡的光下,显得十分疲惫、苍老。潘能是要向马乐叙述他的经历和情感,所以在潘能的内心有着十分复杂的东西,这一点毫无疑问。

出乎马乐意料,潘能坐下来就说:"你要了解吴长根的事情,我都晓得,我告诉你。"

下面就是潘能讲的吴长根的故事。

吴长根这个人,从小就是很顽劣的,那时候他才上初小,大概只有十来岁,就已经很倔了。我看他是个孤儿,可怜他,叫他到我这边吃饭,他就来吃饭,但是这个人很不安分,没有一顿饭是按时来吃的,放了学就野出去,不肯好好用功。脑子是很聪明的,但不用在正路上。我曾经对他寄予很大的希望,但是他辜负了我,真是没办法。到他离开地脉岛去南山读书时,我送他一支钢笔。过了一段时间,他放假回来,我检查他的作业,发现钢笔不在了。问他,他说卖给别人了。当时我很生气,那支笔并不很值钱,但却是我父亲传给我的,我送给他,等于把他当我的儿子,他却卖掉了,你看看,从小就有这种坏习惯。初中毕业他没有考上高中,就回来劳动了。按理他一个强劳力,自己做来自己吃,还是可以的,不会穷到哪里去。可是他,天生的败家子,不会过日子,常常弄得吃了上顿没下顿,三天两头变卖家里的东西,若不是要成婚,说不定连那间破房子也要卖了。后来他参军了,我以为这下好了,期望他天天进步,可是他在部队里仍然不求上进,当了五年兵,没有入党,没有提干,灰溜溜地回来了。以后他就更邪了,居然做起这种丧权辱国的事,为了几个钱,连自己的民族、自己的老祖宗也不要了,卖了,你想想,这种人。

我跟你说,吴长根后来发了大财,大把大把的钞票,是用麻袋装的,听说有几十万上百万,每次回来,他都要一家一户去拜访,给点什么礼物。我知道,他是放长线钓大鱼,地脉岛上的人家,一般家中有几件古董是很普遍的,他就是打的这个主意,不知给他骗去了多少,都是国宝啊。有一次他还来看我,被我骂了,我说你还有脸来看我?你把国家都卖了,肥自己的腰包,你算什么人?他没有话说。但是我看不惯岛上一些人,因为吴长根有钱,就舔他的屁眼儿,包庇他,说他的好话。其实,我都清楚,吴长根能赚那么多钱,他的货哪里来的?当然有人提供的。吴长根真是坐享其成,有钱能使鬼推磨。地脉岛上,有好多人值得怀疑,比如网渔船上那个姓戴的,我一看就不正经,我甚至怀疑小和尚,我不管他是支书还是什么,我怀疑我就要说。谢湖那家伙来得迟,倘是来得早,肯定也要和吴长根勾搭上的。不过也很难说,说不定已经勾搭上了,我还蒙在鼓里呢。这两个人,一路货,千好万好不如钱好,碰上了,肯定臭味相投。

潘能一口气说了这么多,马乐发现,与前三个讲吴长根故事的人不同,潘能没有要马乐提一个问题,不管是关键部分还是非关键部分,都是潘能主动提供的。

又是一个吴长根。

第四个吴长根。

马乐在听完马三爷讲的第三个吴长根之后,就已经有了扑朔迷离的感觉。现在潘能又讲了第四个吴长根,马乐实在有点晕头转向了。由吴长根的故事构成的怪圈,已经不是三角阵,而是四方阵了。马乐怎么才能化解这个四方阵呢?

马乐看着小油灯摇曳不定,不由叹了口气,这是他上岛后第一次叹气。

潘能并不管马乐叹气还是怎样,他趁热打铁,说:"好了,你要听的吴长根的事我都告诉你了,现在我要跟你讲讲我的事情,要请你帮忙的。"

马乐点点头,他好像有点麻木。

潘能看起来不是一个能够察言观色的人,所以他会在马乐似乎麻木的状态下,津津有味地讲述他自己的故事。

当然,当潘能一开讲,马乐神经也就被他调动起来,不是因为故事生动有趣,而是由于故事漏洞百出。

我是一九五七年从师范学院毕业的(此时马乐心算了一下,对潘能的年纪发生了怀疑,于是他插嘴问潘能多大年纪,潘能说五十五,并补充说人家说我像六十五,马乐觉得是像六十五),我在学校读书一直是高才生,你不相信可以去问陆怀中。陆怀中就是现在的陆书记,县里的,也算不上什么大干部。我们同班同学里,最大的做了省委副书记、省委组织部部长,像陈健、顾仁和,都是大干部,陆怀中那时候在班上没有什么影响,才气平平,貌不惊人(马乐想你难道相貌很出众吗),那时候我们中文系的话剧队演戏,男主角大都是我扮演的(马乐对这一点表示怀疑,潘能看出来以后,赌咒发誓,并且叫他去问陆怀中,当然马乐不会去问陆怀中),有一次我们演莎氏名剧《李尔王》,我演李尔王,戏演过以后,扮演三女儿的女同学就和我恋爱了(马乐认为这是一部最蹩脚的小说里的蹩脚的情节),陆怀中当时最多只能演一个侍卫那样的角色(马乐不明白潘能大谈演戏是什么意思,他插嘴说后来呢?潘能倒是回味过来了),哦,又说到豁档里去了,不应该谈那些事了,说了也没有用,人家早忘记了。你去找陆怀中,他说不定不承认呢(马乐又插嘴,后来呢?潘能又领悟了),后来五七年我师范毕业到县中(马乐不明白高才生怎么分得这样不理想,省师范学院的高才生,即使不留校至少也会分在省城或大城市的学校,怎么会分到县里来了,潘能此时补充说,这所县中你不要小看,省重点中学,很有名气,马乐点头,表示理解),可惜我们那位校长狗屁不通,不学无术,还要指手画脚。有一次我问他懂不懂教育学,有没有听说过陶行知,他恼火了,说我是右派(马乐想那时候右派许多是祸从口出的,潘能这样的人,嘴巴太松,很容易出问题),我不服气,跟他辩,他根本辩不过我的。可是,他去汇报,说坏话,上面就要开除我的公职,不让我教书了,真是岂有此理(马乐说是岂有此理,打右派的时候岂有此理的事情是很多的,开除公职还算是小事呢,潘能赞同马乐的话,他是过来人,他见过),我就去找陆怀中。那时候陆怀中在县文教局做股长,有一点小权的,陆怀中说留在县中是不可能了,如果不开除公职,就要到下面去,到边远偏僻的农村去。后来他提到太湖中有一个小岛,叫地脉岛,岛上有百十户人家,没有人教书,小孩子读书成问题,他就劝我到地脉岛去(马乐想起他对谢湖说的那句话,我到这里来,还是你舅舅叫我来的呢,原来出处在这里)。地脉岛的小学,还是我创办的呢,不过当时我是想不通的,一个大学高才生,教乡下的小学,叫我怎么想得通,但后来还是想通了,因为不通也要通的(马乐想这倒是句真话),到哪里也是一样教书,岛上总归要有人来教书的。其实岛上原先还有一位先生,是一位老先生,从前教私塾的,老宿货,我一来他就吃瘪了,学堂里全是我的招式。我跟你说,我那时候不光教语文,还教算术、美术、音乐、体育,人家都说我多才多艺的(马乐不由笑了一下),你不相信去问问,你去打听打听,现在地脉岛上的人,大到四五十岁,小到十来岁,凡是识几个字的,哪个不是我教的(这一点马乐相信,听说岛上出过好几个大学生,想起来也是潘能教出来的。但马乐同时又怀疑,既然如此,潘能就应该是一个受人尊敬的形象,而事实却恰恰相反,现在好像岛上人人都可以拿潘能寻开心)。到我女儿前年师专毕业回来顶替了我,我才不教书了(说到这时,潘能的中心意思并没有出来,马乐只好又一次问,后来呢)。后来我不再管学校的事情了,就是要管也没有精力和闲工夫了。我现在要全力以赴做一件更加重要的事情,我跟你说我要保护地脉岛(马乐插嘴问,保护什么?潘能看了他一眼,其中稍有一点责怪的意思。他说,保护地脉岛呀),我跟你说,这一两年来,外面人来了,晓得这里是块宝地,来抢来夺,你晓得我讲的是谁吧(马乐当然晓得是谁)?他一来,这里就不太平了(马乐想你女儿也不太平了)。开塘挖山,好好的山,好好的地,挖得不像样子,败家子,这样挖下去,有朝一日要挖光的(马乐表示怀疑,这么多山石做几个砚台能做光吗?他向潘能提出这个问题,潘能认为做砚台也能把山做光)。现在他们已经不只是做砚台了,我知道他们又在动脑筋了,已经有人来看过山石,要动开山采石的脑筋。我们这里的石头,太湖奇石,从前讲石有聚族,太湖为甲。地脉岛的太湖石比别处的好(马乐以为这是潘能爱屋及乌),倘是外面的人要到地脉岛来采太湖石,用处是很大的,好料可以筑园林里的假山,可以做石雕工艺品,中等料可以做石角、石阶,下等料还可以铺路,可是我不会让他们来开采的,不能让他们这样做,这样下去,用不了多长时间,地脉岛山将不山,岛将不岛,我去告过他们(马乐问告到哪里? 潘能说县里、市里、省里都去过)。那些人客气倒是很客气,泡茶请烟,就是不肯说一句着力的话(马乐想这样的话是很不好说的)。后来我乱转乱投投到文管会去,文管会的人说什么? 他们说地脉岛上是不是有什么值得保护的东西,要有保护价值才能宣布为保护对象,保护不是一句空话,要人力物力的。这算什么话? 我说地脉岛本身就是宝,他们笑我(马乐可以想象大家笑潘能的样子),我是不服气的,所以现在我就是要寻找,既然他们这话说在前面,我要寻出证据来,告诉他们地脉岛就是宝岛(马乐又问,你这样漫山寻找,是不是有什么根据? 潘能说,古书上说地脉岛上有洞穴,这一点马乐也知道,他也看过一些书,看过有关地脉岛历史风貌的记载,但是如果潘能把历史的传说当成历史的真实,他实在是在钻牛角尖了)。

最后潘能说:"我不相信我找不到。"

马乐突然就有了一个奇怪的感觉,他觉得自己和潘能在做同样的一件事:寻宝。当然他要追查的东西和潘能要找的东西并不是一回事。但他们的行动却有某种相似之处,别人说潘能是老十三点,会不会也在背后议论他什么呢? 像他这样满岛乱转、乱问、乱怀疑、乱推理,是不是有一点一步一鬼的味道呢?

现在马乐自己在迷津之中,苦苦求索不得破阵,所以潘能的苦衷他是能够体会的。这期间他几次想起谢湖带他去看的那个没有洞的洞口,他现在完全可以告诉潘能,把希望指给潘能。

但是马乐没有多嘴,原因有三:其一,他到地脉岛是来调查吴长根走私案的背景的,他不想纠缠到其他矛盾中去,纠缠进去对他本人对他的工作不见得有什么帮助。如果谢湖确实是想把秘密透露给潘能,谢湖完全有其他办法。其二,对潘能本人,他同样不能完全排除嫌疑,所以他就不能完全信任他,所以也就不应该为他讲的事过分地操心。其三,谢湖是不是真心要帮助潘能,这很难说,尽管有潘梅这一层关系,但如果潘能真的找到了什么,地脉岛有可能真的列为某一级保护对象,那就等于断了谢湖的路。所以马乐对谢湖的本意同样持怀疑态度。如果谢湖是要捉弄潘能,而马乐为他传口信,一方面他参与了捉弄潘能,另一方面他自己也受了谢湖的捉弄。马乐认为和谢湖打交道,要加倍警惕。

所以马乐始终没有转这个念头,而另一个念头马乐却始终没有放弃过,既然潘能的嘴很松,他应该利用这一点,尽量多打听一点情况,比如有关谢湖和走私案是否有牵连这样的事情。但是到现在为止,情况恰恰相反,谈话的主动权始终在潘能手里,根本没有马乐提问的机会。马乐不由得产生了一点焦灼情绪,也许因为潘能讲得太多,而他从中得到的太少了。

潘能突然精神一振,说:"哎,你听,我女儿来了。"

马乐果然听见院子外面有个女子在轻轻地喊:"爸爸。"

潘能去开了大门。

马乐跟出来,看见一个戴眼镜皮肤白皙的文质彬彬的女孩子站在大门口,这就是潘梅。

潘梅的清秀、潘梅的娴静、潘梅的安详、潘梅的整个的气质,都使马乐刮目相看。

马乐不是没有见过纯情的女孩子,但像潘梅这样的,确实很少,也许是地脉岛远离尘俗的缘故吧。

潘能见女儿来,说:"你怎么老是盯着我?"

潘梅说:"不早了,回去睡吧。"

潘能说:"这是市里的马同志,我有要紧事跟他讲呢。"

潘梅朝马乐一笑。

马乐心里一动。

马乐想起吴中强加在潘梅头上的污言秽语,不由有些愤怒起来。

潘能虽然还是啰啰唆唆的,但还是跟着潘梅一起回去了。

潘能父女走了以后,马乐回到院子里。

这时候院里一片漆黑,所有的屋子都熄了灯,有两个人在打呼噜,声音一高一低,一张一弛,好像在演奏一首协奏曲。马乐听不出是哪里发出来的。一只猫从屋顶上走过,碧绿的眼睛朝马乐看看,叫了两声,听得出那声音很无聊。

马乐进房摸黑躺下,脑子里一团糟,两只耳朵里嗡嗡作响。马乐平躺,意守丹田,以腹式呼吸的方法稳定情绪。过了一会儿,慢慢地平稳下来,然后他让这一天的经历重新涌上来,一一回味,一一分析,一一排队。他把这些事情,分成三大类:一类是重要事件,二类是次要事件,三类是无关事件。然后根据事件和人物的关系,又列出三类人物:重要人物,一般人物,次要人物。最后他把人物和事件放在一起,于是马乐对人物的基本判断,在他心里已经形成一张表:

表一(地脉岛人)

  吴小弟(重点怀疑对象)

  马三爷(重点怀疑对象)

  吴中强(重点怀疑对象)

  戴阿宝(重点怀疑对象)

三娘娘(次要怀疑对象)

叶炳南(次要怀疑对象)

叶坤林(基本排除嫌疑)

潘　能(次要怀疑对象)

潘　梅(基本排除嫌疑)

冯仲青(重点怀疑对象)

表二(岛外人)

谢　湖(重点怀疑对象)

杜国平(次要怀疑对象)

小　李(基本排除嫌疑)

老　梁(基本排除嫌疑)

小　王(基本排除嫌疑)

表三(重点怀疑对象)

吴小弟

马三爷

吴中强

戴阿宝

冯仲青

谢　湖

接着,马乐又列出继续调查需要重点摸清的疑点。

疑点之一:吴小弟、戴阿宝、马三爷、潘能四个人讲的四个吴长根的故事,为什么各不相同?(分析:这里边有几种可能。一是四个故事都是假的,那就是说四个人都心怀叵测。二是四个故事都是真的,这说明四个人的出发点不同,也同样各有目的。三是四个故事有真有假,究竟谁真谁假,有待调查核实。)

疑点之二:冯仲青所说的古砚到底有没有? 如果确有其物,现在何处? (分析:如果确有其物,而吴中强和叶坤林为什么认为没有,这就暴露了吴中强叶坤林别有用心。反之,如果没有此物,冯仲青和叶炳南就摆脱不了干系。)

疑点之三:戴阿宝的网渔船是不是黑窝。(分析:如果是黑窝,就要追查戴阿宝货的来源。如果不是黑窝,吴中强就有声东击西、把祸水引向西方的嫌疑,同时这第三点怀疑也包括杜国平是否涉嫌的问题。)

疑点之四:谢湖究竟是个什么样的人物? (分析:首先谢湖绝不是救世主,他上地脉岛无疑为了自己的生意,至多也只是主观为自己,客观为别人而已。种种迹象表明,谢湖对金钱比较看重,所以不能排除他牵进走私案的可能。)

疑点之五:爷爷的历史真相被揭露,这是偶然的事情,还是事先安排好的? (分析:可以基本肯定爷爷的那段历史,马三爷所说是真的,而履历表上填的是假的,这一前提看来是确定了的,问题在于马三爷,这时候提出这件事,不会是毫无用心的,偶然提起也好,事先安排也好,客观效果却是一样的,即马乐专心破案的同时不得不时时想到爷爷的这一段经历。)

主要疑点排出以后,马乐开始思考下一步的行动计划。因为重点怀疑对象比较多,马乐不可能全面出击,如果没有一个周密的计划,就像十个指头按跳蚤,摸得着,抓不住。怀疑对象再多,也必须一步一步地走,从哪一步开始呢?

对面床上小李翻了个身，说了一句什么话，当然是梦话，好像是说的"以小见大"。

这句话并没有给马乐什么启发，马乐想了半天也想象不出这句话是在什么样的梦里用的，但他知道在绘画艺术以及其他各类艺术中，都有"以小见大"的风格技巧。

夜已经很深，马乐却没有睡意，他摸黑找出烟和火柴，点着了，烟头在黑夜里一闪一闪。

马乐重新又把那些疑点一一排过，要决定从哪里入手，四个吴长根的故事组成一个方阵，马乐很难走出来。冯仲青古砚的缺口也比较难破。戴阿宝的网渔船看起来也不宜再去第二次，去了也不会有什么收获。还有谢湖，这个人物并不好对付。马乐回想和谢湖见面、谈话的经过，突然有一个亮点，像烟头在黑夜里闪烁一样，照亮了马乐的思路，这是被他疏忽了的一件小事，就是在制砚场看见的那个挂玉饰的小孩，如果从这个孩子入手，从一件小玉饰入手，这不就是"以小见大"吗？

那孩子叫什么名字，不知道，但孩子说过他父亲的名字，姓马，叫马什么。

马乐搜索枯肠，回忆那个马什么的名字。

他终于想起来有个福字，叫马福什么。

马福生？不对。

马福明？不对。

马福昌？不对。

马福海？不对。

马福土？不对。

马福根？不对。

马福坤？不对。

马福忠？不对。

马福贵？不对。

马福坚？不对。

马福强？不对。

……

马乐泄气了,他怀疑起这个福字来,也许根本就没有一个"福"字,但姓马是肯定的,他还记得当时心里嘀咕了一下,和我同姓。

如果不是福,是什么呢,马乐又想了一会儿,想起来好像有一个"康"字,叫马什么康。

马永康？不对。

马金康？不对。

马水康？不对。

马泉康？不对。

马土康？不对。

马其康？不对。

马林康？不对。

……

马乐最后把两组不成立的名字交叉起来,那个名字一下子就出来了:马福康。毫无疑义,是马福康。

第一步就要找马福康。

行动计划有了开端,马乐松了一口气,睡意上来了,他灭了烟躺下去。

在马乐迷迷糊糊的时候,从外面很远的地方,又传来和前一夜相同喊"救命"的声音，一声接一声，马乐一惊，他想坐起来仔细听听，想披上衣服走出去看一看，可是，他瞌睡得厉害，只是迷迷糊糊中想着这些行动。

他睡着了。

补充材料：

因为夜里睡得迟了，马乐起得很晚，小李、老梁、小王，以及叶炳南父子都出去了。马乐见三娘娘也要出去，连忙向她打听马福康家住在什么地方。

三娘娘好像有点奇怪，问："你要到马福康家去吗？"

马乐点点头。

三娘娘说："马福康住在南望村。不过你找马福康做什么？马福康是聋子哑巴，听不见，又不会说话的。"

马乐愣住了，觉得很晦气。

三娘娘看他发愣，就开玩笑说："可惜你不是民政局的，你要是民政局的，到马福康家看看倒是应该，救济救济他，他的日脚难过。"

马乐问："他家很穷吗？"

三娘娘说："要不是穷，他也不会聋掉哑掉呢。"

这就奇怪了，是不是搞错了人头呢，那个挂玉饰的小孩，也可能根本不是马福康家的小孩，或者是他记错了名字，或者是那个孩子恶作剧，或者三娘娘会不会……马乐看了三娘娘一眼，什么也看不出，他决定还是到南望村去一下，眼见为实，耳听为虚。

三娘娘弄了早饭，叫马乐吃，她自己有事出去，关照马乐吃过后碗放在锅里，她回来一起洗，然后又指点马乐到南望村怎么走。

三娘娘出去不一会儿,又回进来,对马乐说:"马同志,外面有人找你。"

马乐抬头一看,颇为惊讶,站在门口的,居然是他的助手单建平。

马乐站起来,问:"你怎么来了?"

单建平说:"头儿叫我来的。"

马乐又问:"你什么时候到的,这么早?哪来的船上岛?"

单建平说:"交警队帮助,汽艇送我来的。"

马乐当然明白事情比较紧急,头儿叫他马上回局里。马乐问单建平知道不知道什么事?单建平说不知道,他是天不亮从被窝里被叫出来的。

马乐发现三娘娘已经走了,就把住宿费和伙食费留在床上,和单建平一起上了交警队的汽艇。汽艇没有熄火,人一上就开船了。

这样,马乐就结束了他的第一次地脉岛之行。

是不是还有第二次第三次,应该说有的,但也不是绝对肯定的,如果局里让马乐去承办另一个案子,把这个案子转给别人,那马乐至少在短时间内就不大可能再上地脉岛了。

所以,当地脉岛迅速远去的时候,马乐心里多少有一点留恋。

第 二 部

八

一切几乎都在马乐意料之中。

局里急着把马乐叫回来,肯定是有要紧的事情。最大的可能是本案有了新的线索。如果马乐这个猜测是对的,那么这新的线索,很可能来自福建而不是别的什么地方,比如地脉岛。如果真的福建方面有了什么新的消息,很可能马乐包括单建平有机会去一趟福建。

怎么说这也是一桩好差事。

一切果真如此。

消息是福建方面用电报的形式传来的,所以很简单,很扼要,只说有些新的线索,如需要,可来人。

唯一猜不透的是新线索指的是什么,马乐作了种种猜测,但他怎么也没有想到,赶到福建,是来听第五个吴长根的故事的。

确切地说,是听吴长根的老婆交代吴长根的事情。

冒出来一个吴长根的老婆。

这就有必要交代一下吴长根的婚姻情况。

吴长根在参军之前就结了婚,当然是早婚,是从小配的亲,谈不上感情什么的。所以吴长根参军以后,心里根本没有这个女人。

复员回来,吴长根只在家里住了半个月,就出去闯天下了,一去不返。吴长根的老婆忍无可忍,和吴长根离了婚,很快就嫁到外面去了,几乎和吴长根一样,再也不回地脉岛了。所以,吴长根从离婚到死这一段时间里的婚姻状况应该是空白。

现在却冒出来一个吴长根的老婆。

当然不会有人冒充,现在吴长根已经成了一堆灰,并且是一堆不干净的灰,冒充吴长根的妻子未必有什么好处。

这个女人确实是吴长根的老婆,有结婚证为证。这个女人看得出是个典型的福建人,因为涉嫌走私案被拘捕。在拘留所,她向马乐他们讲述(交代)了吴长根的事情。

这是马乐听到的第五个吴长根的故事。

女人和吴长根是三年前认识的,正是女人走投无路的时候,丈夫抛弃她和女儿,远走高飞了。她是农村户口,娘家在乡下,她跟这个丈夫是私奔出来的,进城做临时工,房子是丈夫租的。丈夫一旦离去,房子也被收走,母女俩流浪街头,无脸再回老家,她只得在一家个体咖啡店做招待。那一天吴长根和几个朋友喝咖啡,她端咖啡时,因为头晕摔倒了。摔碎了一些杯子,被店主拳脚相加,吴长根看不过去,说,她损坏了东西,叫她赔偿就是了,怎么随便打人。店主说,她赔不起,合同就是这样订的。吴长根摸出钱来代她赔了,女人磕头谢恩,后来吴长根了解了她的处境,问她愿不愿跟他过,她当然愿意。开始她以为只是姘居而已,想不到吴长根郑重其事地登记结婚,女人做梦也没有想到会碰上这样的好人。

(说到这里女人大哭起来)

关于吴长根走私的情况,女人是这样交代的:吴长根确实以此为生,他们弄到了货,由海湾的渔船负责在海上偷运出去。吴长根本人,没有直接在海上接头。

关于货的来源,吴长根女人先讲了一些已经侦破的事和已经抓获的人,最后她说,还有一条线,就是吴长根的家乡。吴长根经常回去,每次总能带些东西来,也有时候家乡有人来,把货带来。

女人提供的情况线条比较粗,所以后来马乐又提问。

马乐问:"你说的吴长根的家乡,是指地脉岛,还是说的大范围的家乡,比如江苏,比如江浙沪一带,比如苏南,比如太湖地区。"

女人说:"两层意思都有,他在苏南一带也弄,在地脉岛也弄。"

马乐问:"在地脉岛有没有什么人专门帮他搞货?"

女人说:"不很清楚,但是肯定有人提供过什么。我记得他说过,还是家乡人好,还是我们地脉岛的人好,肯帮忙。"

马乐问:"什么人你知不知道?"

女人说:"好像说是一个同姓的人,是做干部的,还有什么网渔船上的,具体不清楚。"

马乐问:"吴长根从家乡带过来的东西,你是不是都过眼的?"

女人说:"一般他都给我看的。"

马乐问:"有没有一方古砚,一方雕刻着龙的砚台?"

女人说:"没有。"

马乐问:"吴长根搞这些东西,到底赚了多少钱?"

女人说:"赚得不少,但他开销很大。比如他每次回去,就要带一大笔钱去。我们自己这里,真是没有多少的。"

这是不是一个最真实的吴长根呢?马乐认为应该是真的。在这之前,福建的同行曾经介绍,吴长根妻子交代的一些情况,经过调查核实,基本属实。他们认为这个女人认罪态度比较端正,可能因为有了先入为主的印象,马乐觉得她讲的吴长根的故事比较可信。所以在五个关于吴长根的既同又不同的故事中,马乐最相信这一个。

实际上,马乐相信第五个故事的原因,不仅仅因为吴长根女人的认罪态度,或者说最主要的不是因为这个,而是因为吴长根女人讲的这个故事,和他的推理比较吻合。因为这一个故事在某种程度上印证了马乐的某些猜想,或者说解开了或正在解开马乐的某些疑点。比如她说有一个姓吴的做干部的人曾提供过货物给吴长根,这人很可能就是吴小弟;比如她提到有网渔船上的人,就和马乐对戴阿宝的怀疑相呼应。

现在马乐躺在火车卧铺上,脑子里千回百转想着五个关于吴长根的故事。

马乐在这五个故事中排出了大体相同的地方和不同的地方。

相同之处。

之一:

吴长根为人处世很受欢迎,他助人为乐,心地善良,经常帮助别人,在吴小弟、马三爷、戴阿宝,尤其是在吴长根女人的讲述中,这一点尤为突出。但潘能除外,潘能认为吴长根从小就有一些劣迹,比如卖掉他送的钢笔,但钢笔事件本身并不明确,因为潘能没有说为什么卖钢笔,或者卖了钢笔的钱派了什么用场。如果吴长根真是一个助人为乐的人,他很可能是为了帮助别人才卖掉钢笔的。

所以在吴长根助人为乐这件事上,基本是统一的。

当然,也可能四个人出于各自的目的,而美化、包庇吴长根,这一点潘能倒是提到过的。

之二:

吴长根不仅助人为乐而且胸襟开阔,豁达大度。其中戴阿宝特别强调了这一点,他的证明是尽管从前吴长根丈人家对他不好,但吴长根有了钱还是帮丈人家造了新房子。还有吴长根曾经向戴阿宝借钱而未借到,但是吴长根一点也没有耿耿于怀,如此等等。

对于吴长根的这一优点,尽管几个人的叙说比较一致,但仍有值得怀疑的地方。如果吴长根果真是一个豁达大度的人,那么他怎么可能因为分赃不均而斗殴致死呢。

马乐有了一种奇怪的感觉,好像他在调查的这个吴长根和死去的那个吴长根,并不是同一个人。

这种感觉好没来由。

之三:

吴长根的经历,五个人的说法大体相同。孤儿,初小,高小,初中毕业,劳动,穷,十九岁结婚,二十岁参军,当兵五年,回来只在地脉岛待了半个月。

之四:

吴长根出去之后,在外面做过不少营生,最后是在做古董生意。

这一点,除了马三爷的答复比较含糊,其余四人都承认的。

以上是相同之处,但也只是相对的相同,相同之处仍然是有不同的地方的。

那么不同之处呢?

之一：

关于吴长根当兵五年的表现，吴小弟说他表现很好，而戴阿宝说他表现可以但不得志，而潘能则说表现不好。

根据实际情况推测，戴阿宝的说法比较可信，吴小弟的说法明显地不可信。

之二：

关于吴长根有钱无钱的问题。潘能是信口开河的，说用麻袋装钱，几十万几百万，不可能。因为事发以后，查出来吴长根家里现金加存款总共才三千多元。

戴阿宝说吴长根的钱用在别人身上了，比较可信，因为这是事实。但吴长根是不是真的自己只留几千块钱呢？会不会另有所用、另有所藏呢？

吴小弟说他不清楚吴长根有多少钱，这句话听上去很实在，但也很滑头。

马三爷说吴长根自己根本没有什么钱，意思是不是说吴长根的钱都用在别的地方了呢？

之三：

关于吴长根出去以后是不是经常回来，戴阿宝和潘能说常回来，吴小弟和马三爷说不常回来，而吴长根女人则肯定了戴、潘的说法。

之四：

关于吴长根有没有在地脉岛搞到古董，也是戴阿宝、潘能、吴长根女人肯定而吴小弟、马三爷否定。

相同和不同说明了什么呢？五个人，五个故事，五个角度，五种态度，马乐觉得其中吴小弟的说法比较活络、圆滑，既不否定又不肯定,既承认又否认,叫人抓不住确实的东西。吴小弟在玩滑头。出于什么目的?是想掩盖什么?还是他做干部的时间长了,养成了凡事不露声色的习惯?

如果以吴长根女人讲的故事基本真实为前提,对比起来,最接近事实的是戴阿宝讲的故事。

马乐以为最可疑的是戴阿宝,而戴阿宝偏偏讲了最多的实话(当然最关键最主要的,即与他自己的关系没有讲)。戴阿宝是不是想用丢卒保车的办法,来个金蝉脱壳呢?

或者很可能马乐的推理猜想失误,根本就没有进入本案的关键部位。

思路被堵塞了。

单建平正和几个旅客神吹海聊,他们谈论的话题是当代中国侦破推理电影的水平,一致认为其臭无比。他们毫无顾忌地攻击编剧、导演、演员,全不知道看人挑担不吃力这句俗语。后来单建平说,生活是艺术的源泉,正是生活中的办案人员水平太臭,电影才臭。

单建平的这个论点,有人赞成,有人反对。马乐听了,只是自嘲地笑笑。

有个旅客说单建平:"你说话牙齿排排齐,要是有便衣,让你吃不了兜着走。"

马乐和单建平笑起来。

单建平说:"我就是便衣。"

大家大笑,绝对没有人相信,单建平也就作罢,不再多说。

马乐和单建平共事时间不长,他觉得单建平年纪虽轻,但不是个没有内涵的人。看起来这家伙豁嘴豁牙,什么都讲,但他绝对能做到见好就收,很懂分寸。

谈话的高潮过去了,几个旅客不约而同地沉默了,看书的看书,休息的休息,吃东西的吃东西,单建平从中铺爬下来,坐在马乐旁边,说:"想通了没有?"

马乐说:"你怎么知道我在想什么?"

单建平笑起来,说:"我又没有说你在想什么,我是希望你多想想小陈,你们的事应该办了。"

小陈是马乐的对象。

马乐说:"我不急,要你急什么?"

单建平说:"我怎么能不急?你还不结婚,我倒等不及了,可惜道理上讲不过,你大我小嘛。中国人从来讲究先收大麦再收小麦的,不能颠倒的呀。"

马乐说:"见你的鬼,你这个小麦还没有成熟呢,怎么收?"

单建平说:"怎么还不成熟?法定结婚年龄你懂不懂?男二十二,女二十,怎么不熟?"

马乐说:"你就外行了,那是大政策、大气候,各地还有小政策、小气候,你这个小麦的成熟期,要推迟两年呢。告诉你,男二十四,女二十二,怎么样,还差一点吧?"

单建平说:"差也差不了多少,一年工夫,快得很,这一年里你再不收大麦,我可要先收小麦了啊。"

马乐说:"见你的鬼,你盯着我做什么?我打光棍,你也打光棍?好了好了,还是想想正经事情吧,饭碗头的事情。"

单建平笑笑,拿出一张纸,给马乐,说:"作业做好了。"

马乐接过来一看,是一张图表,有点像八卦图。

马乐认真地看了这张图表,很有点惊讶。

图表是这样的：

```
                    吴小弟
                     │
                  虚虚实实
                     │
                  嫌疑待查明
   谨慎│脱│戴          庇护         马│谢
   嫌疑│自│阿  ── 吴长根 ──  嫌疑   中│湖  马
   夸夸│己│宝        │       待查   强│   三
   其词│服│能     基本无关    明       │   冬
                     │
                   杜国平
```

这张图表把马乐的思路理得清清楚楚，顺顺当当。

马乐突然叹了一口气，说："你是块料子。"然后有点沮丧地说，"我不是块料子。"

单建平说："你当真啊？这就是你的想法嘛，我不过代劳画了一张图，你跟我讲地脉岛的情况，加上吴长根女人说的，不是这样吗？"

当然是这样的。

其实马乐和单建平都知道这张图表仍然是一个迷魂阵，只不过把那些很混乱的疑点排得比较有规律而已。

单建平说："我是根据你的思路，就像阿迦莎·克里斯蒂东方快车谋杀案的思路，人人都有谋杀嫌疑，而且事实上也是人人都参与了谋杀，是不是？"

马乐不置可否，却反问他："那么你自己的思路呢？"

单建平说:"我没有思路,我的思路就是吃饭。走,喝啤酒去"。

单建平要到餐车喝啤酒,马乐说:"你请客?"

单建平说:"你工资比我高,你请客。"

马乐说:"我开支比你大,你也不请我,我也不请你,自己吃自己。"

在资本主义国家,据说有穷警察富法官的说法。但在中国,至少在目前,警察和法官大概是半斤八两,都不富。出差虽然有差旅补贴,但一天四块钱的补贴根本不够开支,除非一天三顿顿顿吃面,而且还不能吃带荤腥的面,只能吃光面和素面。在火车上,一盒素面是两块钱。

马乐、单建平一人要了一瓶啤酒,点了两个炒菜,就花了十八块,一人要出九块。炒菜端上来,炒鸡丁只有三块鸡骨头,炒鱼片全是鱼头鱼尾。看看别人盘子里也大同小异,鸡肉和鱼身也不知到哪里去了?

到餐车里用饭的,大都和马乐他们差不多,叫一两个炒菜,来一瓶啤酒。有一个人在那里摆派,吸的中华烟,放在桌上,喝的易拉罐啤酒,一要就是四五罐,自己带了烧鸡等食物,又叫了三四个炒菜,细嚼慢咽,有滋有味。

马乐看看他,对单建平说:"吴长根之类的暴发户。"

单建平说:"你怎么老是离不开吴长根?吴长根跟你的工作有关,跟你喝酒吃饭无关。"

马乐说:"你难道不想吴长根的事?"

单建平说:"怎么不想,该想的时候想,不该想的时候不想。"

马乐说:"你把你想的,跟我讲讲,行不行?"

单建平笑起来说:"行。关于五个吴长根的故事,不同的出发点,我都想过了。潘能,因为恨,所以夸大其词;吴小弟、马三爷,是要保护吴长根,所以遮遮掩掩,虚虚实实;戴阿宝呢,是想摆脱自己,而且看起来,他和吴长根是不大可能有什么关系的。"

马乐说:"那么,你认为这些人和走私案都没有关系了?"

单建平说:"不敢说。"

马乐问:"你认为谢湖呢?"

单建平说:"不敢说。"

马乐说:"你滑头。"

单建平说:"你想听我的看法,可惜我没有调查就没有发言权。但我的直觉和你的想法恰恰相反,他们很可能跟吴长根都没有关系。"

马乐说:"这不可能,你是寻开心,吴长根女人说的那些事,提供的那些人的情况,怎么解释?"

单建平说:"也可能是其他地方,姓吴的干部何止吴小弟?网渔船是到处都有的。"

马乐说:"那么戴阿宝呢?他船上有古董,这是我亲眼看见的,怎么解释?"

单建平说:"他手里有货,不一定就能证明他和吴长根有联系。难道不可能有另外的路子?"

马乐说:"照你这样讲,这个案子根本就用不着立案,用不着侦查了。"

单建平说:"恰恰相反,很有必要立案侦查。"

马乐说:"你这个人,口是心非。你心里一定认为这个案子不值得追了?"

单建平说：“天地良心，我可没有这样说。我只是觉得你不必要太认真，该放松的时候还是放松一点。”

马乐心想，你还嫌我不放松，要是让你去跟一个老侦查员，你有得滋味尝呢。

吃过饭他们回到卧铺车厢，单建平要睡觉，马乐问他有没有消遣的书，单建平从中铺扔下来一本书，马乐拿来一看，根本不是什么消遣的书，是一本竖版繁体字、无标点、影印的《古董辨疑》。

马乐说：“你这家伙，很用功嘛。”

单建平说："我才不看呢，我是特意带来给你看的，拍你马屁。"

马乐不再跟他啰唆，看起书来。

竖排版、繁体字、又无标点，对马乐这样的人来说，看起来十分吃力，但他还是一字一句地往下啃，越读越觉得有滋味，耐读，和现代的一些书比，实在是不大一样。

他先看了作者自序：

古董可疑者之当辨世人绝无非议者唯辨之须得人非凡识之无收藏几件古物者皆可辨之也盖辨之之道极难必也具有古董整个领域内之常识再辅之所广博之经验特殊之阅历深邃之研讨及超人之智力方能胜任作者只一平头百姓耳岂能具此非常本领今竟不度德不量力贸然出此非仅世人不能同情即本人亦自惭形秽感觉十分惶愧也故虽辨之亦绝不能有令人满意之解答亦绝不能有新奇之贡献辨之亦终无益也或曰既知其无益而又为之斯诚何心哉曰借此以促进国人对古董更深刻之研讨使之成为有价值之学术耳盖古董中之有可疑者世人多不知之而知者又多为道高德重之君子平居以隐恶扬善为信念辨之唯

恐有侮前贤开罪士林……

马乐连看了两遍，不由不惊叹作者文字的功力，言简意赅，文章平而意义深。

单建平半天没有声响，马乐以为他睡着了，正想再往下看正文，单建平突然探下头来，说："明天怎么安排？"

马乐说："先休息一天。"

单建平叫一声"好"，又不作声了。

马乐重新拿起书来往下看，却看不进去，他想休息一天，他该干些什么呢？

他要在家陪爷爷。

九

爷爷只有一个，孙辈却有七个，七个孙辈共一个爷爷，爷爷少而孙辈多，这一点毫无疑问，马乐是七分之一。马乐既不是最大的，也不是最小的。既不是最出众的，也不是最讨嫌的。所以马乐在爷爷心目中恐怕根本算不上什么。但问题是马乐的亲兄弟亲姐妹以及堂房兄弟堂房姐妹都在外地，现在爷爷身边只有这七分之一，所以应该说马乐多少能够算一点什么。

最关键的问题是马乐和爷爷住在一起。马乐天天喊"爷爷"，而另外的七分之六却要到逢年过节或者出差来才能喊"爷爷"，马乐是否能沾一点光呢？应该说是肯定的。

他们这个家庭人员有：爷爷、奶奶、爸爸、妈妈、马乐。不久还会有马乐的妻子。马乐的姐姐在外地上大学，毕业以后就留在外地结婚生孩子。

一切很正常很和谐。

这个家庭应该是很和睦的。爷爷是老干部,德高望重;爸爸妈妈是知识分子,谦谦君子,这样的家庭成员不会有人粗声恶气。

事实上从前就是这样的。但那只是从前。现在不一样了。现在家里有一件让人十分遗憾又十分难堪的事,就是爷爷和奶奶吵架斗嘴。

爸爸妈妈很着急,他们当然不希望老人不和睦,尤其是爸爸。但是他们左右为难,劝也不好,不劝也不好,劝了被说成是搬弄是非、火上浇油;不劝就说是铁石心肠,坐山观虎斗以及鹬蚌相争渔人得利等等。马乐当然更不能多嘴,他又晚了一辈。

在马乐从前的记忆中,爷爷奶奶不光不吵架,连话也很少说。爷爷那时候总是有人来找,他只和别人谈几句话,奶奶也只是偶尔同爸爸说几句。现在话越来越多,并且多得不可收拾,不能控制了。

他们吵的什么,听不清。常常出现的有几个字,比如去和不去,比如死和不死,比如死不瞑目和死也甘心,等等。从这些字眼当然分析不出什么来,只能使人莫名其妙,心烦意乱。这样的斗嘴开始的时候,两三天来一次,后来就发展到天天吵,当然好也就好在这天天进行,别人也就不再大惊小怪、如雷击顶了。马乐的爸爸妈妈和马乐自己都是很忙的人,他们实在没有工夫去听去劝。

老人家心理变态,这没有什么大不了的,最好是任其自然,当然不任其自然也没有别的办法。

自从马乐上了地脉岛,相信了马三爷的话,他对爷爷的看法就有了改变。当然他并没有因为爷爷隐瞒什么而看不起爷爷,他对爷爷有了另外一种感受。这么多年来,爷爷背负的包袱一定很重,爷爷的内心世界一定很痛苦,一个连自己老家都不敢认的人,一定不会很幸福的。至于爷爷为什么要隐瞒那一段历史,这里边的原因,不说马乐也能猜出几分。很明显,爷爷伪造历史,是为了他自己,同时也是为了家里人。如果爷爷没有隐瞒这一段做土匪的历史,这个家庭很可能会是另外一个样子,当然谁也无法想象会是什么样子。

现在马乐心目中爷爷的形象不再是一身正气、十分威严而又大话连篇的老革命的形象了。马乐现在很同情爷爷,甚至有点可怜爷爷。奇怪的是,这样反倒使他觉得爷爷亲近得多了。

关于是不是要私下和爷爷摊底,告诉爷爷他上了地脉岛,告诉爷爷马顺元怎么说,关于这件事,马乐考虑了好几天。他怕突然揭开来,会使爷爷受刺激,但也可能揭开以后,爷爷反而会一身轻松,即使别人知道了,恐怕也不再会有什么好事之徒来追究一个七十多岁退下来的老人的事情了。

实际上这些都是次要的,主要是马乐想通过爷爷了解一些地脉岛的过去的事情,比如古砚。

所以马乐决定告诉爷爷。

马乐准备告诉爷爷的时候,爷爷正在生气,这是上午八点至九点之间,爷爷应该在老年俱乐部下棋或者玩别的什么游戏,但早上爷爷又和奶奶吵架了,所以爷爷这时候在生气。

人老了,有些言行举止会变得像小孩一样,别人就把他们当小孩看,觉得他们为一点小事吵闹生气实在不值得。但马乐看得出来,爷爷是真的很生气。

爷爷和奶奶两个人,马乐说不上更喜欢哪一个。

奶奶不是家庭妇女出身,她是知识分子出身的,所以虽然老了,仍然很有思想,又很敏感,有时很坚强,有时又很脆弱。她做了一辈子教师,退休以后,也曾经在家里待过一段时间,但她忍受不了寂寞,又到少年宫担任了辅导老师。

奶奶不是爷爷的原配,照从前的说法,爷爷的原配是南山人(现在看来很可能就是地脉岛人,马三爷始终没有提起这个人,不知是一时疏忽,还是有什么用意)。原配夫人是在爷爷参加了太湖游击队以后,被爷爷逼迫与爷爷离婚的(现在看起来很可能是爷爷对她不忠,又做了土匪才离婚的。因为照马三爷的说法,爷爷做土匪的起因就是为了争夺一个女人而杀了人,这个女人可以肯定不是爷爷的原配夫人)。爷爷参加了太湖游击队,驻扎在一个繁华发达的大城镇,爷爷那时候名气很响,太湖区域内,谁不知道打东洋人的马二麻子马大队长?奶奶肯定就是那时候看中爷爷的。奶奶虽然是大户人家出身的,但书读得多,道理也懂得多,抗日的时候,就到镇上的抗日学校教书,爷爷是她的学生。这一段恋情可以用五个字概括:才女爱英雄(这一段历史看来不假)。

这样说起来,不光爷爷值得尊敬,奶奶也是值得尊敬的。但奶奶知道不知道爷爷在认识她以前的那一段事情呢?奶奶要是知道,会不会爱上爷爷呢?这同样无法想象。

马乐注意到爷爷生气的时候,总是重复说"死不瞑目"。爷爷会不会因为想回老家而不得实现才说死不瞑目呢?这个可能性不是没有。叶落归根,老人想回老家,哪怕只看一看,这样的思乡之情人人都有,合情合理。爷爷即使是想回老家地脉岛看一看,也不是很困难的事,有什么阻碍呢?奶奶和爷爷吵架,是不是为这件事呢?如果是,那就是爷爷要回地脉岛,而奶奶不让他去。这样说起来,奶奶一定知道爷爷的那一段历史。奶奶如果知道,就不会不告诉爸爸。如果奶奶告诉了爸爸,爸爸又怎么会不告诉妈妈呢?难道蒙在鼓里的只有马乐一个人吗?难道他在地脉岛听了马三爷的话大吃一惊的这件事,本不是什么秘密吗?

马乐突然很泄气。

但不管怎么说,马乐总是要和爷爷谈一谈这件事的。

马乐不知道该从什么地方谈起,爷爷心情不好,他要小心一点。马乐并不怕爷爷,爷爷也没有什么可怕的。但是如果三句话惹了老爷子,马乐的目的就达不到了。

爷爷如果是为思乡之情所困所缠而不快活,那么马乐恰恰也只有和爷爷谈这种话题才可能引爷爷开心。马乐一直守候在客厅里,趁爷爷开了自己紧闭的房门,走出来倒开水的时候,马乐不失时机地说:"爷爷,这次我出差,吃到白煨羊肉,味道真是不错。"

爷爷的事情本来就是白煨羊肉引出来的,现在再用白煨羊肉开头。果真爷爷听了白煨羊肉四个字以后,没有回自己屋里,却在马乐对面坐下来。但爷爷说的话,却使马乐大吃一惊。爷爷说:"你小子,吊我的胃口啊,我正要找你算账,你到地脉岛去,还瞒着我。你说,马三痞子跟你说什么,说了我什么坏话?"

马乐不知道爷爷从哪里打听到他去过地脉岛的,这件事他没有对家里任何人讲过。问题是爷爷知道了,这是爷爷的本事。爷爷如果没有本事,他就不是爷爷了。爷爷确实是个了不起的人物,马乐可能一时间低估了爷爷。

爷爷见马乐发愣,又说:"马三痞子狗嘴里吐不出象牙。你说,马三痞子现在老不老,什么样子?"

马三痞子无疑就是马三爷马顺元。

爷爷对马三痞子好像有很大的仇恨,正如马三痞子毫不留情地戳穿了爷爷伪造历史一样,这两位马家顺字辈的老人,究竟有些什么宿怨?都是历史上的事情了。所以马乐并没有被一些假象所迷惑。虽然看起来爷爷在提到马三痞子的时候咬牙切齿,但马乐认为,爷爷现在对马三痞子的感情,更多的是怀念,而不是怨恨。

马乐向爷爷讲述了马顺元的情况。

马乐没有跟着爷爷贬低马顺元叫他马三痞子,也没有像地脉岛上的人那样尊敬地叫他马三爷。他称他的大名,马顺元,这是马乐滑头。

爷爷果然哈哈大笑,说:"马三痞子也老啦。"

马乐乘机拍一记马屁,说:"人都要老的,像我们这样,肯定没有爷爷的福气呢。"

爷爷说:"你根本不晓得人都要老。你以为我老了,看不起我是不是?你到地脉岛去为什么不告诉我?"

马乐说:"我没有瞒你,我现在不是告诉你了吗?"

爷爷说:"你说,马三痞子是不是说我做过土匪,嗯?"

既然爷爷什么都能料到,而且什么也不隐讳,马乐也不必再躲躲闪闪。他说:"爷爷,我现在负责一桩案子,是关于地脉岛上走私情况的,你有没有线索?"

爷爷沉下脸来,说:"滚你的蛋,你想怎么样?审问我?好小子,我说今天怎么跟我拉家常呢?原来别有用心。我这么多年没有回地脉岛了,我知道个屁。"

马乐直截了当地说:"那你从前在岛上的时候,肯定见过一方古砚,是冯仲青的。"

爷爷说:"冯仲青,说起来跟我们不同宗不同姓,不过这个人和我很谈得来,是个好人,不像马三痞子那帮人。你说冯仲青什么的,古砚,砚台,当然有啦,冯仲青有好多砚台呢。"

马乐说:"我说的那一方据说是冯梦龙用过的。"

爷爷说:"冯梦龙是谁?这个名字好像很熟。冯梦龙,岛上有这个人吗?"

马乐说了冯梦龙是谁,又强调了冯梦龙用过的砚台的价值。

爷爷说:"你不要跟我吹,这种好货即使从前有,后来恐怕早不见了。"

马乐发现爷爷很狡猾,他刚刚接近目标,爷爷就半真半假地扯开去,他有点急:"我就是要查这方古砚,从前有的,冯仲青说有的,可是后来不见了,岛上许多人不承认有这方古砚。"

爷爷说:"冯仲青说有,就是有。"

马乐精神大振,问:"你敢肯定冯仲青说的话都是真的?"

爷爷笑起来,说:"不光冯仲青说的不假,这方倒头古砚,我见过。"

马乐大喜。

爷爷见过这方古砚,是在下太湖,即做湖匪以后。爷爷为首的这一拨湖匪,有三四十人,一次爷爷回地脉岛看看,正遇上另一小股大约只有一二十人的湖匪抢劫地脉岛。爷爷一上岛,就看见冯仲青像疯子一样大喊大哭。爷爷和冯仲青是莫逆之交,当然要为他做主,当即问他被抢了什么。冯仲青说别的不管,只要追回那方古砚。

爷爷就和那股湖匪开战,大胜(据说爷爷下太湖之后,在遇上谢永光之前,从来百战百胜),终于追回了那方古砚。

在爷爷看起来,这是一方很不起眼的砚台。爷爷把砚台还给冯仲青。冯仲青趴在地上给爷爷磕了一个头。爷爷骂他没出息,为一方砚台,就给人磕头。冯仲青却说这方砚台不是一般的砚台,是冯梦龙用过的。爷爷对冯梦龙这个名字有点熟,大概就是那时候听到的。爷爷又把砚台拿过来看看,实在看不出什么名堂,砚台是暗青色的,石质倒是很细腻,镂雕并不多,水池比较深,在砚台边额上雕刻了一条腾云驾雾的飞龙,所以又叫"龙砚"。

爷爷问冯仲青这个砚台好在什么地方,冯仲青只说是冯梦龙用过的。爷爷哈哈大笑说,什么人用过,就是宝贝啦?那我马二麻子用过的枪,以后也是宝贝啦?(这话给爷爷说中了,据说在南山新四军太湖游击纵队纪念馆,就有爷爷用过的一把什么枪,当然说明词里的爷爷不会是湖匪马二麻子,而是抗日英雄马顺昌。)

爷爷说他见过古砚,一定不假,这应该说是一个很大的进展。

爷爷说了古砚的事,大概回想起冯仲青对古砚的态度,不由生出一层怀疑,他问马乐:"古砚真的不在了?冯仲青怎么说?"

马乐说:"冯仲青只是叹气。"

爷爷说:"冯仲青当然也和过去不一样,不见了就作罢,叹什么气呀。"

马乐说:"可是现在岛上人把他当老疯子,说根本没有这方古砚的。"

爷爷火了,说:"放屁!谁说没有这方古砚?"

马乐说:"是吴中强,你不认识的,年纪轻的,是吴小弟的儿子,马顺元的侄孙。"

爷爷听了吴小弟和马顺元的名字,脸色就凝重起来,不再说什么。

马乐的目的已基本达到,古砚到底有还是没有,这个重大疑点已经排除。冯仲青没有说谎,吴中强说了谎。吴中强说谎,是他自己的想法,还是别人唆使的?看起来别人唆使的可能性更大一点。如果是别人唆使,那么是谁?吴中强不是一个简单的人物,也可能他本人并不很复杂,但他的背景比较复杂。他的背后既有谢湖,又有吴小弟、马三爷。吴中强究竟是谁的代言人,是谢湖吗?还是吴小弟、马三爷?

这天吃晚饭的时候,爷爷突然宣布,要到地脉岛去。

全家人除马乐外,个个猝不及防。他们先是面面相觑,后来又一起盯住爷爷看。然后奶奶皱着眉头说:"你做什么?你要做什么?"

爷爷重复一遍说要到地脉岛去。

奶奶说:"你疯了。"

爷爷不理睬奶奶,第三次说要到地脉岛去。

不再有人接他的话茬,大家闷头吃饭。

爷爷很恼火,说:"你们听见没有?"

于是,爸爸说听说地脉岛上到现在还没有通电。爷爷说不用电可以用油灯。妈妈说听说那岛上没有医疗设备,连一般的设备都没有,万一发病怎么办?爷爷说万一发病救不了就死在那里也甘心。奶奶说这些都是说说的,问题的关键在于你到地脉岛去做什么?爷爷说那就用不着你们管了,然后爷爷回头问马乐班车班船什么时候开。

这样爷爷就把马乐出卖了。

在众目睽睽之下,马乐说班车一天两次,班船两天一次。其实要说反对爷爷上地脉岛,最激烈的应说是马乐。几天之后,他将二上地脉岛,和单建平一起去。如果爷爷也到那里去,只会坏事,而不会有任何益处。但马乐觉得奶奶爸爸妈妈这样一个鼻孔出气，百般阻挠爷爷了却心愿，实在太残酷。不说不人道这种难听的话，至少也是不应该的。马乐很想主持一下公道。

晚饭当然是不欢而散，并没有达成任何协议。

吃过晚饭，奶奶就到马乐房里来了，这是马乐预料到的。奶奶不会放过他，当然他也不会放过奶奶。

奶奶很严肃，说："你跟他说什么了？这件事是你引起来的。"

很明显先前大家心中都有数，都在装糊涂，只有马乐是真糊涂，所以现在马乐也要装一装糊涂了。他装糊涂，并不是要耍弄奶奶，他只是希望从奶奶那里也能打听出一些秘密来，当然是和他正在侦破的走私案有关的秘密。

马乐说："我引起什么事？你不要冤枉人啊。"

奶奶看了他一会儿，说："你是不是都知道了？"

马乐说："都知道什么了？你不要和我兜圈子好不好，你知道什么，告诉我，说不定我还能帮助劝劝爷爷呢。"

奶奶沉默了一会儿，说："你到地脉岛去出差的，是不是？你爷爷知道了，是不是？"

马乐说："是的，我到地脉岛去，我没有说，你怎么会知道，爷爷怎么会知道？"

奶奶却答非所问："地脉岛在我们心目中是一个很特殊的地方。你已经知道爷爷就是在那里出生的，爷爷的根就在那里。你也知道了爷爷过去有过一段不光彩的经历。"

马乐说："即使真有，也是过去的事了。现在爷爷老了，想去看看，有什么不可以呢？难道地脉岛很可怕吗？现在和过去不一样。爷爷做过土匪的事，就是有人讲出去，又怎么样呢？这有什么可怕的呢?"

奶奶说:"你错了,我担心的不是这件事。我问你,你去那里有没有见到或听说一个叫马顺元的人?"

马乐有了兴趣:"马顺元?有的,你认识他?"

奶奶没有回答他的问题,却说:"你是不是跟爷爷说了?"

马乐点点头。

奶奶叹息了一声。然后奶奶说了马顺昌和马顺元的一段往事。

马顺昌和马顺元,堂房兄弟。马顺昌只大一岁。虽然同族同宗,但自小不和,一直到马顺昌犯事下太湖做了土匪,两个前世的冤家才算分了手。马顺昌为了逃避官兵捉拿,在太湖上四处漂泊,无立足之地。地脉岛上的马顺元等于排除了一个敌人,但他并没有觉得心情舒畅,反而五心烦躁,整日不安。每次马顺昌回岛,马顺元都要找上门去,大吵一场,非要弄得马顺昌拔出枪来。当然马顺昌拔出枪来,绝不会真的动武,他只是吓吓马顺元。马顺昌自从下了太湖,反而看穿了很多事情,实际上已经不再同马顺元计较,但马顺元如果欺人太甚,他就要吓吓他。所以在这种情况下,别人稍稍劝一下,马顺昌就把枪收起来。马顺元见了枪,多少有点怕,也就收场,大家下了台阶。但马顺元有一点算是很义气的,好几次官兵上岛来捉拿马顺昌,问他的形迹,马顺元从来没有提供过任何线索。在马顺昌下湖为盗的一两年中,马顺昌和马顺元基本上没有什么大的冲突,倒是在马顺昌被新四军太湖游击队收编以后,出了一件事情。

一次太湖游击队在水网地区伏击日本人,马顺昌出谋划策,并且英勇作战,游击队以少胜多,以弱胜强,以三四十人的队伍,消灭了敌伪二百多人。

一仗大胜,立了大功的马顺昌立即被嘉奖,又提拔为支队副队长,并破例批准马顺昌回家探望。

马顺昌回到地脉岛,消息早已经传来了。抗日英雄回来,岛上人当然要为他庆功。马顺昌喝醉了,居然学起东洋人来,弄个花姑娘睡觉,闹得很不像话。马顺元本来就憋着一肚子的气,这时候发出来,骂不绝口。马顺昌拔出枪来就打,没有打中马顺元,却打了旁边一个人的耳朵。见了血,马顺昌才醒过来,但事情已经出了,马顺昌赔礼道歉,又赔了钱,受伤的人也就作罢,可是,马顺元却不服气。

第二天马顺昌回部队,马顺元也跟到驻地,向谢永光司令告了状。谢司令大怒,拔枪要枪毙马顺昌,大家死劝活劝,连马顺元也说了一句,虽然可恶,但没有死罪。但是谢司令并没有消气,谢司令在太湖上的威望,一是打东洋人打出来的,再就是爱护老百姓爱护出来的,他不允许手下人欺侮老百姓。正在僵持着,突然有人来报,日本人出动,谢司令一枪打飞了马顺昌的帽子,叫他去打头阵。

马顺昌打仗实在是个奇才,是个福将,于是又戴罪立功。

但这一件事却使马顺昌和马顺元又结下了新的仇恨,从这以后,马顺昌就再也没有回过地脉岛。

奶奶说爷爷几十年耿耿于怀的就是马顺元,但马乐好像不相信这样的事实。如果爷爷和马顺元果真有这么大的仇恨,这么多年,马顺元怎么不告发爷爷做土匪的事情呢?

这是很奇怪的。

奶奶说了半天,其实并没有说动马乐去劝爷爷,后来奶奶说:

"你不是在地脉岛办案子吗？你爷爷这时候去地脉岛,会坏你的事。"

奶奶是在提醒马乐,其实马乐怎么会忘记这一点呢。如果是在爷爷说出古砚之前,马乐恐怕怎么也要反对爷爷这时候去地脉岛的,但现在马乐却觉得爷爷可能会坏事,也可能会给他一些帮助。

为什么不呢,在古砚是否存在的问题上,爷爷不是给了他一个很大的关键性的帮助吗？

奶奶说了半天,并不知道马乐心里打的什么主意,只好怏怏地走了。

奶奶走了以后,单建平来了,带给马乐一个消息,或者说是一条新的线索,杜国平曾经接触过一方古砚,据说是冯梦龙的遗物。

单建平是从哪儿得来的这个消息呢？马乐问他,单建平笑了一笑说:"虾有虾路,蟹有蟹路。"

不管单建平是从哪儿得到的消息,这个消息,以及爷爷对古砚的证实,给了马乐极大的鼓舞。

一〇

杜国平的家在阴阳巷。

阴阳巷本来叫鹰杨巷或者叫鹰行巷。至于从前为什么叫鹰杨巷或者叫鹰行巷,说是考证不出来了,只是听说叫鹰杨巷或者叫鹰行巷的时候,这个地方很威风,地名也很响亮,以后改叫阴阳巷,十分泥土气。把鹰杨(或者是鹰行)这样一个文绉绉的很有内涵很有意蕴的名字,叫成阴阳这样的俗名,说起来也是一种约定俗成,并没有什么人规定下来,也不曾为什么人倡议过。当然约定俗成说到底也是有原因的。一则因为阴阳是鹰杨的谐音,叫起来是一样的,写起来就方便得多。二则因为鹰杨巷的居民住宅比较奇怪,南北两边的房子,大不一样,呈阴阳状,这也是把鹰杨巷叫作阴阳巷的一个重要原因。鹰杨巷是东西贯通的,住宅房子就是南北向了,坐北朝南的一排房子,一律为深宅大院式的建筑,几落几进,宽畅宏大,建造也十分讲究,飞檐翘角,雕梁画栋,气派非凡。当然住宅的派头主要是主人的派头。比如6号宅院为晚清探花、《吴中志》主编陆荫培家祠,家祠山门宽达八米。门前有一对两米高的石狮,另有旗杆石,石台阶有六层,可见陆家家祠门槛之高、房屋之威严。比如8号宅院大门门前有"乐善好施"的额石牌坊,柱刻"积善贻谋绵百世"联,此宅主人杨公德乃清代有名的"杨善人",相传杨善人富甲吴中,十分好施,吴中遭灾岁饥,杨善人散尽家资赈济乡里,帮助大家熬过饥荒。据说,善人的"事迹"传到京城,皇上赐了"善人"两字以示恩宠。当然,这些说法的真伪,现在是不得而知的。在阴阳巷西口有一拱形石桥,名善人桥,据说也是杨善人出资建造的。原先叫作鹰杨桥,在杨善人作古以后,黎民百姓纪念他而改作善人桥的。再比如12号宅内有砖刻门楼"邀月""听涛"和砖刻门联"酒醉琴为枕,诗狂石作床",显示了主人的风雅清高。14号则是一座凶宅,宅院极大,两落五进,该宅原为一官僚居住,传说此宅内连死好几个仆人,全都是新用的仆人,三五天之内就暴死,曾被人怀疑为主人所为,但一直查无证据,凶宅的名声却传出去了。到后来收归公有后仍无人敢住,改为安老院。再后来经过改建,时间也长了,才有人居住。

由于阴阳巷北边房子多为大宅院,门面十分宽阔,所以阴阳巷巷子虽很深长,但双数的门牌号码却只有22号。

在这些高大院墙对面,坐南朝北的,是一排简陋低矮的平房。这些平房的建造,和阴阳巷所在地是有关系的。阴阳巷东口就是老阊门。老阊门从前是城里最热闹最繁华的地方。"朱户千门室,丹楹百处楼"就是唐朝诗人对老阊门的写照。那时候老阊门不仅是达官贵人、商贾富翁的地盘,同时又有许多平头百姓、地痞流氓、穷酸瘪三占据于此。他们在老阊门或者做小贩摆地摊,或者做妓女拉皮条,或者拉黄包车做捐客,苦苦挣扎,待积得一点钱,就近选一块地方,造一点房子。当然这样的房子不可能很宽畅很高级,只是勉强遮风挡雨可以落脚罢了。所以大多数是一开间的平房,至多不过两三间门面,前无天井,后无小院,开出前门就是街,开出后门就是河,一览无余。造房的材料也远远不能和对面的宅院相比,一般只用最普通的青砖黑瓦,杉木为梁,能在外墙刷一层白粉,已经是很高的规格了。阴阳巷两排住宅,对比鲜明,反差很大,站在巷口,就使人有一种失衡感。以后大家把鹰杨巷叫作阴阳巷,究其原因,这种奇怪的建筑风格便是其中之一。

杜国平就住在阴阳巷。

阴阳巷16号,在凶宅隔壁。这是一座不大的院落,一进三开间,但造得很考究。这是杜国平的私宅。

从前的杜家,看起来是一个小康之家。

马乐和单建平敲响阴阳巷16号大门,一个四十岁左右的妇女出来开门。

单建平问:"杜国平,杜老是不是住在这里?"

中年妇女脸马上一沉,说:"没有。"

随后关上门。关门的时候又说一句:"狗屁杜老。"

马乐和单建平再敲门,却没有人来开。

他们只好退出来,看见巷子里有些人在墙脚边晒太阳,就过去打听杜国平。

那些人听说是找杜国平,有的笑,有的来了兴趣。

说:"年纪轻的人找杜国平,倒是不大看到的。"

又说:"杜国平名气是很大的,什么人都来找他。"

又说:"可惜杜家里的子孙不吃他这一套。"

单建平听不出什么名堂,就问他们知道不知道16号里开门的妇女是杜国平的什么人?他们问了长相说话口气等等,一致说是杜国平的二儿媳妇。

最后马乐和单建平好容易弄明白杜国平此时不在家,在张桂芳店里吃点心。又问张桂芳店在什么地方,说是张桂芳店在阴阳巷东口,到老闾门一找就找到的。

走到阴阳巷东口,就是老闾门了。

从前的老闾门是很热闹的,现在的老闾门仍然很热闹,这是马乐出了阴阳巷才体会到的,一个不大的地方,点心店倒有十几家。店招都是用的叫人开胃的名字,比如"香得来",比如"美味",比如"甜蜜蜜",比如"开口笑"。没有哪一家用店老板或老板娘(张桂芳听起来是个女人的名字)的名字做招牌,不像有些新潮发廊,用店老板的名字做招牌是很时髦的。

马乐和单建平挨个问过来,问遍了十几家点心店,没有叫张桂芳的人,也没有人知道张桂芳在什么地方。

单建平说:"他妈的,早知道就穿制服来了。"

马乐笑笑,穿制服出来调查情况,是不是就会便利一点,也很难说。但如果穿了制服,杜国平一定不会理睬他们。

前面有一串大约一二十家小吃摊,杜国平会不会在那里吃豆腐花呢。他们一桌一桌看过去,仍然没有杜国平的影子。到最末尾的一个摊位,一位六十来岁的老太,操着苏北口音,很警惕地问他们找谁。

单建平说:"我们找一个叫张桂芳的人。"

老太太笑起来,说:"我就叫张桂芳,你们找我做什么?"

马乐连忙说:"其实不是找你的,是找杜国平,听人家说,他在你这里吃点心。"

张桂芳说:"来是来过的,坐了一歇,走了。"

马乐和单建平相视苦笑,单建平还叹了口气。

张桂芳又说:"你们找杜国平,是不是白相老宿货的?"

马乐问她:"你怎么晓得?"

张桂芳笑了,一脸上都是什么事情也瞒不过我的意思,说:"别人不会来找杜国平的,来找他的人,必定是这种人。"

马乐又问:"他现在在哪里?"

张桂芳说:"看你们小青年急的,白相这种东西,要讲究慢性子的。杜国平嘛,不会到第三个地方去,不在书场听书,就一定在古董市场混。"

马乐说:"你跟他很熟吧?"

张桂芳突然冷笑一声,说:"我跟他不熟。他有老婆有子女,用不着我跟他熟,我不过看他作孽。他们家里人当他一条狗一样,叫他一个人单开伙仓。你们想想,这把年纪的人了,淘把米也淘不清了,还要单独开伙仓。一日三顿,跑到我这里来吃豆腐花。我是看不过,烧饭多烧一碗,算让他搭个伙。这种狗屁人家,说我想得老头子的宝货。这种狗屁东西,人家讲是价值千金。我也晓得的,拿在手里又不能卖,要卖大价钱就是犯法,不卖放在手里,一文不值,送我我还不要呢。"

马乐想不到现在民间还有人对国宝文物有这样的看法。但张桂芳讲的全是实话,虽然她愚昧无知,但比起那些把国宝卖给外国人而肥自己腰包的人,恐怕要高尚得多了。

张桂芳很饶舌,喋喋不休:"不过老头子也是活该,那种东西,有什么弄头,人家都弄光。现在的小辈,最好要刮刮老人的,倘是刮不到,就没有好面孔给你看。杜国平真是不识相,自己工资一分不拿出来,白吃老太婆和小辈的。有时候碰上好货,钱不够,还要偷了家里的东西去卖。你们想想,小辈要不要恨他?"

从张桂芳的话里,马乐他们大致了解了杜国平目前的处境。

马乐和单建平找到老阊门一带唯一的一家白天开的书场,进去一看,总共一二十人,杜国平果真在,他坐在后排,半闭着眼睛。

马乐走到他的斜对面,对他招手。杜国平没有发现,倒是他的邻座看到了,推推杜国平,又朝马乐指指。杜国平才走了出来。

到了外面,杜国平说:"现在的说书洋泾浜啰,不正宗了,什么'我'不'我',难听死了,'奴'嘛就是'奴',把'奴'咬成'我',什么腔调唉……"

马乐叫了一声:"杜老。"

杜国平看看马乐和单建平,眼睛一亮,说:"你们有货?"

马乐说:"不是有货,是……"

杜国平的眼睛马上就黯淡了,打断马乐,说:"没有货,找我做什么?"一边说,一边又要往里走。

马乐连忙说:"是沈老介绍我们来的,沈老沈衡如。"

马乐没有说谎,他和单建平通过关系找到沈老,请他引荐给杜国平。沈老是书画界很有名望的老画家,也是古董收藏家,他同杜国平私交极好,是老朋友,也是杜国平唯一信任和佩服的人。沈老写了一张便条由马乐交给杜国平。此时,杜国平听到沈老的名字,又接过那张纸条,果真不再拒人以千里之外了。

他说:"走吧,到我那里坐一坐。"

马乐和单建平跟着杜国平回家。杜国平有大门钥匙,开了门进去,刚才来开门的那个中年妇女没有出现。进了大门,就是一方天井。天井不大,但开间很宽,是五开间宅院,二层楼,总共有五楼五底,另加两隔厢。

马乐不由说:"杜老,这都是你的房子?"

杜国平说:"是的,是我祖父传下来的。"

马乐说:"很宽敞啊。"

杜国平却笑笑,说:"宽敞乎,不宽也。"

杜国平有三男两女,加上孙辈甚至重孙辈,全在这个宅院里,当然就不很宽敞了。

三个人穿过中间的客堂间时,有一对男女青年走出来,他们见了杜国平,只当没看见,自顾出去了。

杜国平说:"这是我外孙和外孙媳妇。"

马乐说:"杜老好福气,多子多孙。"

杜国平又笑笑,说:"人生最难得是清净,多子多孙就没有清净了,哪来的福?不过我倒是觅了一块清静之地。"

他们来到后院,后院实际上已经名存实亡,有四五间简易小房,大概是后来搭建起来的灶屋什么的。杜国平指指最角落里的一间,说:"我的'独乐居',闹中取静,怎么样?"

马乐注意到门上上了三把大铁锁,一扇很小的窗也用木条钉起来了,钉得很密。

杜国平开了三把锁,推开门,让马乐他们进去。屋里的肮脏和混乱是可以想象的,看了使人很不舒服。在一般人看来,不管怎么样,像杜国平这样一位有真才实学的老人,不管他收藏什么或者不收藏什么,不管玩物丧志或者玩物不丧志,做到卫生整洁,这一点应该是起码的,可是杜国平却做不到。

马乐看了一下小屋,大约有六七平方米,一张很窄的单人床,一张桌子一张椅子,其他就是一些又大又笨的木箱和两只旧木柜,上面都上了三四道锁。

马乐和单建平勉勉强强在床沿上坐下来。杜国平拿出老花眼镜,把沈衡如的信看了一下,他高兴起来,说:"先吃杯茶,你们要看,我让你们开开眼界,不过一般人我是不睬的。沈衡如荐来的人,我总是相信的。"

杜国平说要泡茶给他们喝,可是水瓶却是空的。他开了门,对着外面喊:"老太婆,冲一壶水来。"

立即从前面的一间屋子里传出来一个尖厉的回音:"做你的大头梦!"

杜国平回进来,尴尬地笑笑,说:"不吃茶也罢。"

然后他把门关紧,把保险和插销都上了,回身从枕头底下摸出一串钥匙,他把钥匙举起来,得意地对马乐和单建平说:"这就是我的宝贝。"

在开柜门上的三道锁的时候,杜国平又说:"我要上三道锁,我上了三道锁也不放心的,我们家里有贼,要偷的。"

马乐想起张桂芳说杜国平要偷家里的东西去卖,杜国平又说家里有贼,要偷他的,不由笑了一下。

杜国平却一本正经地说:"你们不相信?是有贼的。我知道是哪一个。上次偷了我一只宣德年的白茶盏,三钱不值两钱给人家骗去,后来被我追回来了,高出十倍的价钱,我情愿的。这种败家子,要防一防的,幸亏小子不识货,看那只白茶盏光莹如玉,好看,要是把我的宝贝青瓷狗窝偷去,我是要死了。"

说话间,杜国平又去拿一件什么,马乐以为就是他说的那个青瓷狗窝,拿出来一看,却是一只青铜爵器。

单建平见了这件东西,问:"这是青铜器吧?"

杜国平说:"明代仿造的。"

马乐拿过来看看。

杜国平就向他们介绍起青铜器来。青铜器最光辉的时代是商周时代,到了战国晚期,由于冶铁业的发展,青铜铸造业基本完成了历史使命。由于青铜器的造型和纹饰有很高的艺术价值,铭文又有重要的历史价值,所以在北宋以后,就有人开始仿造青铜器。

杜国平说:"我这只爵,是明代仿造的,粗糙得很。"

马乐说:"好像说,元、明的仿青铜器,反而不如宋人的讲究,是不是?"

杜国平听马乐这样讲,很高兴,他对马乐说:"你年纪轻轻,倒懂得不少啊,元人明人在青铜器方面的知识,远比宋人低,到了清朝,又超过了宋朝。"杜国平一边说,一边小心地从马乐手里拿回那件爵器,说,"你懂不懂辨伪?"

马乐说:"我不大懂。"

杜国平兴致勃勃地说:"我可以跟你说说。"于是他一板一眼地谈起了青铜器铸造与辨伪方面的知识。

杜国平介绍过后,叹了口气说:"可惜真青铜器极少见,所以,常常也就无从比较。"

马乐说:"好像还有一种听声音的辨别方法,说伪器声音清脆,真青铜器因经地下腐蚀,铜质已矿化,所以声音浑浊。"

杜国平点头说:"你是个行家,年纪轻轻,你这个人面孔陌生,我好像在哪里见过你的,是不是?是不是在沈衡如家里?"

马乐说:"不是在沈老家里,是在地脉岛,戴阿宝的网渔船上,他有货出手给你,是不是?我想看看,他不肯,拿出一只花酒盏仿制品来搪塞。"

杜国平笑起来,说"戴阿宝贼精。"

马乐说:"那天我走了,你看到了什么?货怎么样?"

杜国平又去开一只大木箱,拿出一只黑斑巧色白玉熊,这件工艺品利用黑白相间的天然玉色,巧妙设计,雕琢而成。玉熊昂首张口,盘膝匍匐,背部纯白的玉色上轻淡地分布着块块黑斑巧色,却似熊猫的天然色斑一般。玉熊神态生动,令人生爱。时代大约在明末清初。

杜国平说:"怎么样?"

马乐点点头,问:"他要了你多少?"

杜国平伸出一只手,展开来,五百。

马乐不大相信,像这样一件玉器,戴阿宝怎么肯以五百元的价出手呢?喊八百一千也不高的。

所以马乐问杜国平:"这个价……"

杜国平开心地说:"这个价太便宜了。我额骨头高的,他开价一千,可是我身边只有五百。起先他坚决不卖,我说你给我留着,我回去弄钱,弄了马上再来。他先答应了,后来想想又改变了主意,同意五百元成交。我真是额骨头高。戴阿宝说主要是这几天情势比较紧,要不然一千两千也不出手的,让我捡了个大便宜。"

马乐问:"你知道不知道戴阿宝的货是从哪里弄来的?他那里还有没有?"

杜国平反问他:"你也想弄这个?你年纪轻轻,要赔血本的,人家都要赔光的。"

马乐说:"那你是赔得心甘情愿。"

杜国平一愣,随即哈哈大笑。

关于戴阿宝的货是什么地方来的,杜国平当然不会知道。但杜国平也提供了一点线索,比如介绍杜国平找戴阿宝的那个人告诉过杜国平,戴阿宝的货一般不肯转手给杜国平这样的小买主,他是有大主顾的。至于令杜国平垂涎的大主顾是什么人,杜国平不知道。

关于戴阿宝那里还有没有其他东西,说到这个,杜国平是既遗憾又眼热,连连叹息手头钱准备得太少(其实当然不是带得太少,根本就是没有钱了),那天戴阿宝还让他看了另外好几件东西。

最后杜国平长叹一声,说:"他那些东西,是不多见的,等我有了钱再去,他肯定已经出手了。戴阿宝这个人,出手很快的,人是很爽气的。"

这样马乐他们找杜国平的第一个目的已基本达到。杜国平至少证实了戴阿宝的网渔船上有许多古董,不管他是否参与了走私,他这样倒卖古董就是非法的。当然现在看起来,这个问题比较复杂。社会上有名人高士收藏古玩,这不是什么坏事。但在这背后,就必定有人在倒卖古董,其中也必定有一些有相当价值的文物,这就是一件不好的事了。但是如果没有人买卖交换,古玩收藏只是一句空话。如果说戴阿宝倒卖有罪,那么杜国平呢,还有沈衡如呢?这就很难说了。所以在一般情况下,买者愿买,卖者愿卖,别人也不会多管,许多私下进行的买卖,要管也管不住。但是如果涉及文物,涉及走私,就要管一管了。

单建平因为对古董不甚了解,也就不怎么有兴趣,所以他耐不住杜国平啰唆,直截了当地进入第二个调查项目。他问杜国平:"听说你前几年得到过一方古砚,是不是?说是冯梦龙用过的,有这回事吗?"

杜国平并没有起疑心,他点点头,说:"是有一方古砚。"

马乐很兴奋,说:"在不在这里,能不能让我们看一看?"

杜国平摇头,说:"那不是我的,怎么会在我这里。"

杜国平这样讲,和别人议论他见了喜欢的拿了就走的作风不大一样。

关于古砚的事情,是这样的:

十年前,杜国平还没有退休,有一段时间,有一个五十来岁的人每天到博物馆来,一来就是大半天,别的不看,只是围着一只展出柜的古陶砚转。开始馆里的工作人员也不大注意,后来时间长了,就觉得奇怪,一时馆里议论纷纷,有人认为他是个疯子,也有人觉得要提高警惕,有偷窃抢劫的可能。但是要说是疯子,这个人并没一点疯的样子,要说偷盗更不可能。倘若他真想偷抢,再笨的人也不至于事先把自己暴露出来。馆里有人主动和他交往,但他总是缄默不语。最后分析下来,大家一致认为,这是个书呆子,说不定也是个痴迷于古玩的人。所以有人提议把杜国平请出来,和这个人说说。那时杜国平并不知道有这样一个人天天来,杜国平一心无二用的。杜国平和那个人交谈,其实等于杜国平一个人在讲解古玩讲古砚。那个人是只听不开口,这正合杜国平的胃口。他用一个星期的时间,要讲的都讲了。过了一星期,那个人带了一个包,打开一看,是一方砚台,经杜国平仔细鉴别,砚台上刻的一行正楷:墨憨斋主人用。以此为证,基本可以确认为冯梦龙之遗物。那个人听了若有所动,但仍没有多说什么,包了砚台就走了。

此后一直没有再来。

一直到杜国平退休前夕,突然收到一个邮包,邮包里就是那方古砚,另外有一封信。

信没有开头,没有称谓。

我是在十年前一次偶然的机会,在一家人家发现了许多古玩,当这些古董不费吹灰之力就变成了我的以后,我开始迷上它们了。可是我根本不懂古玩,对它们的价值我不了解,对它们的内在精神我更不明白,所以,我总是玩不起来。由于根底太浅,好多年来终无什么长进,且常常上当受骗。这方古砚是在一次外调时连骗带吓弄来的,也可以说是抢来的,后来我听说古砚的主人因为失了此古砚发了疯,以后这方砚台一直压在我的心上。老天有眼,终于报应了。我的小辈不学无术,却晓得古玩好卖钱。他们把我的东西一件一件偷去卖,最后只剩下这方古砚,也许是他们有眼不识泰山,以为这是一方普通的砚台,所以放过了它。其实我倒希望他们弄走这方砚台,因为它压得我喘不过气来。

在博物馆听了您一星期的介绍,我才明白了什么是古玩,也明白了像我这样的人是不配弄古玩的。我把这方古砚交给您,请您代为捐赠给博物馆。

我搬掉心上的大石头,从此我不会再有玩古董的念头。

信没有署名。除了这方古砚,其他什么也没有。

这方古砚,现在陈放在博物馆展览厅。

这真是一个奇怪的下落。这方古砚是不是冯仲青的那一方呢?如果是,怎么会有这一番经历的?那个人说失了古砚的主人急疯了,是不是说的冯仲青呢?冯仲青有没有神经错乱的迹象?马乐回想起来,好像没有。如果冯仲青确实疯过,即使现在好了,吴小弟也不可能叫这样一个人给他介绍地脉岛的情况,陪他在地脉岛乱转呀。

首先要确定的是,这方古砚,是不是冯仲青说的那一方?是不是马乐的爷爷从湖匪手里夺回来的那一方?

——

已经到了吃午饭的时候,杜国平领着马乐、单建平走出后院,穿过客堂,客堂里五副炊具都在冒热气,菜香扑鼻,三儿两女各家一套,老娘是跟大儿子吃的。唯有老父亲没有人肯收留。杜国平、马乐、单建平,在大家的白眼下仓皇地走出来。

刚刚出大门,就听见隔壁14号有人在哭闹,走过去一看,一个年轻女人在哭诉,说是遭贼偷了。大家都奇怪,此贼胆子怎么这么大,大白天怎么敢来偷。问她偷走了什么,说什么也没有偷,只是翻得一塌糊涂。然后又诉说,怎么前不偷后不偷,左不偷右不偷,偏要偷14号。

有几个老人就议论,说14号从前是凶宅,现在也不太平,里边的人家不是遭贼偷,就是犯法吃官司。

马乐和单建平听说没有偷掉什么东西,就往前走,走了几步,发现杜国平没有跟上来。回头一看,杜国平站在14号门前发愣,面色苍白,马乐连忙喊他。

杜国平只是摆手,说:"不对不对,他们肯定是想偷我的,肯定是要偷我的。"

马乐说:"你在16号。"

杜国平说:"你不知道,只隔一堵墙头,不高的。对了,贼是要来偷我的,我屋里有人,就去翻了14号。幸亏你们今天来看我。"

杜国平一边说,一边返回去,马乐、单建平不知他进去做什么。过了一会儿,杜国平出来了,身后又跟出一个尖厉的声音:"做你的大头梦,谁帮你看门,偷光拉倒!"

杜国平对马乐他们说:"老太婆,嘴巴凶。"

三个人一起往前走,看起来,一顿午饭是要马乐、单建平请吃了。

后面突然有人喊:"你们等一等。"

他们回头一看,是阴阳巷居民委员会的治保主任。

杜国平说:"刘主任什么事?"

刘主任指指马乐和单建平,说:"你们两个哪里的?"

杜国平说:"是我的朋友,不是坏人。"

刘主任说:"你怎么能打包票?谁是坏人,谁不是坏人,你看得出来?"

杜国平说:"我当然看得出来。"

刘主任半真半假地说:"你少跟我缠,我还没有找你呢,经常弄不三不四的人回来。跟你说,我们阴阳巷这一阵不太平,三天两头有贼偷,你晓得吧?"

这话就说得很难听,"经常弄不三不四的人回来"和"我们阴阳巷这一阵不太平,三天两头有贼偷"这两句话是因果关系吗?等于指着杜国平说他有嫌疑,这叫指着和尚骂贼秃。但是杜国平并不同她计较,也没有提出希望她"讲话注意分寸"的要求,也可能这位居委会干部说话就是这样的水平。但有一点是肯定的,刘主任在怀疑马乐和单建平与这起未遂的盗窃案有关。马乐、单建平哭笑不得,碰上这种百倍警惕的老太太,你不同她摊牌,你就拿她没办法。

刘主任又说杜国平:"你不提高警惕,你不怕偷,是不是?反正你钱很多,是不是?"

杜国平说:"我没有钱。"

刘主任"哼"一声,说:"你还没有钱?你那几箱子几柜子,不都是钱吗?"

杜国平板了脸,说:"那怎么是钱?那怎么是钱?你不要瞎说。"

刘主任丢开杜国平,对马乐和单建平说:"你们两个跟我来。"

马乐和单建平不想跟她啰唆,到居委会就把证件拿出来让她检查。刘主任把他们的工作证反复看了几遍,然后神秘地问:"你们是来调查杜老头的,是不是?我可以提供情况,要不要找几个积极分子开会,发动群众?地段派出所查事情,都是这样的。我跟你们说,我看老头子是有点花头的,我说他经常和不三不四的人来往。"

单建平说:"到时候我们会来麻烦你的,现在最需要的是吃饭。"

马乐说:"希望你暂时不要把我们的身份告诉杜老。"

刘主任深深领会:"是的是的,秘密调查,他知道了要防一脚的,不能让他知道的。"

刘主任送马乐、单建平出来,说:"我们的阴阳巷治保是红旗。"

马乐拉了单建平一把,不让他再多嘴。他们一起走出来,杜国平在巷口等他们。单建平突然说:"博物馆我不去了,你和他去吧。"

马乐说:"怎么,女朋友又来了?"

单建平说:"我想去调查另一个人。"

马乐说:"这里不是很顺利吗?"

单建平说:"顺利不顺利,都是你的思路,我算什么?有我无我,无足轻重。"

马乐想你本来就是我的助手嘛,你想怎么样?独立破案,还差几年呢。当然他嘴上不会这样讲,他只是说:"你是不是有新的想法?可以再聊聊嘛,走吧,一起去看看吧。"

单建平坚决地说:"两个人去也是浪费人力,不如让我另外做点事,多摸点情况。"

马乐晓得单建平又有了什么鬼点子,要摆脱他一个人行动。马乐当初跟别人做助手的时候,也是这样的,觉得跟在后面无聊至极,说是两个人破案,实际上只用一副脑子。另一副闲着的脑子该有多难受呢,他是深有体会的。所以现在马乐自己成了独立办案的负责人,他当然是开明的。他要放手让单建平去想、去行动、去碰钉子、去成功。倒不是马乐度量怎么大,只是马乐比较年轻,少一点臭架子罢了。要说他心里一点疙瘩没有,那是假的。马乐知道,事实上单建平是不服帖他的,马乐在没有做出成绩来之前,没有理由要求单建平对他怎样崇拜。也可能马乐一辈子也不能让人崇拜、让人服帖,他不是天才、奇才,他只是一个极其平常的人。

马乐不知道此时单建平在整个环节的哪一部分发现了破绽,但他可以肯定单建平不是为别的事,而确实是为本案的事才撤出去的。他撤出去实际上是为了从另外一个缺口进攻,这当然是好事。马乐的目的只是破案。

单建平毫不客气地挥挥手,说:"好了,快去请杜老吃饭吧。"

马乐在巷口和杜国平碰了面,说请他吃饭。杜国平也没有推辞,只是问:"那位同志呢?"

马乐说:"有事先走了。"

杜国平说:"他不去博物馆了?唉,可惜呢,我还想跟他讲讲呢,他不如你,还没有入门,而且浮躁之气太重。我要跟他说,玩这种东西切切不可有浮躁之气,更不可有其他杂念,就像修行一样的。"

马乐指着一家小馆子,说:"这里怎么样?"

杜国平看也不看,说:"行,跟你走就是。我跟你说,我对吃穿的事不讲究。"

进了店,拣一个空位子坐下,马乐点了两个炒菜,要两碗面,又问杜国平要不要酒。

杜国平说:"喝一点就喝一点吧。"

马乐问要白的还是要红的。

杜国平说:"加饭即可。"

要了半斤加饭酒,两个人对饮起来。

杜国平看起来不胜酒力,一小杯酒下去,脸就红了。两杯下肚,眼睛也红了,再喝一点,就有点失态了。马乐劝他不要再喝,可是已经迟了。杜国平哼哼唧唧唱起小调来,店里的顾客都看着他笑。

马乐说:"杜老,别喝了,等会要去博物馆,我还有问题请教你呢。"

杜国平睁大眼睛看看马乐,一把抓住他的手,说:"你请教我?我算什么,我是什么,我有什么,我什么也不是,你不要请教我,你不要跟我学,你看我这样子,一辈子倒霉……"一边说一边哭起来。

一般弄古玩的老人,不说百万富翁,至少总能算是富有之人。对这样的老人,小辈似乎应该尊敬的,哪怕是不肖子孙,为了那些宝物也应该做一点样子出来。可是杜国平的小辈明知杜老收藏了价值连城的东西,却始终不愿意尽一点孝道,这很奇怪。马乐看杜国平酒后伤心,猜想十有八九和他的孤独有关。

果然杜国平一边伤心一边说起这件事情。老先生在一个孙子偷了他的白茶盏卖掉以后,怕子女小辈再动他的宝贝的歪脑筋,曾当众宣布,这些东西都是属于国家的,都登记过了。现在他只是代管,他一死,国家就会收走的,谁也不许动。谁动了,就是盗窃国家文物,那是大罪。

杜国平断了大家的念头。

马乐摇摇头,说:"杜老,你难道没有听过三箱石卵子的故事吗?"

三箱石卵子的故事应该是家喻户晓的。

一个老人生育抚养了三个儿子,老来却没有一个儿子肯收养老人。老人的朋友一天替老人运来三只十分沉重的大藤箱,均上了锁,告诉三个儿子,说是老人年轻时在海外干活挣下的金银财宝,要等老人去世才能打开。当然归属于最孝顺的儿子。从此老人过上了好日子,到去世那日,三个儿子打开三只藤箱,却装了满满三箱石卵子。

这是中国式的传统的教育不肖子孙的故事。

杜国平当然也知道三箱石卵子的故事,杜国平苦笑着说:"三箱石卵子,自欺欺人,我就是要直碰直地跟他们讲,我看他们能把我怎么样。"

马乐见杜国平又拉开聊天的架式,只好说:"杜老,差不多了,走吧。"

杜国平却说:"等一等,还有面条呢,两碗肉丝面还没有来。"

马乐哭笑不得,等面端上来,杜国平拿过一碗,抱怨了几声肉丝太少,总算没有大闹,狼吞虎咽地吃了下去,然后坐在一边看着马乐吃。

马乐问他:"你饱了没有?"

杜国平打了个饱嗝,突然说:"你是好人,我看得出来。"

马乐没有听清,问:"你说什么?"

杜国平用手背擦擦眼睛,狡猾地一笑,说:"你是小警察,戴阿宝告诉我的。那天你走以后,我就看出来。戴阿宝慌了,我趁机敲他一记。"

马乐说不出话来,这个杜国平,杜老,叫他说什么好,在一部分人眼里,比如在沈衡如这样的人眼中,杜国平是很了不起的人物,是受人尊敬的。而在另一部分人眼中,比如在阴阳巷的居民眼中,他恐怕只是一个老糊涂,或者是一个老吝啬鬼,一个邋邋腌臜的老头子。恐怕连单建平,甚至包括马乐自己也有一点这样的看法。

当然杜国平就是杜国平,他既是受人敬重的收藏家,又是一个老糊涂。

该糊涂的时候他就糊涂,不该糊涂的时候他不糊涂。

这是马乐对他的看法。

马乐见杜国平戳穿他的身份,索性摊开来说:"杜老,既然你已经知道,我就告诉你,我们找你,主要有两件事,一个是了解戴阿宝的情况,另外就是关于那方古砚的事。"

杜国平笑笑,说:"解释什么,走吧,到博物馆看看再说。"

博物馆地处市中心,但又不紧靠城市主干道,和商业繁华区既有一段距离,又不很远,是一块闹中取静的好地方。博物馆建于一九六〇年,是一座地方综合性博物馆。

踏进博物馆大门,呈现在眼前的几乎就是一座袖珍园林,不像是一座博物馆。

应该说是一座比较典型的江南小园林,园以水池为主,池东紧靠界墙叠湖石假山一座,匠心独运,垒叠得曲折奇异,可谓"尺幅千里之势"。山中有石洞,入洞循石级上达一亭。亭名一枝,取苏东坡"江头千树春欲暗,竹外一枝斜更好"之意。池西山阜透迤,梅竹相映,顶立方亭名浩歌亭,居全园最高点。池南临水建一平台,周围布置花坛树丛。池北一九曲小桥,桥北为一复廊,廊分两边,曲折上下,廊壁置花窗多扇,透过镂花窗格,可见廊北的大殿厅堂。

这小园的前身,就是江南名园涵碧园。

涵碧园是一座明代建成的私家花园,为明代某朝御史汪臣所有。汪臣因失意于官场,隐退回家乡,建了涵碧园,植花养鸟,怡情养性,并且甚喜古玩,收藏甚丰,日子过得十分逍遥。

不意为邻的刘氏,乃当朝宠臣刘梅卿的家眷,看中了涵碧园,强行购买。汪臣当然不卖。此事惊动了刘梅卿,刘回乡裁断。此人亦喜古玩之道,早已听闻汪臣所藏丰厚,其中有一件唐朝绿瓷杯,为稀世之宝。曾有人诗赞曰:听得松风并涧水,急呼缥色绿瓷杯。刘梅卿几次欲夺此杯而后快,一直未有机会,此次借房屋园地纠纷为由,给汪臣两条路,一是出让涵碧园,二是出让绿瓷杯。倘若出让绿瓷杯,刘氏可迁居,从此不扰汪宅。

以汪臣来说,是宁舍涵碧园,而保绿瓷杯,但眼前一家老小哭哭啼啼,告求不能舍园,不然则一家人无安身之处。汪臣无奈,选了第二条路。从此果然平安无事,但汪臣为失绿瓷杯伤心,不久积郁而亡。

奇怪的是,汪臣死后不久,绿瓷杯在京城刘府失踪,刘梅卿久追不得,不久竟也追随汪臣去了。

失了一件唐代瓷器,保住了汪宅和涵碧园,对汪家来说,是上策是下策,众说纷纭。

选中这个地方建博物馆,不知是不是和这段历史有一点关系。

因为有涵碧园这样得天独厚的条件,建博物馆就省力得多了,实际上只是新建了两座展览大厅,涵碧园复廊以北,原有的大殿、厅堂,比如荷花厅、清风馆、明道堂、倒影楼等经过修整、改造,也都成为非常合适的展览厅。

博物馆对外开放,游人很多,恐怕涵碧园尚存的独特景致也是吸引人的一个重要原因。

马乐到博物馆来过不止一次,但都是走马观花,基本上没有什么印象。现在他随杜国平穿过前园,来到博物馆正厅,第一展厅前面的指示标牌,就使他为之一振,这是"太湖地区出土文物展厅"。

在马乐的印象中好像没有这样一个类目的。杜国平告诉他,这是新近开辟出来的。原来这些太湖地区的出土文物,因为数量比较少,都分散在其他分馆。后来太湖地区出土文物搜集得多了,完全可以独立一馆,就集中了。

这个展厅确实值得一看。

分为"新石器时代文物""商周时代文物""秦汉—唐宋时代文物""元—清时代文物"四个部分,内容极为丰富。

新石器时代在太湖地区出土的,主要有带木柄石斧、刻花纹陶罐以及一些玉器等诸良文化期、崧泽文化期的遗物。一只刻花纹灰陶罐距今大约有六千年,罐上刻画猫、鸟、蝶、蛇、鸡等形态的兽图案,线条流畅,刻法纯熟,充分体现了远古文明的水平。

马乐深深为太湖地区的出土文物数量之多、价值之大而震惊。

马乐突然想到了地脉岛,有一种奇怪的感情在他心里冲撞。

这里不会有地脉岛的出土文物。

当然没有。

地脉岛还是一片未开垦的处女地。

马乐于是又想到一个人,潘能。

潘能天天在地脉岛寻找,如果有朝一日果真找到了什么,那会怎么样呢?潘能可能发现些什么呢?如果地脉岛的地底下、山岩中,确实藏着宝,会有人来保护吗?现在盗墓掘坟的事情很多,地脉岛天高皇帝远,交通十分不便,会有人去关心吗?岛上的人他们会干出掘祖坟的事吗?很难说,即使岛民不这样干,但谁能阻挡外面的人去抢去捞呢。

马乐又想到谢湖。

当然他对谢湖的认识,仅仅停留在直感上。

杜国平在一旁议论,说这一展厅的介绍文字写得太差、太简单,简单而不明了,而且太绝对,说新石器时代的文物是太湖地区最早的人类遗物,这样的话太绝对。在太湖区域的地底下、山岩中,为什么不能有更早的人类遗物呢?没有挖掘出来,不等于没有这种可能性。

杜国平的观点既有辩证法的合理性又有些强词夺理,真是言如其人。

第二展厅是书画展厅。

这是一个大展厅,吴中地区的书画,历来在绘画史上占有极其重要的位置。此厅共展出各代名画家书画二百余件,令人目不暇接,眼花缭乱。

马乐和杜国平只能走马观花了。

马乐的目标在第三展厅,地方工艺品展厅。

他们进了大厅,讲解员认识杜国平,上前招呼他。杜国平说:"我们来看看那块龙砚。"

讲解员说:"你还不晓得呀?换了地方了。现在又开了一个新馆,捐赠馆,龙砚也是捐赠的,移过去了。"

杜国平说:"名堂是多了,我在的时候,总共才五个展厅。"

他们又转到新开辟的"各界人士捐赠文物馆"。

马乐终于看见了那方古砚。

捐赠人:无名氏。

冯仲青、爷爷、杜国平三个人都描述过这方古砚。

他们描述得一点不错。

色青,石质细腻,镂雕不多,边额雕有一条腾云驾雾的龙,生动活泼,气势不凡,水池略深,砚台面微微倾斜,便于研墨。

关键在于,砚台底端的"墨憨斋主人用"六个字。

怎么证明这就是冯仲青说的那方古砚呢？唯一的办法是请冯仲青自己来辨认。

查到古砚的下落，当然是一件好事。但对马乐破案来说，不仅没有什么帮助，反而断了一条线索。

至少不大可能再从古砚这条线上找到什么和走私案有关的东西。如果对古砚的事要追究到底，那就是另外一回事了。就是追查这个无名捐赠人，这似乎和本案也无关。由古砚带来的种种嫌疑，比如吴中强为什么强调没有古砚，比如杜国平怎么会和古砚有某种特殊关系等等，也都失去了意义。

案情将向另一个方向发展，这毫无疑义。

下午马乐回到局里，单建平已经在了。

单建平去调查了刘小彤。

刘小彤是谢湖的妻子，在市服装公司搞服装设计。这是单建平在听杜国平大谈古董的时候，反复思考吴长根女人的供词时发现的。

供词中的这个细节，马乐也想到过，但被他疏忽了。

单建平抓住了这个细节。

吴长根女人提到这件事的时候，似乎仅仅是顺口带过。当时她的原话是这样的，吴长根并不常回家，有一些东西，都是那边的人送来的，比如她见过一个三十几岁的女人，听吴长根说是搞时装设计的，因为工作需要，常常往南边来，许多货都是她带过来的。

仅仅凭这句话，是很难找到什么的。单建平突然想到在火车上马乐曾说过谢湖的妻子也是搞服装设计的。

可谓一拍即合。

所以单建平没有耐心听杜国平唠唠叨叨讲古董了。

可惜调查结果却使单建平大失所望。

刘小彤确实是搞服装设计的,也确实是三十几岁,可是刘小彤很少外出,进公司好几年,只是在三年前,去过一次广州,其他什么地方也没有去过。原因有二:一是因为孩子太小,离不开;二是刘小彤的个性所致,刘小彤喜静不喜动,这对她的职业来说,未必是件好事,但她设计的时装,却绝对有超前意识,这很奇怪,但事实就是这样。

马乐和单建平交换了一下意见,排除了刘小彤的嫌疑,单建平自嘲地笑笑。马乐心想,你这才知道破案不是那么容易的。

马乐的下一个对象是画家小李。

一二

吴中画院是一个半研究半经营性质的单位,创办时间虽然不长,但是名声却很大。外面相传,吴中画院的经济实力已经敢和全市最有名的物资大楼匹敌。这种说法恐怕有点夸张,吴中画院不过一个四十来人的小单位,要说经营,也不过就是靠画院中人自己作的书画,怎么能和包罗万象的物资大楼比呢。当然你可以说大也有大的难处,俗话说,饿死的骆驼比马大。如果物资大楼是一只骆驼,那么吴中画院呢,至多是一只小麻雀,甚至是一只蚂蚁。

骆驼有骆驼的活法,麻雀有麻雀的活法,蚂蚁有蚂蚁的活法。吴中画院就是一只活得活蹦乱跳的小麻雀,或者是一只活得悠然自得的蚂蚁。

现在吴中画院是常常被人挂在嘴上的,比如某某领导,比如外商港客,比如大企业家,比如知识界的人士等等。因为吴中画院已经吸引了本市甚至外省市的一些书画界名流来这里落脚,所以一般的人即使很有绘画才能,要想进吴中画院也是很难很难的。

小李就进了吴中画院,小李既不是书画界名流,也没有什么后台和引荐人,关键是小李进吴中画院的时候,基本上还没有吴中画院,也就是说吴中画院是在小李他们手里创办起来的。吴中画院那时候叫知青画院,后来事情发展之好,出乎大家的意料,以后就改为吴中画院。情况就是这样,应该说吴中画院的发展史,小李心中是有一本账的。

小李虽不是书画界名流,但他的山水画,既不是专宗一家,又深得吴门画派宗师之精要,风格以清丽恬静见长。他画山水,并兼工花卉,设色明丽,格调清隽。小李的一些作品曾在全国美展中崭露头角,在当今画坛人才辈出的情况下,确实是不容易的。

最近小李创作了两幅山水画,一为"寒谷炊烟",另一为"长圻日出",都是画的地脉岛。小李在这两幅画中不仅渲染了地脉岛的美,而且倾注了画家对地脉岛的爱,创了新意,被日本客人看中,以每幅一千元人民币的价格买下。这两幅画居然使日本人对地脉岛发生了极大的兴趣,约定下次来访,由小李带他们去地脉岛观光。

吴中画院出售方法、怎么分成,当然是因画而异、因人而异的。外人要想刺探实情,常常得不到确切的答案。但有一点是可以肯定的,吴中画院的画家,经济收入十分可观。

小李怎么样可想而知。大河涨水小河满,尽管他不是什么名流,尽管他以一千元出售一幅画毕竟是极少的,但小李也是很肥的。小李的肥,不仅仅是卖画。

马乐是在一个小型的古玩市场找到小李的。

小李正在看一只黑瓷碗,卖主开价一百。

小李摇摇头,说:"最多值五十。"

卖货人不耐烦地说:"你又不买,你不要缠,走开点。"

小李说:"这只亲口,不是原生黑瓷,是仿的,晚清的。"

这是内行话,看上去小李也懂一点,他甚至懂一些古董业的切口,把碗叫作亲口。

马乐走过去,拿起那只碗看,发现小李的眼光很准。

小李见是马乐,先是一愣,后来笑起来,说:"你是找我的?"

马乐点点头。

小李说:"我知道你会来找我。"

马乐说:"为什么?"

小李说:"地脉岛上无秘密。"

马乐说:"或者反过来说,地脉岛上全是秘密。"

小李笑笑,不置可否。

马乐问:"你不买?"

小李说:"我不买,不弄这个的。"

马乐说:"但是你很懂行。"

小李笑笑不说什么。

说了几句闲话,小李就说:"你要了解什么,尽管问好了。"

马乐说:"随便聊聊。"

小李说:"要不要去看看我们画院的售品?"

马乐说:"好吧。"

小李领着马乐到画院门市部。

墙上挂满了画和书法,每一幅都标了价,小的三五十元,开价大的有一两千元的。马乐看到一幅"太湖帆影",于浩渺湖水之中,点点白帆欲飘欲流,平远清幽,虽然格调清淡,但足见功力。马乐看了一下标价:一千元。落款是一方形印章,刻的是"一峰"。马乐想了一会儿,想不出吴门画家中哪一位是一峰。

马乐问:"一峰是哪位高手的化名?"

小李毫不迟疑地说:"不是化名,确是一个无名小卒。"

马乐笑笑,说:"不见得吧,谁不知道你们吴中画院是有办法的?"

小李并不显得尴尬,只是说:"你很有鉴赏力。"

马乐笑笑,他只是诈小李一下。他对书画艺术并不精通,他当然分辨不出哪一幅是谁的手迹。

看起来小李并不想隐瞒什么,事实上有关吴中画院的一些事情,要瞒也是瞒不住的。吴中画院之所以敢做一些掩耳盗铃的事,完全是因为有后台,谁也啃不了这块硬骨头。

马乐当然不想去啃这块骨头,他只承担上级交下来的任务。

马乐能从小李这里得到些什么呢?

这个问题要由小李来回答。

小李说,地脉岛是一座未开发的岛,正因为未开发,也可以说是一座宝岛,谁都想到地脉岛去挖掘一点什么,搜罗一点什么,寻找一点什么,哪怕捡一点什么,所有的人几乎都是想去索取,而不想给予,年复一年,你可以看见小岛上的东西被一船一船地运走。贩子们带走岛上的风物特产,画画的,小李说比如我,带走小岛的美丽,也来过电影导演,带走了岛上最动人的姑娘。

但是给了小岛什么呢?

没有。

现在有一个人,小李说,不,现在还没有,是将来,会有一个人。

是谁？马乐问。

小李说是谢湖。

马乐很想听小李解释，只是小李却不再说谢湖的事。小李换了一个话题，问马乐，知道不知道，岛上有一座湖神庙，建在全岛最高点杳渺峰。小李说你如果在岛上多住些日子，你也许会有机会看见那样的场面，岛上六十岁以上的老人上杳渺峰拜湖神的场面。

小李说有一次我看见了那样的场面，那一天我住在杳渺峰下的东山村，是半夜，从全岛各个角落拥来许许多多的老人，手持火把，往杳渺峰上爬。小李说，我也跟上去看，就看见了他们的仪式。庙里有一座泥塑的湖神像，所有的老人都在它面前跪下来，由一位九十高龄吴姓老人带头，叩三个头，然后咿里咿里地哼唱起来，内容听不明白，声音越哼越响，音调十分悲壮，我从来没有见过这样庄严肃静的场面。

马乐问，这是为什么？

小李说竹子开花了。

竹子开花是凶兆。

岛上的竹子从来不开花。

岛上的竹子不应该开花。

事实上岛上的竹子是开花了。

竹子开花是白花，这花是凶兆。

岛上人心惶惶。

岛上的竹子从来都是很盛的，岛上的人从来不砍竹子，难得谁家缺用晾衣竿，才去砍一根用。

后来听说竹编工艺品外国人喜欢，可以换美金，竹子就大片地被砍倒了。

竹子就开花了。

当那位九旬老人带着大家跪拜湖神的时候,湖神说话了。

马乐不相信泥菩萨说话的事。

小李说湖神是说话了,他亲耳听见的,岛上人也都听见的,还有一个人可以作证。

马乐问是谁？

当然是谢湖。

谢湖也是上杳渺峰祈祷湖神吗？这很难说。反正当时他确实在场,他和小李是一样去看热闹呢,还是另有目的呢？

小李说谢湖可以证明湖神说话。

湖神说了什么？

湖神说:你给了我什么？

小李说我当然不相信那尊塑得很拙劣很粗糙的烂泥像会说话,但是它确实是说话了。我看了谢湖一眼,我发现谢湖也受了震动,和我一样,他内心震动了,这是事实,我敢肯定。

马乐问,收购竹编工艺品就是谢湖吗？

小李说当然是谢湖。

竹子开花以后谢湖不再收购竹编工艺品,但是谢湖并没有退出地脉岛。他又开始收购澄泥砚,湖神却没有再说话,只有潘能在说话。可是潘能说话没有用。小李说你相信这一切吗？

马乐说,除了湖神说话那一件事,别的都相信。

小李说,一般人都会这样说,可见你也是一个一般的人。拜湖神还有下文呢。湖神说了那句话以后,大家都被震动了,庙里很静,这时候谢湖说,你们知道说的什么吗？

这是一个不好回答的问题,这也是一个没有人想过的问题。

马乐说,这件事你那天晚上没有说。

小李说是的,那天晚上我没有说,因为那天我不想说。

小李接着说那个话题,他说谁能回答谢湖的问题呢,你知道湖神需要什么吗?你不知道。我知道湖神需要什么吗?我不知道。所以那些去的人跪拜得更加虔诚,他们相信必须心诚,心诚则灵。

马乐说那场面想起来是很动人很壮观的。

小李突然叫了一声:"哎呀,我怎么一直没有想起来,我要画一组地脉岛的风情,一直想不到打头的,这就是!"

一群老人跪拜湖神,这就是组画的灵魂。

马乐很希望小李谈谈湖神,小李却不大愿意多说。小李只是和他说地脉岛上的事情。

小李问马乐,你知道地脉岛上有石洞吗?

马乐摇摇头,不是说潘能满山满岛地找,也没有找到吗?

小李说你错了,岛上是有洞的,这样的地方不可能没有洞。

小李说,马福康就知道有一个洞。

马乐脱口说,是那个又聋又哑的马福康?

小李说是的,他的聋哑症就是因这个山洞才得的。

马福康的爹和马福康的大哥都是在一个洞里失踪的。因为马福康聋了哑了,他再也不会说是哪个洞,不会说那个洞在哪里,那个洞就像消失了一样。

在马福康十几岁的时候,没有吃的,有一次马福康跟着他爹和大哥满山找吃的,父子三人就掉进洞里。马福康在洞里摸了几天几夜,找不到出路,饿急了,抓一把泥吃,那泥居然和糯米饭一样香糯,使马福康一辈子难忘。后来,马福康终于找到了洞口,摸了出来,可是他爹和大哥却没有出来。马福康回去以后,告诉大人来找洞口,却怎么也找不到了。大家都怪马福康说谎,马福康又惊吓,又伤心,生了一场大病,变成了聋哑人。以后,马福康虽然也和大家一样长大,结婚,生儿子,过日子,但大家渐渐地把他忘了,一般场合是见不到他的,他闭门不出。

马乐说,那么洞呢,究竟有没有呢?

小李笑起来,说:"那就要看潘能的功夫了,或者要看你的本事了。"

马乐说我不是找洞的。

小李说你能肯定地脉岛上的洞同你无关吗?

马乐当然不能肯定,什么也不能肯定,因为什么也没有见分晓。

马乐这时候想起谢湖带他去看一个洞口的事情。这个洞口会不会就是马福康去过的那个洞口呢?如果是,这个秘密就不是谢湖和吴中强两个人的,至少还有马福康。地脉岛虽然不算大,但如果一个人毫无目的地满岛找洞口,恐怕是很难找到的。所以那个洞口很可能是马福康告诉谢湖的。但是马福康既然是聋哑人,又闭门不出,谢湖和马福康的关系,究竟怎么样?

于是马乐问小李,谢湖是不是跟马福康熟悉?小李说那就不清楚了。好像马福康跟谁都不熟,地脉岛上他是个无足轻重的人物。

小李的说法,和三娘娘对马福康的态度是一致的。

但是谢湖接近马福康的事实是不能排除的。谢湖不是一个简单的人物,这是马乐早就得出的结论。

小李说我倒是知道马福康和地脉岛一个人关系很密切,这是我偶然发现的。

马乐问是谁？

小李说是潘能的女儿。

潘梅。

潘梅和马福康关系密切说明什么呢？

马乐立即有了这样的印象：谢湖—潘梅—马福康。

小李说那一天下午我兴致很高，着手画一幅长圩观日，正画到兴头上，水彩没有了，又欲罢不能，我想到潘梅学校里也许会有，就去找潘梅。

那一天是星期天，学校没有学生，另一个教师也出岛回家去了。进了校门，我就听见潘梅在说话。潘梅说，马福康你是不是听见了？马福康你告诉我究竟是怎么回事？马福康你不要装聋作哑。

我一看那人是马福康，我就觉得奇怪。潘梅怎么会跟一个聋子讲话呢？

我走进去，马福康看见我，就要走，潘梅叫他不要走，他很听话。潘梅告诉我，她正在教马福康学发音。她看了一些书，也请教过一些医生，认为马福康的这种后天由病引起的聋哑，并不是无可救药的，她想试一试。

小李说如果成功那就太好了。小李说因为我一心想着那幅画，所以要了一些水彩，就返回去了。你说从这件事是不是可以看出潘梅和马福康关系比较好？

马乐说是的，同时马乐想，如果真如潘梅所说，为了帮助马福康治病，那么小李进去时，潘梅说的那两句话是不是用来教马福康练习发音的呢？练习发音似乎应该用单个的字，至少应该是简短一些的词句，为什么说这么长的两句话呢？如果这两句话不是用来让马福康练习发音的,那么这两句话又是什么意思呢?如果潘梅是对别的任何一个人说这样的话,绝对是不足为怪的。现在的问题是,潘梅在和马福康说这样的话,而马福康是一个聋子,聋子怎么能听见潘梅说话呢?除非马福康不聋,不聋就证明马福康在装聋,马福康装聋作哑,为什么呢?是不是要隐瞒什么?是不是有什么不可告人的秘密?

马乐正在胡思乱想,听小李说:"你是不是对我也有一点怀疑?"

马乐笑笑,说:"这也是正常范围。"

小李说:"怀疑我什么呢?"

马乐说:"怀疑你在做古董掮客。"

小李的脸稍微有点红,说:"你有什么根据?"

马乐说:"有三点:其一,你对古董既有兴趣又很懂行,这说明你经常接触这些东西;其二,你老是往地脉岛去,自然让人怀疑你除了绘画是不是有其他目的;其三,外面早就传说,吴中画院兼作古董交易所,我想你不可能不染指的。"

小李好像很服帖,说:"我不过是帮几个收藏古玩的朋友牵线搭桥。跟你说,你的第二个理由不成立,我不想占地脉岛的便宜。我的饭碗是绘画,地脉岛就是一口大锅。再说我想揩油也已经迟了,等我想到这一点,岛上的人都精明起来了,他们有货从来不在岛上成交,需要到外面来,找了行家鉴定以后才肯出手。"

马乐问:"你不拿好处费?"

小李说:"好处费要拿一点的,现在做什么都给一点好处费,这不犯法。"

马乐说:"是不犯法。"

小李又说:"我的那几个朋友,纯粹是自己玩的,不沾什么走私的边,这是事实。"

马乐说:"能不能说说他们的名字。"

小李犹豫了一下,说了几个人的名字。

马乐记下来,但他心里基本上是相信小李的话的,这几个人,不会有什么戏。

以上这番谈话,是在吴中画院门市部后面的小会议室里进行的。马乐想,既然都已经摊了牌,还不如直截了当地问一问谢湖的情况。马乐正要发问,门被推开了,有人伸头进来,说:"哟,你在这里,找了你半天,你快去一下吧,那个老头子又来缠了。"

小李对马乐说"你等一等",就出去了。

喊小李的人帮马乐杯子里加了水,马乐递了一支烟给他,一边问:"听说你们单位经济效益很不错,个人收入不少吧?"

那人一脸莫谈钱事的态度,瞎扯了几句,就走开了。

过了一会儿,小李回过来,告诉马乐,有一个老人,拿来一幅无名之辈作的十分蹩脚的画,要裱画,因为不是名画,就让一个新手裱,结果弄坏了,画院怎么道歉老头子也不肯原谅,已经好几天了,天天来吵。

马乐问:"怎么办?"

小李说:"赔点钱。"

马乐说:"这种事你也管?"

小李说:"担任一点行政职务,不管不行。"

马乐问他这种麻烦事多不多,小李说从前不多,现在增加了几项业务,比如裱画啦,比如装帧啦,麻烦事就多了,这还算小事情,沧浪裱画社最近打了一个大官司,裱一幅唐伯虎的真迹,被人家告了,说是把一幅画剥成了三幅画,其中两幅已经流到外面去了,既然已经有了两幅唐寅的真迹,无人再信第三幅真迹了。裱画师傅当然不可能承认把画一剥为三,就打官司了,到现在还没有判下来,不好判。

马乐与小李的谈论,或者说马乐对小李所做的调查,暂告一个段落,马乐走出吴中画院,已是下班时候,街上车水马龙。马乐慢慢骑着车子,脑子里思索着同小李谈话的过程,从中排列出一些特殊的内容。

其一,发现了一条新的线索:即谢湖—潘梅—马福康,在这之前,马乐已经考虑到马福康了,只是多出来一个潘梅。马乐本来是把她完全排除在外的,现在看来这个人物也不能完全排除。

其二,进一步得到证实的是谢湖对地脉岛确实是有用心的,谢湖做了大量的工作,开发地脉岛的土特产,可以说是百折不回,竹子开了花,转向澄泥砚,他要在地脉岛和外面的世界之间搭一座畅通无阻的桥梁,这一点是显而易见的。

其三,也是最不可解释的一点,就是湖神说话,小李既不是相信迷信的人,也不会胡编乱造的,他看上去口才很不错,但绝不会无中生有瞎说。湖神到底有没有说话,不仅仅是一个迷信问题,其中有一个唯物和唯心的不可逾越的巨大界限。这个问题,看来只有先找到谢湖了解以后才能进一步证实。

其四,至少在目前还不好解释关于那个山洞的传说。有两种可能,一是马福康根本没有什么山洞的遭遇,二是马福康确有山洞的遭遇。他没有把山洞的所在位置告诉岛上的任何人,但是他告诉一个岛外来的人,谢湖。问题的关键在于这个山洞如果真的存在,和马乐负责的案子是不是有什么关系呢?

一声尖厉粗鲁的叫骂响起来:"你聋啦,揿铃你听不见啊?想什么心思!"

是一位时髦女郎,嫌马乐车子骑得太慢,要超车又没有空隙,急得骂人了。

马乐宽容地一笑,往边上挪一下,让她超过去。他发现她的背影很像小陈,当然小陈不会这样没有修养。

她说他想什么心思,他确实是在想心思。

事实上,破案就是要想心思。

一三

"谢湖不在!"

四个字出口之后,再也没有声响。

开发公司办公室里坐班的几个人,朝马乐、单建平投来的目光中,有一种莫名其妙的反感,甚至有点仇恨。

真是无缘无故。

当然对他们来说,也可能是有缘故的。很可能寻找谢湖的人,多半不讨人喜欢;或者找到谢湖头上的事情,多半不是好事情。所以他们讨厌有人找谢湖。这种可能性,建立在他们和谢湖同心同德的这样一个基础上。还有一种可能性,与其相反,可能来找谢湖的人,多半会带来一些谢湖高兴的消息,而谢湖高兴,他们就不高兴,所以也会有讨厌的目光。这种可能性则建立在他们与谢湖离心离德的基础上。

看起来前一种可能性好像更大一点。

虽然有了"谢湖不在"四个字,并且这四个字的内涵更为深广,至少有这样两层意思:一是说谢湖不在,你们不要再啰唆了;二是说谢湖不在,你们可以走了。并且他们的面部表情也明显地构成了"逐客"的意思。尽管如此,马乐还是十分谦恭地又问了一句:"请问谢湖到哪里去了?"

没有人回答。

以后马乐和单建平又分别轮流问了几个问题:

"谢湖今天是不是没有来上班?"

"谢湖今天是不是不来上班了?"

"谢湖今天大概什么时候上班?"

"谢湖是不是在这里上班?"

"谢湖是不是出差了?"

始终没有人回答。

过了一会儿,终于有位男士开口了,但并不是回答问题,而是提出问题。

"你们是哪个单位的?"

马乐说:"公安局的。"

并没有因此改善态度。

又问:"哪个公安局的?"

这种问法很奇怪。

马乐说:"市公安局的。"

又问:"市公安局哪个科的?"

回答:"九科的。"

又问:"九科是干什么的?"

九科就是刑警大队,刑警大队是执行侦查破案任务的。刑警大队下分几个分队,有刑事案侦破分队、经济案侦破分队等。

马乐、单建平属于刑事案侦破分队,是专门侦破刑事案件的。刑事案件包括杀人、放火、抢劫、偷盗、强奸等等,马乐、单建平正在执行侦破一桩走私案的任务。

这一切马乐当然不会告诉他们。

单建平说:"开发公司变成查户口公司了?"

负责提问的男士有点恼怒。

于是有一位女士出来打圆场,解释说:"实在是因为来找的人太多,要问一问清楚,不然实在招架不了。"

马乐问:"公安局来得也很多吗?"

男士说:"是很多,县公安局、市公安局、省公安厅,还有安全局、安全厅。"

他一口气报了一串名字。

然后单建平也一口气提了一些问题:

"市公安局也有人来过?"

"几科的?"

"是谁?"

"是不是来找谢湖的?"

"找谢湖干什么?"

这些问题,在女士那里得到了明确的回答。

很简单。

是行政科的老丁,来求赞助的,赞助一次公安系统的篮球赛。

难怪对公安局的人也要严加盘问。

经过一番周折,最后总算弄清楚,谢湖没有出差,早上已经来过了,现在出去办事了,中午十一点还会来。

马乐和单建平或者坐等两个多小时,或者改日改时再来,两为其难。

马乐突然想到可以到城建局去转一转,如果老梁、小王在,也可以和他们聊一聊。

虽然老梁、小王并不在马乐的调查名单中,马乐一开始就基本排除了他们,但是既然小李说地脉岛上无秘密,何不争取从老梁、小王那里了解一点什么呢。

多谈,有益而无害。

总算凑巧,梁、王两位都在,看见马乐他们进去,两人相视一笑。

他们当然已经明白了马乐的身份。

城建局办公条件很不错,新大楼,两人一间办公室,还有一对沙发。马乐和单建平坐下来,小王给泡了茶。

马乐被墙上一幅地图吸引了,这是一幅太湖全貌图。马乐找到了地脉岛,只是太湖中很小很小的一个点。地脉岛以及周围的湖面,用红杠杠打了一些记号,这可能和开发太湖风景旅游区的计划有关。

马乐顺便问起几乎没有希望的那个计划的情况。

出乎意料,小王说:"有希望,虽然困难很大,但头头决心更大,这几天正在同外商谈呢。"

马乐"哦"了一声,又看那张地图,有一条红杠从地脉岛画出来,在空隙处,写了"林公洞"三个字,加上一个大问号。

马乐说:"这是什么意思,林公洞不是在北山吗?"

小王摇摇头,说:"搞不清楚,林公洞是在北山岛,这是事实。"

根据许多史料记载,林公洞确实是在北山岛,比如《吴地记》《太湖备考》《震泽编录》《吴郡志》等书都记载了北山岛有洞,称林公洞天。《道书》记载:中国有十二洞天,林公洞居七,故名天下第七洞。各书中记录有关北山林公洞的情况大致相同,都说洞有三门,同会一穴。三门一名雨帘,一名阳谷,一名丙穴,并说洞中有龙床、金库、银房、石宝、石钟、石鼓、金庭、玉柱、隔凡门、石燕、石鹰、石鱼、石灶、石蛙、石羊头、石神像、隐泉、乳泉等景物,以及金龙、玉简等道教文物。林公洞是石灰岩溶洞,洞口与太湖水面同位,洞则低于太湖水面,洞内顶平如屋,怪石林立,有瀑布、溪流、泉水,自成风格,景色极佳。《禹贡》"震泽定底"中记述"大禹治水,曾到此"。林公洞外山上,乱石如犀象牛羊,起伏蹲卧。相传各朝有许多名人皆于此学道。《玄中记》云:"北山岛林公洞外,山上旧无三斑,谓虎蛇雉,侯景乱后有虎蛇为害。"林公洞口摩崖题刻很多,如有宋尚书李弥大撰书的《天碍庵记》、清俞樾书的"左神幽虚之天"等,以此洞内洞外之景物标记,皆于现时开放的北山林公洞吻合。

林公洞对游人开放,因为北山虽然也是湖中一岛,但岛大,又离陆地很近,交通比较方便,十分兴旺。

北山林公洞,这似乎是确实无疑、众所周知的。

为什么又在地脉岛和林公洞之间画上一条红线,把它们勾连起来呢?

因为有人提出了疑义。

发现有一些古籍资料中,古人曾有过大小林公洞和真伪林公洞的提法。如果此说成立,那么现在北山的林公洞是大还是小,是真还是假呢?这是一。疑义之二,古书中记载的林公洞都有这样一段内容,即林公洞所在之山,乃太湖中最高峰。古人认为,峰之高而有穴之深。可是北山却算不上太湖中最高峰,书中也未见记载。倒是地脉岛上的杳渺峰曾经被认为是太湖中最高峰（可惜现在也不是最高峰）。疑义之三，古书对林公洞所在地理位置的描述与现在的不很吻合，书中记北山远离尘世，小而孤绝，却又并非荒岛，而事实上北山与南山半岛只有一公里之隔，且北山范围很大，约有一百多平方公里，绝不是小而孤绝的。其四，记述林公洞洞口有"林公道人"手书"龙穴"二字，但北山林公洞洞口并无此二字。其五，书中云："山有林公洞，昔吴王曾使灵威丈人入洞穴，十七日不能穷尽，得《灵宝五符》以献。"很可能古书的十七日不能穷尽是夸张手法，但北山林公洞整体为一圆形洞穴，不能吻合。此外，在当地民间，一些岛民山民中流传的"林公洞"可观湖上日出的说法，也不能成立，因为北山林公洞洞口并不濒临太湖。

等等等等。

如果这些疑点可能得以澄清，即除北山林公洞之外，另外还有一个林公洞，那么这另外的一个林公洞又在哪儿呢？

以太湖之广袤、山峰之众多，谁也猜不出在哪儿。

但是，有人提出来，可能在地脉岛上。

不是随意性的猜测，是有根据的。

其一，地脉岛小而孤绝，远离尘世，却又历来有人居住。

其二，地脉岛的杳渺峰曾经被认为是太湖最高峰，有史料为证。

其三，古书记载，地脉在此岛下，有洞穴潜行水底，深不可测，无所不通。又云：此洞东通王屋，西达峨眉，南接罗浮，北连岱岳。这和灵威丈人入穴十七日不能穷尽之说法比较接近。

最后一条理由，可以说是最不可靠的，也可以说是最可靠的：直感。

小王说:"他说直感告诉他,地脉岛上有洞。"

马乐问:"谁?"

小王说:"谢湖。"

马乐说:"又是他。"

这样就很自然地可以谈一些有关谢湖的情况了。

小王问:"你们主要想了解谢湖哪方面的情况?"

马乐想了想,说:"主要想了解一下,他和吴长根的事情有没有牵连。"

这个问题是难回答的。

这时候有个老农民模样的人走了进来。

小王笑起来,说:"哟,老汤,难得有空,出来啦?"

老梁介绍说:"这是南山明月村的队长。老汤,这两位是市里的同志。"

汤队长给大家派烟,说:"我进城办点事,顺便来看看你们,有一阵不见你们来了,牵记你们了。"

小王说:"你这老兄,嘴花野迷,没有事情,你不会绕进来派烟的,对不对?"

汤队长笑了,说:"是有件事情,不好意思麻烦你们。"

小王说:"爽气一点,有什么事就讲嘛。"

汤队长说:"我的儿子,小短命,闯祸了。那一日坤宝女人挖地,挖出来一块铜板,小短命好玩,三角钱买下来,隔日到陆港转了个圈子,几个朋友相帮,倒弄了三百只老洋回来。小短命,不识相,回来吹牛。坤宝眼皮薄了,要讨还,就去告诉了派出所,现在派出所叫他去追回来,不追回来要没收三百块再罚三百块。你们说,冤不冤?"

老梁说:"这件事情,找我们,我们也帮不上忙的。"

马乐说:"派出所不会这样吧,这样做没有道理的。"

汤队长呆一呆,说:"是没有道理的。"

马乐又问:"你儿子不知道是什么人买去的?"

汤队长说:"他怎么会晓得呀,转了几个人的手,听说是陆港人,开店的老板,吃过五年官司的。"

小王在一边笑,笑了一会儿说:"汤队长,你不要虚头巴脑,那块铜板,大概就在你口袋里。你不识货,想请个人识一识,是不是?"

汤队长面孔有点尴尬,说:"小王,你瞎三话四。"

小王说:"你找错了门,我们不识货的,你要到文管会去。"

汤队长说:"我是要到文管会去,我不晓得文管会在哪里。"

小王说:"哎呀,老汤,你早一点讲,我早领你去了。走走,跟我走。"

小王带了老汤走了。

老梁说:"他们南山明月村那一带,挖地经常能挖出点什么东西来,家家有点货,就是不识货。"

不等马乐和单建平有什么反应,老梁又说:"我跟你们说一件事。"

老梁说的事和谢湖有关。

老梁说:"谢湖对太湖的历史,对地脉岛的历史,有一种出乎寻常的兴趣,他到处搜集这些资料。"

马乐问:"他是不是想在这里干一番事业?"

老梁不置可否地一笑,说:"可能是吧。"

单建平问:"他除了搜集资料,对一些实物,确切地说,我们关心的是他是否也搜集文物?"

老梁说:"那当然。我说的资料是包括两方面的,文字的,还有实物。"

接着,老梁说了一件事。有一次谢湖在南山的一个村子里花五块钱买了一件古董,卖主当然不识货,后来听人说那样一件古董可以卖几百块,卖主追到谢湖那里,谢湖二话没说,三百块钱打发了卖主,卖主回去一说,那个村子里许多人都带了东西去找谢湖。

单建平插嘴说:"他们怎么知道谢湖在哪里?"

老梁说:"谢司令的孙子,好找。谢司令在那一带名声很大的。"

正说着,小王进来了,看看老梁和马乐他们,笑着说:"老汤滑头。"

老梁说:"你猜着了。"

小王说:"当然,几块铜板。"

马乐问:"请人鉴定了?"

小王哈哈一笑:"全是晚清时的一些'通宝',什么咸丰、光绪。文管会的人说,古币市场一角钱可以买一把。老汤三块钱买来五枚,吃亏了,哈哈哈哈。"

大家一齐笑起来。

笑过之后,小王说:"你们在谈什么?"

老梁看看马乐,说:"谈谢湖呀,他们要了解谢湖。"

小王"嘿"了一下,说:"那小子。"

马乐接上前面的话题,说:"这么说谢湖确实在这一带农村弄了一些古董,看起来数量还不小呢。"

老梁说:"我们也只是听说。"

小王说:"道听途说,不足为证。"

再往下就没有什么话说了,马乐、单建平又坐了一会儿,就走了出来。

时间还早一点,他们转到文管会,走进去看看。

有人问他们找谁。

听说不找谁,随便看看,马乐他们就引起了怀疑。

有三个人从办公室里走出来,一边走一边说话。

其中一个,居然是谢湖。

谢湖回头看见马乐,好像愣了一下,随即说:"你们找我?"

马乐点点头。

谢湖说:"对不起,我这里还有点事,你们到我办公室去,等一等,十一点左右我会过去的。"

果然是十一点。

这时离十一点已经不远,他们在文管会的大院里看了一会儿搜集来的一些碑帖,然后就直接到开发公司去了。

第二次上门,那几位男士女士没有再表现出反感或是仇恨,但也并不热情。女士给他们一人泡了一杯茶。尽管他们一再声明在城建局已经吃过茶了,茶还是端过来了,没有更多的话说。

马乐和单建平坐着,觉得气氛有点紧张,倒是第一次来的时候,虽然不怎么友好,却还显得热烈一点,现在大家缄默。也许他们已经知道马乐、单建平是来干什么的。

如果确实因为了解了马乐、单建平的身份而变得紧张起来,这是为什么呢?马乐和单建平虽然是刑侦人员,但也绝不会乱抓无辜,如果心中无鬼,为什么要紧张呢?

更主要的,马乐、单建平找的是谢湖,别人根本用不着心虚,除非谢湖真的有什么违法行为,除非他们都知道,或者也都参与了,否则他们绝对用不着不安。

事实上他们确实不安。

马乐和单建平虽然年轻,虽然阅历不深,但都比较敏感,如果连这一点长处也没有,他们恐怕真是不该吃刑侦这碗饭了。

在一种令人窒息的气氛中,马乐、单建平眼睛盯住墙上音乐报时钟,看着秒针走动,终于,音乐声响了起来。

十一点到了。

十一点,谢湖准时回到办公室。

可是谢湖还是不能坐下来。

临时安排了宴请,有两个外商,谢湖不能不出场。

谢湖对马乐说:"改日再谈吧。"

马乐问:"下午有空吗?"

谢湖笑笑,说:"下午去深圳。"

好像说下午去观前街一样轻便。

只能改日,这日子不会短。

谢湖临走,从抽屉里拿出一包材料,交给马乐,说:"你们要是有兴趣,看看这个,有帮助的。"

是一份很厚实的材料。

第一页只有两个字:太湖。

这算什么呢?

资料附录

之一

历代诗人词家吟咏太湖之作列举

（略去）

之二

太湖历史沿革

（略去）

之三

地理太湖之简介

（略去）

之四

风景太湖之简介

（略去）

之五

太湖之垦殖与治理

（略去）

之六

太湖之灾异

（略去）

之七

太湖之风物特产

（略去）

之八

太湖之风土人情

（略去）

之九

太湖捕捞渔业

（略去）

之十

太湖开发之设想

（略去）

资料丰厚而翔实，很全面，资料后面是资料搜集人写的跋。

只有八个字。

开发太湖，势在必行。

这些关于太湖的资料和有关资料的说明，是不是可以证明谢湖雄心勃勃准备干一番开发太湖（至少是开发地脉岛）的伟大事业呢？

应该说是的。

但是，这一切与马乐要查的走私案好像没有什么关系。

第 三 部

一四

几天以后,马乐第二次上地脉岛,单建平与他同行。

爷爷突然病了,他就不能随马乐同行了,马乐心中有点庆幸,也有点遗憾。

虽然已经知道班船在下午四点开,他们还是一大早就乘了早班车赶到南山,这样他们就要在南山停留半天。马乐的目的很明确,他要去看一看设在南山的"新四军太湖游击纵队纪念馆。"

单建平不想去看什么纪念馆,当然他也有他的去处。借此机会游览一下闻名遐迩的南山风景区,未必不是一桩美事。

他们的行动与本案无关,在侦破一桩案件的过程中,有半天或者大半天的时间不属于案件而属于个人,这本来无可非议。

他们在陆港水陆码头分手,各奔东西。

马乐此时心无二用,问清了方向,抄近路直奔设立在南山半岛最北端的纪念馆。

近路是一条山路,崎岖不平。马乐走出一段,就气喘吁吁,冒出汗来。山脚下是一条蜿蜒的盘山公路,平坦宽阔。如果马乐沿着盘山公路走,从南端的水陆码头走到北端的纪念馆,至少要花两个小时,来去四小时,马乐可能就赶不上地脉岛的班船,所以现在马乐别无选择,只能放弃平坦的公路,走这条不平坦的近路。这样他只要翻过山头,就可以直达纪念馆。

但是马乐没有能够直达纪念馆,在翻过山头、下山的路上,他走岔了。

马乐是在看见了一座土地庙以后,才明白自己走岔了道。

这座土地庙在南山半岛膝潭上,所敬之神姓施名礼泉,南山人。相传施神讨湖寇死节,投尸于太湖,有螺蛳群鱼护尸之异,后百姓建此庙以敬施神。

这座庙也是南山风景区的一个景点,但因为坐落的位置比较偏僻,一般游人香客很少光顾。马乐从前来过一次,他记得膝潭是在南山偏西位置,和他要去的北端的纪念馆,方向有所偏差。

马乐站在土地庙山门前懊恼,看见庙祝出来扫地,他连忙过去打听路线。

施神庙总共只有一个庙祝,当然现在根本不用庙祝这样的称呼,现在对这种在庙里管理香火、负责安全、打扫卫生等等的人,也没有什么统一的称呼,或随口叫作看门人,规矩一点的叫管理员,百姓里也有称之为俗和尚的。

南山施神庙的这位管理员,是一个还俗的和尚,年纪有七十多岁了,据说从前是在灵岩山出家的,因年纪轻难守庙规,屡犯戒律,终被逐出佛门,后来就到南山来充任庙祝,从前是由山民合伙供养,现在则领园林局的津贴。因为平日游人香客甚少,不光钱财上甚为清贫,平时连说说话的人也没有,十分孤独。所以但凡有人来,总要拖住了谈上半天。马乐上次来已经领教过,他知道老人有一肚子关于神、关于佛、关于太湖、关于南山北山的故事。马乐和他谈过以后,当时曾经想到要介绍一些搞创作的朋友来结识这位老庙祝,但一回家就忘得一干二净。现在马乐急于赶路,不想被他纠缠。

老庙祝怎么肯轻易让马乐走呢,一定要马乐进去喝口水。马乐拒绝不了,只好跟进庙去。一进去就见廊柱有一副对子,写着"莫笑老夫筋力尽,一筇直上万峰台"。

马乐问老庙祝:"这是你写的吗?"

老庙祝说:"不是,是一个朋友送的,说是从前一个什么名人写的。"

马乐说:"你现在爬南山万峰台还行?"

老庙祝说:"那当然,我现在一天一次,挑一担水上来用。"

马乐坐了,老庙祝就泡了茶端来。茶叶是著名的南山碧螺春。春茶保存到深秋,仍然碧绿生青,十分诱人。马乐喝了两口,连连赞叹茶叶好。

老庙祝说:"不光茶叶好,主要是这里的水好。"

马乐曾经听爷爷说过,南山半岛万峰台上有一灵源泉,水质清冽洁净,其味甘甜,且可治病,患目疾者掬而洗之,必愈。

马乐说:"你用的水是不是万峰台灵源泉的水?"

老庙祝说:"灵源泉早就断水了,我跟你说,我用水是山下挑上来的。不过这泡茶的水,是另外的。这水,不说不怪,说出来,你会吓一跳。你要是看见了,说不定你就喝不下这茶了。"

马乐不明白老庙祝的意思。

老庙祝说:"我领你去看看,就在庙后面,羊肠岭。"

马乐跟着老庙祝绕到庙背后,就看见一处山石间有一很小的石孔,石孔内积了很少一点水,发出一阵膻臭气味。马乐不由屏住呼吸,后退一步。

"我们叫羊屎孔,"老庙祝指指这个石孔,"臭水煮开了奇香。你不相信?积多少天才有一小杯,只能用来泡茶。"

马乐决不相信自己刚才喝的清香无比的茶,是用羊屎孔里的臭水泡出来的,他笑起来。

老庙祝也笑了,说:"你不相信也罢,这水能治眼病是真的。我积了几瓶了,这里的山民都来讨,我还舍不得给呢。"

马乐仍是一笑了之。

这种老庙祝,一个人在山里住久了,有点神神鬼鬼也是正常的。问题是马乐现在实在没有闲工夫跟他逗乐,马乐只好拂他的兴,又问一遍新四军太湖游击纵队纪念馆怎么走。

老庙祝叹了一口气,指了一条路,说:"走十分钟,可以看见一座五角亭,若不见此亭,你又错了,要回头。"

马乐谢过老庙祝,正要走,老庙祝又说:"你怎么翻山走这条路?下面有公路,可以搭顺车,走这条路到纪念馆的人很少,你是第二个。以前也有一个年轻人走过的,比你大几岁,我跟他谈得来,还在我这里住过两夜呢。"

马乐心里一动,不知什么原因,他想到了谢湖。他问老庙祝:"那个人是不是姓谢?"

老庙祝说:"姓什么不晓得,我没有问,他也没有说,姓什么叫什么无所谓的。"

马乐点点头,他认为如果在八十年代末真有这样一个年轻人和他一样翻山越岭去看新四军纪念馆,这个人就应该是谢湖。但是谢湖去纪念馆,为什么不坐车?他应该有车坐,他完全没有必要翻山越岭。

马乐告辞了老庙祝,往前走了十分钟,果然见到一座五角亭。

五角亭建在山腰一处空地上,是一座由石木砖瓦建成的亭子,飞檐翘角,石刻四坊上,有仙童、鸟兽及花树图案,建筑古朴,亭内楹柱上有一副对联:屠沽能碧千年血,松桧犹飞六月霜。

五角亭又名义士亭。义士,黄三毛,太湖渔人,有膂力。率众渔人诛湖寇,力竭被擒,示降,不从大骂,拔舌醢之。

亭建于清道光二十七年。

又是湖寇,又是诛湖寇死节,又是与湖寇有关,山民敬重施神、黄三毛这些人的事实,反过来是不是可以证明他们对湖匪的仇恨呢?当然是这样。

那么,这是不是爷爷隐瞒历史真相的原因之一呢?应该是的。

马乐在五角亭前站了一会儿,转身朝北面看,已经能看见纪念馆的建筑群了。

纪念馆是一座新建成的平面开放式建筑,总共面积大约有八百平方米,坐落在南山半岛北端山脚下,濒临太湖,背靠一大片竹林,环境十分优雅。据说十年前筹建纪念馆时,年逾八旬的谢永光司令亲自来选定了这块地方。可惜谢司令没有能看到纪念馆落成开放。谢司令在纪念馆动工的那一年去世了。

美中不足的是,纪念馆的位置太偏僻,离景点集中的主要风景区太远,开放以后常常给人以门庭冷落的遗憾。谢司令当初怎么会选中这么一个角落的呢?也许谢司令以为,这地方很快就会热闹起来。但事实上发展的速度总比人们想象的要慢一些。

马乐买了门票,进院门,纪念馆四座庙宇式的建筑便一览无余。

纪念馆总称为新四军太湖游击纵队纪念馆。共有四个分馆。第一,太湖苏西地区抗日游击活动纪念馆。第二,太湖游击纵队剿匪活动纪念馆。第三,太湖锡南地区抗日根据地纪念馆。第四,苏南行政公署太湖剿匪指挥部纪念馆(实际上第四分馆的内容已经不属于新四军太湖游击纵队范围)。

和爷爷有关的内容,主要应该在第一、第二分馆。

第一分馆的第一部分内容,是介绍太湖游击纵队司令员谢永光的革命业绩。

有一张谢司令年轻时的照片,虽然照片很旧,模糊不清,马乐还是一眼就看出谢司令像一个人,或者应该说有一个人像谢司令,这个人毫无疑义就是谢湖。

如果说谢湖想在爷爷打天下的地方,干出一点事业来,这种说法无可非议,这种可能应该是有的。

谢永光司令的革命活动经历,除了数百字的简介之外,主要由一些图文并茂的小故事组成。

关于谢司令的故事,有许多,一一记述不仅烦琐,而且离题太远。马乐的目的,第一是破走私案,第二是了解爷爷的历史。至于谢司令的业绩,实在是可知可不知的。并且这有关谢司令的之一之二之三的故事,基本上与爷爷无关。

马乐一直按顺序往下看,到第一分馆快结束的时候,他终于看见了马顺昌的名字和画像。像画得很传神,尤其是抓住了爷爷的特征。可惜的是有关爷爷所在的太湖游击纵队第二支队,内容不多。一是说明了第二支队当时有老虎支队之美称;二是介绍马顺昌怎样由一名普通战士升任为副支队长和支队长,介绍了马支队长战斗的一些实例,和马乐从前所知晓的爷爷的历史基本无二,只字不提马支队长在参军前的经历,这使马乐有点失望。

马乐注意到爷爷参军的日期是一九四二年农历八月十五,这应该是一个准确的日子,但这并不能说明什么。

马乐只好到第二分馆"太湖游击纵队剿匪活动纪念馆"去寻找爷爷的踪迹。

第二分馆的规模明显比第一分馆小,主要记载了三四十年代谢永光司令领导的太湖游击纵队在太湖范围内与大大小小的湖匪(包括已被敌伪收编的)斗争的历史;记载了几次大的剿匪和收编活动。

当时太湖里大小匪帮很多,活动猖獗,这些湖匪对沿湖各村镇和湖中各小岛的农民渔民的生命财产威胁很大,政治倾向上,他们往往态度暧昧,或者与三家(指日本人、国民党、新四军)均有联系;或者碰见哪家就和哪家开仗,乱打一气。湖匪的存在,不仅对太湖人民有害,对抗战也是一大障碍。所以谢司令的部队多次对湖匪予以打击,很受群众的欢迎。到一九四三年底前后,太湖大部分地区的小股土匪已不敢活动,基本上达到无匪患。

马乐想在这里找到马顺昌或马二麻子的名字,这是不可能的。他从头到尾看了一遍,根本没有爷爷的影子。他不甘心,又看了一遍。后来他被一次发生在一九四二年农历八月十五的剿匪战斗吸引住了。

也是农历八月十五。

这是一次由谢司令亲自率兵指挥的战斗,以谢司令大胜而告终。

匪首姓胡名二,人称胡老二,骁勇善战足智多谋,和日本人、大小湖匪、新四军都交过手,自称常胜将军,但结果却败在谢永光手里。所以当谢司令出于抗战需要,提出收编余部时,胡老二口服心服。从一九四二年八月十五以后,胡老二死心塌地跟着谢司令打日本人。

也是一九四二年农历八月十五,马乐就不能不想一想,这个胡老二会不会是爷爷的化名呢?

马乐看见年轻的女讲解员坐在一边,很无聊的样子,就走过去指指这一段,说:"请问,上面写的这个胡老二,是不是还有其他名字?"

讲解员对马乐看看,说:"上面都写着。"

马乐说:"没有写。"

讲解员说:"没有写的我不知道。"

马乐遗憾地叹了口气,正要出门,讲解员突然说:"哎,你是翻山过来的?"

马乐不明白她什么意思。

讲解员说:"等会儿你可以跟顺风车出去。"

马乐说:"哪里有?"

讲解员朝外面一指:"喏,你没看见大客车停在门口?参观团的,你跟他们走好了。"

马乐说:"他们肯不肯带人?"

讲解员说:"我帮你说一下。"口气十分肯定,马乐当然相信她的话会起作用的。停了一会儿,马乐说:"我下午要赶船,不知他们什么时候走?要是太迟,我赶不上的。"

讲解员一笑,说:"你以为这里有什么好看的?要看半天?哪个参观团不是十分钟一刻钟就转完了?像你这样,少有的,你是不是要搜集什么资料?"

马乐不说是也不说不是,只是问:"你有吗?"

讲解员又笑,说:"我是没有。"

马乐问:"你是本地人吧?"

讲解员点点头。

马乐说:"不过你的普通话很标准。"

讲解员露出白齿一笑。

既然也是南山人,就靠得比较近了,说不定也姓马呢。马乐问:"你姓什么?"

讲解员说姓言。

这个姓不多的,但在第一分馆说明上就有一个。

马乐说:"谢司令阳山突围时,有一个女同志也姓言,是不是你家什么人?"

讲解员说:"是我姑奶奶。"

马乐"哦"了一声,说:"过去的那些事情你一定知道很多。"

讲解员说:"我不知道。知道了有什么用?我听我姑奶奶说,谢司令被围困在阳山芦荡里,肚子饿了,还哭呢。"

马乐和她一齐笑起来,这样讲对谢司令未免有点不恭,倒也不失真实。

马乐乘机问她有没有听说过马二麻子的事。

讲解员说:"我不知道。不过你要是想了解,我可以回去问问我姑奶奶。老太太最好有人去听她讲故事。我是怕她的,缠住了逃不开的。这种事情有什么好听的,陈年老垢,你假使想听,以后我领你去听。我看你的样子,想听一点什么,是不是?"

两个人正在说话,外面一阵哨子声,讲解员说:"他们要走了,你跟我来。"

马乐跟她走到大客车前,她和司机说了几句,司机就很客气地把马乐请上车,安排在前排位子上。马乐给司机递了烟,回头想向讲解员表示感谢,发现她已经回去了。马乐想她这样热情,恐怕实在是太无聊的缘故。纪念馆的位置确实太偏僻了一点,连爿小吃店也没有。

马乐肚子唱起了空城计,他才想到了这一点。

不到半小时,汽车就到了陆港码头。马乐下车,找一家饭店吃了饭,时间还不到一点钟。

还有三个小时的时间,怎么消磨?码头附近也没有什么好去处,只有茫茫一片的太湖水。

马乐坐在码头上,面对茫茫太湖,看着太湖中远远近近大大小小的岛山,不由想起一些关于太湖的民间传说。

在我国四大名湖中,要算太湖里的山峰最多,浩浩三万六千顷,大小七十二座峰。太湖中山峰为什么这样多?民间传说是这样的:

秦始皇统一六国后,大臣禀报全国的地盘是三山六水一分田。秦始皇觉得山多水多田太少,想出了把山赶下水的办法,这样田就多了。秦始皇取出赶山宝鞭,巡游天下,来到太湖边,放眼一看,水渺渺,白茫茫,望不到边。太湖边上,山峰林立,一个连一个。秦始皇举起宝鞭,一山挥一鞭,一下子赶下几十座山峰。

此事急坏了东海龙王,赶山下湖,海龙王的地盘就小了,再填下去,就没有龙王的立足之地了。

于是,龙王的小女儿以色相勾引秦始皇,灌得秦始皇酩酊大醉,窃走了赶山宝鞭,才阻止了秦始皇的赶山下湖。

后来一数,被秦始皇赶下太湖的,居然有七十二座山峰。

太湖有一句俗语:太湖山峰峰峰高,不及地脉杳渺半截腰。说太湖七十二座山峰,最高的就是地脉岛的杳渺峰。

有一年太湖洪水泛滥,江南一带遍地汪洋一片,连杳渺峰也只剩下一个尖顶了,后来顺水漂来两姐弟,停在杳渺峰顶唯一露出水面的大青石上。大青石只有圆桌般大,漫天的恶浪不断袭来,姐姐为了保护弟弟,整日整夜把弟弟护在身后,后来被浪头打得七孔流血,精疲力竭,累死在大青石上。弟弟悲愤至极,化作一只名叫"叫天知"的小鸟,飞进了玉皇殿告状,玉皇得知下情,才派了禹王爷下界治水。

大禹治水一路治到太湖,准备开山导洪,震惊了太湖水妖。此妖平时盘踞山头,见有船过,就下水兴风作浪,翻船吃人。大禹决定为民除害,治服湖妖。一日,湖妖在太湖中翻流,闹得太湖中心方圆好几里不太平,湖水乱冒,形成许多旋涡,渔船不敢过往。大禹纵身一跳,跨到湖妖背上,制服了湖妖,并嘱众百姓抬来一个大铁锅扣在妖怪头上,再用沙石泥土堆上去,堆成一个大土堆。这个大土堆,传说就在地脉岛杳渺峰上。

但事实上,现在地脉岛的最高峰杳渺峰,海拔仅九十多米,在太湖诸山中,属比较低矮的一座山峰,并且地脉岛本身也只是七十二峰中面积较小的一个岛屿。

会不会地脉岛原先是很雄伟很高大的,后来陷下去了呢?当然不能排除这种可能。问题是证据,没有证据,一切就只能是传说,是迷信,是神话,而不是科学。

马乐正在想入非非,肩上被人重重地拍了一下。

是单建平。

单建平也比约定的时间提早两个小时到达陆港码头。

一五

南山陆港码头应该说是一块比较复杂的地方。

陆港原先是南山半岛的一条小街。当然,现在它的性能和作用已经远远超过一条普通小街的性能和作用了。现在的陆港,已经不是一条普普通通的小街,而是一个像模像样的码头,地名也由陆家湾改成陆港。

陆港位于南山半岛最南端,濒临太湖,它是北太湖各岛的人、船靠岸登陆的唯一通道,这就是陆港这样一条偏僻古老的小街会发展成为一个商民聚会之地的重要原因。

北太湖中各岛的物资、文物特产,都要在陆港码头集散;岛民生活需要的物资,也同样要经过陆港码头才能上岛。久而久之,陆港便成了北太湖的一个经济中心,同时也成为太湖区域内的一处交通枢纽。

在陆家湾小街以南的一块湖滩空地,逐渐地建起了一个比较完整的集散贸易市场,米行、酱行、鱼行、油行、菜行、布行、花行、珠行、果品行,一应俱全。又新开了百货店、饭店、客栈、茶楼、农用品商店等,差不多已经有了和从前"上南山""上苏州"相同的意义了。

或者换句话说,这个陆港已经不是陆家湾了,陆家湾仍然是陆家湾,它在原来的位置上几乎是一个无人知晓的地方了。

在陆港这样的地方,鱼龙混杂是不可避免的,所以各式各样的证券倒卖,黑市交易,也都一一登场,把朴实的岛民搅得眼花缭乱、心猿意马。

近一两年来，最走俏的应该首推珍珠市场了。太湖珍珠，历史悠久，自古以来人们就把它视为珍宝和贵重的药材。近年来，太湖人工育珠发展很快，成为全国淡水珍珠的重要产区。太湖珍珠粒大质优、晶莹美观、光彩夺目，闻名于世。这一带许多人工养蚌育珠的农民，一两年、两三年就发了大财。其中一些专门经营珍珠的人，更是成了暴发户，名声传开来，弄得许多人眼红。附近岛上的少数岛民也坐不住了，索性以陆港为家，安营扎寨，做起了生意人。

有人说，在陆港蚌珠市场混，没有不发财的，哪怕在地上拣珍珠，一天也能赚上二三十元。这种说法也许有些夸张，没有人证实这样的说法，但绝大部分人却相信这样的说法。

陆港码头所有这一切，与地脉岛基本无关。这从道理上似乎说不通，但事实正是如此。地脉岛的人之所以不沾陆港码头，原因至少有三：其一，从距离看，地脉岛是北太湖中离陆港码头最远的一个岛。从地理位置上讲，地脉岛似乎划归为浙江省范围的南太湖更合理，因为地脉岛往太湖南岸去的距离反比到陆港的距离近。地脉岛的人出入陆港很不方便。其二，地脉岛的主要特产是澄泥砚和竹编工艺品，这两项陆港码头却没有设行，原因在于这两样东西别的地方不生产，为一个小小的地脉岛开业设行，太不值得。所以，地脉岛的这些特产不能在陆港集散，只有通过其他途径，比如通过谢湖直接外出。其三，地脉岛有果品、花木之类的特产，可以在陆港做交易，他们之所以连这些大路货都不走陆港这条路，是因为从前吃过亏。地脉岛十分隔绝，前些年岛民对外界的情况了解甚少，在陆港码头的交易中，总是被骗被欺，以致望而生畏，另辟蹊径。

正因为如此，马乐和单建平在陆港码头集市上转圈的时候，也只是散散心,消磨消磨时间罢了,并不需要有什么目的、有什么动机。

他们在乱糟糟、臭烘烘的市场上绕了一圈,看了一摊摊叫人眼红的珍珠,看那些土著样的岛民,用装化肥的蛇皮袋装着钞票扛在肩上走来走去,马乐不由叹息了一声。

单建平听见马乐叹气,说:"怎么样,我们也来拣珍珠吧?一天二十块,五倍工资。"

马乐笑笑,说:"你到哪里去转了,这么快就转完了?看看怎么样,太湖风景和城里的园林相比,味道不同吧?"

单建平说:"我没有去看。"

马乐朝他看看,这家伙,很可能又想到什么点子,单枪匹马去摸情况了。

单建平确实是去摸情况的。

单建平调查的是发生在两年前的一桩盗墓案。两年前,在南山陵南村东,距太湖仅两公里处,有农民挖地种植时,挖出一砖石结构双宝古墓,出土菱花形铜镜、铜质鎏金发簪等遗物。南山陵南村有三个青年民兵守墓盗墓,连夜盗窃墓中尚未挖掘整理的文物数件,被发现后如数追回,事情本身早已结案,罪犯分别被判了徒刑。

单建平到陵南村,想摸一摸盗窃古墓与走私案有没有联系。

可以说单建平一无所获。

这算不了什么。摸情况一无所获,对一个侦查人员来说,是家常便饭。反过来,如果次次有收获,次次满载而归,倒是不正常的,也是不可能的。所以陵南村之行并不会影响单建平的情绪,本来这种无目的无重点甚至无依据的调查,也只是死马当作活马医。

单建平提出要去看一看陆家湾小街。马乐说："陆家湾有什么看头,一条小街。"

单建平说："我听人家说,陆家湾里还有一条小巷,叫钓鱼湾,是一条古街,很有特色。"

两个人沿着陆家湾小街往前走,街巷里很冷清,一直走到街尾,才看见有了一个拐弯的地方,拐弯过去,果然是一条小巷子。

巷子很短,站在巷口直见巷尾,街长大约不到二百米,门堂有三十来个,绝大部分是明、清时的原物。

巷口竖着一块牌子,写着:钓鱼湾,明代一条街。并介绍了钓鱼湾明代建筑的特色,列举了明代宅第明善堂、怀荫堂等。

钓鱼湾已进入市级文物保护之列,其中明善堂、怀荫堂、凝德堂花厅、松风馆等都是省级文物保护对象。

钓鱼湾曾经是明代一位宰相的故里,临湖靠山,景色佳丽,并与附近太湖风景名胜相邻。在明、清两朝,此处名人高士,代不乏人,不绝于史,从而使这条仅几十户的山村小巷宅第栉比,牌坊接踵。

钓鱼湾街面上空无一人,马乐和单建平边说边走,看了两座宅第,一座是明善堂,据说是宰相故居。故明善堂应该是古时官宦宅第建筑的代表,是明基清体的大型群体厅堂建筑的典型(说明基清体是因为大部分明代建筑住宅在清朝进行过大修甚至重建)。

明善堂进深五进,纵向轴线三路。在中轴线上有茶厅、书厅、住楼等,其间有备弄相通,天井相隔,布局合理,梁架结构,均系明式。

马乐他们未及一一细看,只是在大厅前停了一下。大厅进口有砖雕门楼,门阔约有三米,看得出是重点装饰的部位。南北两面并有砖仿木构形式的牌楼,有垂莲柱、枋子、斗提、飞檐等。北面因为正对大厅,因此更加伟丽。南面门上正中有匾额刻"笔锭胜天"四字,西北面的匾额光白无文,不知何故。额周精雕各种图案,门内两边和折绕院子的墙垣均用磨砖贴面,下有青石镌雕成白须弥座。墙身与墙檐也用磨砖雕出柱、枋、斗等仿木构件,雕法细腻有力,刚柔兼之,暗含了主人的身份和地位。

可惜的是马乐他们只能看一看大厅外部的建筑,因为面阔三间的大厅,早已面目皆非,连厅前的轩带廊也隔成小间住房,供人居住。要看整个大厅的面貌已经是不可能了。厅内大柱柱础为扁圆木鼓形,以此柱础为木材料的事实,也可说明此室始建于明代(清朝古建筑,柱础一般以石代木)。

即使是能看清的大厅内外部分,现在马乐他们所见的也已是破陋凋敝的景象了,地坪墙面的磨砖裂纹处处,厅楼摇摇欲坠。

他们走出来,又进了一家,名为遂高堂。传为宰相之弟的住宅,此人曾有被选调某州府的经历,但不愿做官,不去赴任。身为京官的哥哥致信给他,肯定了他不入官场的想法。因信中有"输与伊人一着高"之句,遂将宅第命名为"遂高堂"。

遂高堂的变化比明善堂更甚,粗粗一看,根本看不出什么名堂来,满是百姓日常生活用物,天井里鸡飞狗叫,又脏又乱,文物保护也不知是怎么保护的。

马乐他们正要退出,屋里走出一位六七十岁的老太太,厉声说:"站住,做什么?"

单建平说:"看看房子。"

老太太"哼"了一声,没有说什么,只是很警惕地注视着他们。

看起来到钓鱼湾来看房子的不止马乐他们。

马乐和单建平都有点尴尬，马乐搭讪说："这房子很古了，是不是？"

老太太没有回答，抓了一把菜皮喂鸡。

单建平说："现在乡下到处造新房子，陆家湾好像没有什么新房子。"

老太太总算开了口，但只说三个字："造不起。"

俗话说，树老根多，人老话多，这位老太太话却一点不多，口风很紧。马乐、单建平似乎很难从她口中打听一点什么。

单建平硬着头皮找话说："人家说现在陆港人都发财了，地上捡蚌珠就能捡成万元户呢。"

老太太说："你试试。"

单建平没有话说了，虽然人人都在传言捡蚌珠能捡成万元户，但真正靠拣蚌珠过日子的人毕竟是很少的。

马乐这时候无心听他们说什么，他发现鸡棚里的一只又脏又破的鸡食钵，不是一只一般的鸡食钵。他走过去，在鸡棚前蹲下，把鸡吓得乱飞乱蹦。马乐把鸡食钵拿起来，一股酸臭味扑鼻而来。他顾不得这些，用手抹去糟成一团的鸡食和粘在一起的鸡粪。

这是一件明朝的朱砂鸡食钵，此钵瓷质莹洁而坚，图案尚很清晰，上有牡丹，下有子母鸡，似有跃跃欲动之势。

马乐正看着这件古器皿出神，老太太走过来，一下子把鸡食钵夺了过去，往地上一扔，说："不要动。"

马乐有点急，连忙说："不能扔，你用这个做鸡食钵，太可惜了，你知道这是什么？"

老太太说："什么？鸡食钵。"

马乐说:"这不是一般的鸡食钵,这是明朝的鸡食钵。"

老太太说:"明朝的鸡食钵也是鸡食钵。"

马乐叹口气说:"太可惜了。"

老太太看看他,说:"你叹什么气,明代的鸡食钵你心疼,这房子也是明代的,住了这么多人,你怎么不觉得心疼?"

马乐说不出话来。

单建平乘机问老太太:"陆家湾这种古董是不是很多?有没有人来收购?"

老太太又看看单建平,说:"又来调查了?"

单建平追问:"有人来收购,是不是?"

老太太说:"怎么样?"

马乐说:"你们会上当的。"

老太太说:"已经上过当,学乖了,不用你来教训。"

马乐问:"怎么上当的?"

老太太答非所问,指指地上的鸡食钵,说:"这个鸡缸,你出什么大价钱我也不卖的,你休想。"

马乐说:"那你也不能放在鸡棚里呀。"

老太太说:"不放鸡棚,放哪里?放在五斗橱上看呀?有什么好看?还不如放在鸡棚里,本来就是鸡食钵嘛,还省我一件家什呢。"

听起来好像不可理解,但细想想,也不无道理。如果杜国平看见了,他一定会像被惊吓了的鸡那样乱蹦乱跳的。

单建平又问:"你知不知道来收购这些东西的是什么人?"

老太太坚决果断地摇摇头。

再也问不出什么了,马乐和单建平走出遂高堂。

马乐问单建平:"有门没门?"

单建平说:"没门。"

两个人一起笑,好像是自嘲,但各自的信心却在笑声中增加了一些。

他们一直往巷尾走,很快到了钓鱼湾的尽头,也就是太湖沿岸了。

巷尾也立了一块牌子,介绍此地曾是太湖营水师舟楫的停泊地,由此经长山嘴、白浮门而游弋太湖。介绍文字中还录有一首诗:演武墩边拥彩旄,敢因清宴废戎韬。炮声远过长山嘴,知是舟师训水操。

真是古意盎然。

当然这古意也只是在这一段文字之中而已,现在的钓鱼湾入太湖之处,根本不见当年操练水师、停泊舟楫的踪影了。

他们在湖边站了一会儿,发现有一只渔船摇过来,靠岸停下来。一个壮年渔民从船舱里钻出来,站在船头就往太湖里小便。

马乐觉得很奇怪,太湖渔民的习俗,是不能站在船头小便的,怕得罪了水神。这个渔民看上去也有四十多岁了,不应该不懂渔家的忌讳。站在船头小便,是不是意味着这个人不是一个正宗的渔民,或者他根本不是一个渔民,而是一个冒牌者呢?不是渔民而冒充渔民,目的是什么?船停在钓鱼湾,这不是停船的地方,又是什么意思呢?

可以说马乐神经过敏,草木皆兵,也可以说马乐警惕性高。

在没有找到事实之前,一切都是空想。侦破案件,有时就像写论说文,先立论点,再找论据。

马乐注意到这个人没有解完手,船舱里就有人喊:"老六,快点。"

很快这个人又钻回船舱里去。

马乐示意单建平不要走开,他自己走近渔船,就听见船舱里"稀里哗啦"搓麻将牌的声响。

尽管马乐脚步很轻,而搓麻将的声音又很大,但船舱里还是有人发现了马乐,跳出来两个壮汉,凶神恶煞地责问马乐:"你小子做什么?"

马乐不想暴露自己的身份,但那两个人已经跳上岸,向他逼过来。单建平连忙赶过来,两人中有一人吹了一声口哨,船舱里又跳出两个壮汉,个个腰圆膀粗,要动武的样子。

倘要动手,马乐和单建平并不害怕,不要说四个壮汉,再加四个也不成问题。警校的重点课程擒拿格斗,他们两人都是拿优秀的,不像心理学那样的课,比较伤脑筋,拿个及格就谢天谢地了。

但问题是马乐不想打架,也不能打架。如果这几个人不是犯罪分子,他就不应该同他们打斗。他只是想摸一点情况,而不是奉命逮捕什么人。如果是逮捕,对方拒捕,马乐的功夫就有用武之地了。可惜马乐工作五六年,这样的机会很少很少,经他抓获的罪犯,绝大多数是束手就擒的,只遇到过半个不服帖的,那个人是个大个子,大概看马乐个头不高,想来武的,结果马乐才摆出一个架式,那人就软了,马乐十分遗憾。

既然马乐不能打架也不想打架,他就要亮出自己的身份。马乐刚把证件掏出来,几个人果然矮了一截,一个个往后缩退。

马乐说:"想干什么?"

几个人支吾了一会儿,其中一个说:"没有,今天没有赌,不信你上船去搜。"

他们大概把马乐和单建平当作捉赌的派出所警察。

马乐说:"当然要上船看看。"一边说一边跨上船,那几个人也一起跟上去。

船舱里一张矮方桌,果真只有麻将牌,没有钱,连筹码子也没有。

有一个二十来岁的女人坐在船舱里,钱一定是她藏起来的。

马乐问:"她是什么人?"

立即有人回答:"是王老六的媳妇。"

王老六就是在船头小便的那一个,四十多岁的人有个二十来岁的老婆,其中的关系不能绝对说不正常,但至少是很可疑的。但问题是马乐现在不想管这个,他不是治安警察。马乐发现那个女人神色紧张,眼睛不停地溜来溜去,马乐打量了一下船舱,就从一个饭锅里抓出了大把钱来。

赌棍们七嘴八舌地讨饶,作保证,赌咒发誓。

马乐说:"有一个机会,给你们将功赎罪,怎么样?"

几个人当然拎得清,连连点头。

马乐说:"钓鱼湾,你们一定很熟,有人常在钓鱼湾的人家收购古董,你们是不是和这事有牵连?"

几个人面面相觑,都说不知道。

马乐诈他们一下,盯住王老六看,说:"王老六,你怎么样?"

王老六果然很慌,说:"我要是弄那东西,翻船覆舟。"

这是毒誓,渔家不一定怕天打雷轰,却最忌翻船覆舟,当然王老六什么也不忌也是可能的,他能站在船头往太湖里撒尿,他就有可能是百无禁忌的。

他们几个人看着马乐的脸色,叽咕了一会儿,由王老六说:

"有一个人,是网渔船上的,苏北人,摇了船来的,就停在这里,陆港人叫他戴老板,大概是姓戴,这个人路子很粗的。"

单建平说:"还有什么人?"

王老六说:"别的不清楚,戴老板,姓戴的从前是常来的,这一阵也不大见了。"

马乐问:"你们知不知道姓戴的在陆港有没有落脚点,在哪里?"

几个人都不清楚,看得出不是不肯说。

问得出的大概也就是这些了,虽然不多,但总算也是一个意外的收获。

走回码头的时候,单建平说:"有心栽花花不开,无心插柳柳成荫。"

马乐看了单建平一眼,他突然有所领悟,说:"你这家伙,你大概不是无心插柳吧?来陆家湾之前,你大概已经知道陆家湾钓鱼湾是花是柳了吧?一上午你不会一无所获的。"

马乐的推测一点不错,单建平确实是在了解了钓鱼湾的一些情况以后,才拖了马乐来游古街的,而他对陆港的兴趣,是在县城建局听了生产队长老汤的话以后才开始的。这样看来,单建平似乎在有意把成功或者说是把成绩推给马乐,这是为什么呢?马乐捉摸不透。或者单建平根本不想干出什么成绩,他只是试试自己的能力?或者单建平在马乐第一次独立办案时,有意帮助他?

再转回来,时间就差不多了,四点差二十分,等船的人,已经很多了,至少有二三十人。船老大还没有来,木船的船舱门锁着,有几个性急的人上了船,也只能站在船头。大部分人还在岸上等。深秋,湖面的风已经有点凉意了,有人在抱怨船老大。

又等了十几分钟,四点差五分,船老大和助手一起来了,醉醺醺的,一嘴酒气。大家一哄上了船,也就不再抱怨。

四点钟准时开船,柴油机发动起来,噪声很大,在船上说话要大声叫喊才听得清。马乐和单建平交谈不方便,单建平上了船头,去看太湖景色。

马乐没有动。

船票是在船上卖的,由船老大的助手挨个收钱,一般人都不要票,所以也就不给票,但对外来人,不管要不要,都给船票。

挨到马乐买票,那个人看看他,说:"你上次来过,这是第二次了,是不是?"不等马乐回答,他又说,"今天外来人多,你,你,你,还有船头上的好几个,都是外面来的,这一阵,是热闹了。"

马乐打量了一下,果然注意到有好几个从装束到神情,都不像岛民。马乐第一次上岛,船上只有他一个外人。第二次来,一下子有这么多外人,是不大一样了。

对马乐来说,第二次上地脉岛和第一次上地脉岛,情况当然也不大一样了。说第二次比第一次多了一些内容,这是肯定的,究竟多了些什么,或者说在这期间,马乐究竟了解了一些什么呢?

至少有这样几方面的内容是可以肯定的:

第一,进一步确定了对戴阿宝的怀疑,证实了戴阿宝确实与文物古董有染。

第二,进一步确定了对谢湖的怀疑,证实了谢湖对地脉岛是有所用心的。

第三,基本排除了古砚的枝蔓。

第四,了解了爷爷和地脉岛的关系。

第五,基本排除了老梁、小王、小李、杜国平。

第六，突出了谢湖—潘梅—马福康这条线。

第七，大体了解了地脉岛的状况。

第八，对吴小弟、马三爷有了一个初步的认识。

当然，内容还有很多很多，但马乐关心的，主要是与本案有关的，与本案无关的，他一概可以抛开。

可惜的是，本案的主要内容，即吴长根的事情，却仍然忽隐忽现，始终抓不住。要不是有吴长根女人的交代，马乐将更加摸不着头脑。

这说明，马乐二上地脉岛，任务仍然十分艰巨。

陆港码头很快远去，最后终于消失，湖面上的风大起来，船开始摇晃，站着的人都要抓住什么东西才能保持平衡。船老大在船尾喊："船头上的人都下去，今天报有六七级风。"

船头上的人都进船舱，船舱就更加拥挤。单建平摇摇晃晃走到马乐这边来，刚要说话，只听"啪"一声，另一个站着的人身子一晃，手一松，肩上一只挎包掉在船板上，从包里滚出一本书。马乐和单建平都看清了书名《明清画谱》。

确切地说，这是一本画册。

单建平弯腰捡起画册，递过去。

书的主人年纪在四十至四十五之间，两鬓已经有些发白。他接过画册，向单建平道了谢。看得出因为晕船，他很不舒服。马乐站起来，让他坐下，他稍作谦让，就坐下了。

单建平和他搭讪，说："你是画家？"

他报了自己的名字："钱秋岩。"

单建平和马乐同时"哦"了一声，不仅在吴门画派中即使是在全国美术界，钱秋岩都是有相当名望的。钱秋岩的名声，当然主要是由于他在绘画上有相当高的造诣,而另一方面,和他的年纪也不无关系。一般享有钱秋岩这样名望的画家,大多是六七十岁,甚至七八十岁的老翁了,钱秋岩以他不惑之年就享有如此盛名,确实令人刮目相看。

钱秋岩也上地脉岛,看来地脉岛的名气也确实已经传到外面去了。

船在风浪里颠簸了一个多小时,船上的外来人,除了马乐和单建平,别的人都呕吐了。连马乐、单建平这样年轻力壮、经过锻炼的也被折腾得苦不堪言,岛民们却谈笑风生,一点也不在乎。

从他们的谈话中,马乐听出,岛上似乎发生了一些事情。对二上地脉岛可能发生的情况,马乐曾经作了比较全面的分析,但是马乐没有料到,等待他的,是地脉岛的一场混乱。

十六

产于太湖的奇石,种类之多、用途之广、质地之佳、贮量之丰,都是闻名于天下的。比如太湖石(俗称假山石),比如石灰石(俗称大青石),比如花岗石(俗称金山石),早就为世人所知。古人云:石有聚族,太湖为甲。关于太湖奇石开采的历史,往前推两三千年,也都是有案可稽的。

由于产于太湖区域的奇石用途广,需求量大,造成太湖石大量开采几乎连年不断的状况,其开采范围,也几乎遍及太湖流域的大部分山岭地区,尤其是沿湖各乡、湖中诸岛的山体岭岭,无不打上了开采的痕印。

不可否认,大规模地开采,为建筑行业,为工艺生产,提供了大量优质原材料,为发展经济做出了贡献,但同时却不同程度地破坏了大自然的生态平衡。早在唐朝时期,人们就意识到了这一点。据说到北宋末年,太湖北山一带的假山石已基本采尽,所以南宋人云:"山中人始以旱石加斧凿,作玲珑意,又剜石面,作弹窝纹,不识者,或得善价。"已经是人工制作太湖石了。明嘉靖年间,亦有"太湖奇峰怪石被采去大半"的说法。所以从宋代起,就开始有分寸地禁止采石,但往往屡禁屡开。

近几十年来,除了个别地方因为开辟风景点等原因也禁过采石,但太湖区域绝大部分地区一直是开采不断的。连年的开采,使沿太湖及湖中诸岛的山石遭到大规模破坏,还有许多天然景点,比如北山的"一线天""石公石婆",比如南山的"十二生肖石",比如阳山的"群猴石"等都毁于一旦。

开采与禁采,孰是孰非,恐怕要有待于后人、有待于历史去评说,去下结论了。

所有这一切,有关采石、用石、禁石所有的一切的历史均与地脉岛无关。几乎波及了整个太湖流域所有地区的石战,与地脉岛无关。这很奇怪,地脉岛难道不是太湖中的一个岛屿吗?当然是的,那么地脉岛为什么能够置身世外呢?因为地脉岛偏远、封闭、交通不便,这些无疑都是很重要的原因,但是不是还有更重要的原因呢?也许是有的。

但是,一切与地脉岛无关,这句话已经成为过去,成为历史,现在已经不能说一切与地脉岛无关了,早就有迹象表明,在地脉岛开山采石已经是势在必行。

当采石公司派出的实力最强的一个采石队的几只大船抵达地脉岛的时候,这一点就更加不用怀疑了。

到处插手的谢湖与此事似乎无关,但他起了牵线搭桥的作用是肯定的。

采石队是一支精干的队伍,人数不多,五六十人;装备精良,从大船上卸下来的,都是相当先进的机器,有破碎机、掘进机、切划机、磨光机、发电机、电动机等,看起来,好像要以地脉岛为家,长期作战了。

采石队进驻地脉岛,当然不是随意的,更不是违法的,他们持有相关部门的开采准许证。

采石队队长陆宝卿是这一带公认的采石能手,年纪六十出头,老当益壮,不仅熟悉采石工程,亲自开采过八至十吨以上的名人墓碑巨石,人称"大仑头",而且还有一手精湛的雕琢技艺,经陆宝卿的手雕刻的石碑,遍及江南。相传,明代太湖石匠陆祥,曾因石雕及石料工程筑造而官至工部侍郎,算起来,陆宝卿也是陆祥的后人。在陆氏家族中,先后出过不少名匠。比如有陆鸿祖,三十年代初在南京建筑中山陵,技压群英,使近代太湖石匠重新闻名于世。有陆瑞林,民国初刻字名匠,承接过许多寺院名胜碑石刻字工程,可谓吴中名胜遍留手迹。此外还有陆仲华等擅长造桥,被誉为"造桥王"。

到了陆宝卿,二十岁就成为太湖地区数百家石岩中最大的岩户之一、"阳泰"石号的把岩师傅。以后陆宝卿很快就适应了炸药爆破的点炮、画线技术,并且自己还创造了一些实用的取材法。陆宝卿不负前辈盛名,已成为当今太湖石匠中的佼佼者。

这一次上地脉岛,由陆宝卿亲自带队,不难看出采石公司对于开采地脉岛是寄予厚望的。

采石队上岛以后,搭起工棚,安置了机器,很快就动工了。

开采地点选定在地脉岛南泊小山禹峰岭下。南泊小山沿太湖是岛上最偏僻的地方,没有村落,周围无人居住,是开采的理想位置。

震动整个小岛的一声炸响,揭开了地脉岛开山采石的历史,这是任何人难以阻挡的,当然也是潘能难以阻挡的。

但问题是潘能是个不识时务的人,所以潘能明知不可阻挡,他仍然是要阻挡的,哪怕是螳臂当车。潘能绝不会因为开山的炮已经炸响而失去他的信念、停止他的追求。

潘能在岛上四处奔走,大声疾呼,他的第一个投诉目标仍然是吴小弟。

潘能找吴小弟,要谈三部分的内容:第一,先给吴小弟上一堂自然环境保护课(过去已经上过好几次了);第二,告诉吴小弟如果他容忍这种开山采石的行为发生(已经发生),他将去告状(已经告过);第三,他希望吴小弟立即出面干涉此事(明知无用)。

在潘能喘息的时候,吴小弟吐出一口烟,慢悠悠地说:"他们答应帮我们筑三条路的石级,南望村、湖沿村、陵山村都修。"

潘能愤怒地说:"这是做交易。"

吴小弟说:"还有,帮我们翻建小学的房子。"

潘能愣了一下,停了一会儿,说:"那也不行,什么条件也不换。"

吴小弟说:"即使他们不帮我们筑路、翻学校的房子,我们也要让他们开山采石的。"

潘能说:"他们是犯罪。"

吴小弟说:"县里乡里都跟我打过招呼了,主要是他们有准许证,他们是合法的。"

潘能"呸"了一口,说:"违反环境保护法就是犯法。"

谈话是在吴小弟家客堂间进行的,谈到这里,吴小弟的儿子吴中强从里屋走出来,笑着说:"人家资本主义国家才天天讲环境保护,在那种国家,在大街上放个屁也要罚款的,污染环境嘛。我们是社会主义国家,不讲环境保护,要讲计划生育。像你这样的环境保护者,最好到资本主义国家去,天天可以上大街游行,天天有事情做了。"

潘能说:"你个混账小子,我不跟你说,我只跟小和尚说。"

吴小弟也笑起来,说:"潘老师,事情已经这样了,炮也已经炸了,还要怎么样呢?"

潘能一甩手走了,临走又回头说:"你心里根本是向着他们的,你也不必多讲了,我心里有数。"

潘能的第一次投诉失败。

潘能的第二个投诉目标是地脉岛岛民。

在采石队放炮开山采石的时候,许多岛民站在远处看热闹。潘能就向他们宣传,讲话内容和对吴小弟讲的大体相同,只是第二部分稍作改变。他对吴小弟讲的第二部分是如果你容忍这种开山采石的行为发生,我就要去告状,而他对大家讲的第二部分内容是如果你们对这种开山采石的行径不闻不问,你们将自食其果(苦果)。

潘能的话是被大家打断的,大家七嘴八舌回答他,概括起来大约有如下内容:

"皇帝不急,急煞太监。"

这是说潘能多管闲事。关你什么事,即使在地脉岛上,你也管不着。有党的支部书记,有党员,有村长,有村干部,你只管管几十个孩子念书(现在也不管了)。

"这把年纪了,安逸点吧。"

这是顾惜潘能,五十多岁的年纪,弄得像六七十岁,又老又瘦,奔波劳碌,犯不着。还是多照顾照顾自己的身体吧(潘能患有胃病、关节炎、神经痛)。

"跳来跳去,捞得到什么呀?"

这是以为潘能上蹿下跳阻止开山采石是想捞取一点什么好处。这种想法也不能算不正常,如果不想得到什么,是不会这样尽心尽力的(这就有点诬蔑潘能了)。

"你在这里跳没有用,还是要到上面去,到县里、市里、省里去叫。"

这是给潘能出主意,是最积极的。可惜的是这样的主意出了等于没有出。县里、市里、省里,潘能都去过,也没有用。

由此可见,很少有人理解潘能,更不会有人支持潘能。

潘能又转向第三个目标,他不顾采石队警戒人员的阻挡,冲过红线,找到正在打炮眼的陆宝卿。

陆宝卿很有耐心,笑眯眯地听潘能讲,一言不发,一嘴不回,干活的速度一点也不减,一直到潘能讲得口干舌燥,白沫翻滚,停了下来,陆宝卿只说了一句"田鸡要命蛇要饱"。

潘能大为恼火,说:"什么田鸡什么蛇?谁是田鸡谁是蛇?"

陆宝卿说:"当然我们是田鸡你是蛇啦,你看你,清清闲闲,吃饱了饭没有事情做,拿我们来寻开心,我们却要卖苦力,挣碗饭吃。"

大家哄笑。

潘能说:"为了要吃饭,就到处搞破坏,这算什么?"

采石工人开玩笑,说:"算破坏分子。"

潘能说:"破坏分子也算不上,你们不是决定政策的人,你们只是执行者,但是执行者也……"

采石工人又大笑起来。

潘能的话终于被点炮的信号打断了,他被连推带拉赶出了警戒线。

潘能似乎无路可走了。

但是,潘能永远也不会无路可走。

潘能想到一个人:冯仲青。

冯仲青是一个不问世事的人。潘能想到他,是因为冯家有人在政协里任职。如果冯家的人肯出面说几句话,阻止开山采石就有希望。在潘能看来,希望随时都有。

潘能去看冯仲青,第一句话就问:"你有没有听见炮响?"

冯仲青正在练书法,此时双目微闭,好像在运气。

潘能说:"老先生哎,你应该开开口了,炮已经炸到屋门口来了,你这样子,温吞水,急死人了。"

冯仲青好像没有听见,饱蘸浓墨,写下一个"不"字,舒缓而有力,意味深长。

潘能围着冯仲青兜圈子,言之凿凿,真可谓动之以情,晓之以理。

冯仲青仍然无动于衷,又写了一个"可"字。

潘能说:"你是不是以为这件事没有什么了不起?如果是,你说一声,我转身就走。你说,你管不管?"

冯仲青终于把那句话写完了:"不可为不必强行为之也。"

潘能说:"老先生你倒是开口呀,你这金口怎么这么难开呀?"

冯仲青指指写好的书法,说:"就是这个。"

不可为不必强行为之也。

潘能跳脚说:"什么不可为?什么强行为之?这件事我是一定要为的。"

冯仲青放下毛笔,停了一会儿,说:"你不是一直在为吗?去找呀,去找呀。"

潘能的脸突然有点红,声音也低了下来,说:"找什么,不瞒你说,我根本不知道我要找什么。我一点也不知道。"

冯仲青说:"炸过的地方会有的。"

潘能问:"有什么?"

冯仲青不回答有什么,却说:"我从前看过一本书,书上说从前在什么地方有一个放生池,池边有双松,甚灵,兵乱时,有人欲伐之,忽陨石如雨,乃止。"

潘能对冯仲青讲的话,好像很明白,又好像不甚明白。从他离开冯家祠堂,此后的几天里,他一直在禹峰岭下转,白天采石队干活时,不许越过红线,他就在清早和傍晚溜进红线去勘查。

但是潘能始终没有找到。

一日下晚,潘能在采石现场滑了一跤,跌入一个大水坑,浑身湿透,跑回家换衣服。

潘梅见父亲冻得发抖,连忙煮了姜汤。可是潘能换上干净衣服,来不及喝姜汤又要走,这时天已渐黑。潘梅说:"黑咕隆咚你不要掉到太湖里,爬不上来。"

潘能说:"你不要触我霉头,怎么会掉到太湖里。"

潘梅拗不过他,又不放心,就跟着父亲一起去采石工地。

满地是炸下来的粗糙的石块。

潘能在乱石中寻找,潘梅站在一边看,她也不明白父亲要找什么。她把手电筒往被炸得乱七八糟的山石中照看了几下,就发现有几块石片和刚炸开的粗糙的石块不一样,很光滑,形状也很奇怪,呈尖状,放手里玩了一会儿,又扔了。

　　等了好久,潘能还弯着腰在乱石堆里走来走去。

　　潘梅不耐烦,说:"爸爸,你到底要找什么?"

　　潘能说:"找石块,石片,但不是这种,是经过制作加工的石块,就是石器,旧石器。比如把石头做成像一把刀的样子,或者把石头做成像斧头的样子。古时候的人不会炼铁,只好用石头来做工具,你懂吗?你这个大学生,还不如我们那时候的中学生。唉,现在的教育质量,真是的。"

　　潘梅心里一动,重新找到刚才扔掉的几块石片,她说:"爸爸,你来看看,这是什么?"

　　潘能过来,看见女儿手里的石片,夺了过去,用手电筒照了一下,他的眼睛里放出光来,什么话也不说,转身就跑。潘梅不知他又发什么神经,跟在后面跑。

　　潘能跑到冯仲青那里,来不及喘气,就把石片交给冯仲青。

　　冯仲青认真地看了一会儿,又找出一个放大镜照了,然后他很淡漠地点点头。

　　潘能见冯仲青点头,激动得手舞足蹈,大笑起来。

　　潘能一把抓住女儿的手,说:"是的是的,我找到了,你看。"他把石片塞到女儿鼻子底下。

　　潘梅后退了一步,说:"回去吃晚饭吧。"

　　潘能一愣,说:"吃饭?现在怎么能吃饭?走,你跟我走,我要叫只船,马上到县里去。"

潘梅说:"你怎么啦,天黑了,哪里有什么船?"

潘能说:"找吴水龙。"

潘能拉着潘梅直奔吴水龙家。

吴水龙家的一条水泥船,是地脉岛上最好最大的船。岛上的人有什么急事,有人得急病,或者孕妇难产,非要夜里送出去,都叫吴水龙送。吴水龙和他的船,又快又稳,但价钱很高。

潘能奔到吴水龙那里,吴水龙正在吃饭。

潘能说要到县里去,立时立刻叫他开船。

吴水龙说:"潘老师,你当真啊?这么晚了,我就是送你到南山,哪里还有班车呀?你走着去呀?"

潘能说:"咳,你这个人,拎不清,到南山去做什么,我要你直接开到县里。"

吴水龙哈哈大笑,说:"潘老师你真的假的,开到县里,你出多少钱,你知道开到县里要耗多少油?你知道我的油都是黑市来的。"

潘能说:"我出五十。"

吴水龙说:"你寻我开心啊。"

潘能说:"你开价。"

吴水龙伸出一只手,翻了三次。

一百五。

差距太大了。

潘能叹了口气,说:"再减一点。"

吴水龙说:"潘老师你算了吧,用不着半夜三更赶去的。我也不想赚这点风险钱。你夜里赶去,县政府大门朝你开呀?还是睡一夜,明天一早,我送你,赶早班车进城。"

潘梅也说这样最好。

但是潘能不听,一定要连夜赶去,磨了半天,最后以一百二十元讲定。

潘能说:"一百二,我工资加补贴全用上了。"

吴水龙说:"潘老师,我不是要刮你这点钱。你晓得的,黑市油辣得吃不消,再加上夜里行船,船上一不小心哪里碰掉一只角,一修就是几百。"

潘梅对吴水龙说:"我想办法帮你弄点平价油,你少要点吧。"

潘能问女儿:"你到哪里弄平价油?你不要瞎说啊。"

吴水龙说:"小潘老师有路的。你只要帮我弄到平价油,这一趟算我白送,怎么样?"

潘梅因为第二天一早还有课,不能陪父亲去,只有拜托吴水龙照顾。

很快,船发动起来,潘能连夜赶往县城。

潘能半夜里敲开了县委书记陆怀中的门,把陆怀中一家人吓了一大跳。

潘能见了陆怀中,一反常态,二话不说,把那几块石片放在陆怀中手掌心里。

陆怀中当然明白这是什么意思,他看看石片,说:"好吧,你们先睡下。明天一早,我找人研究。"

潘能和吴水龙就在陆怀中家睡下了。

吴水龙没有心思,倒头就睡。潘能却怎么也睡不着,好不容易熬到天亮,就叫醒了陆怀中。

有潘能盯在屁股后面,又有这几块石片,陆怀中不办也得办。一上班,他就召集了文管会、城建局以及其他几个部门的头头来开会,一边去接了市博物馆的考古专家来。

潘能,确切地说是潘梅,找到的这几块石片,确实是旧石器时代的打制石器。

但是考古不是一眼就能考出来的,考证要有一定的科学根据。

下午专门开了县委常委会议,经过激烈的争论,最后才决定,暂停地脉岛的采石工程。

县采石公司着急了,这批采石任务是一批外贸任务,限期很紧,误了合同,是要加倍赔款的。

不光采石公司有意见,外贸部门也有意见,一时议论纷纷。

陆怀中处于矛盾的中心,受到了各方面的指责。

这一切潘能并不知道,他已经为自己的胜利陶醉了,但他的头脑很清醒,一下午他马不停蹄地跑了报社、文联、宣传部等传递信息比较快的部门,于是,地脉岛新发现旧石器时代遗物的消息迅速地传了开去。

其实这时候,根本还没有一个考古学家到过地脉岛。

潘能大胜而归。

县委的决定已经下来了,采石队鸣锣收兵,正在作一些善后处理,看见潘能到采石场来,采石工人七嘴八舌,咒骂的、挖苦的、嘲笑的,都有。

潘能对文管会的两位干部说:"不要理他们,我们做我们的事。"

文管会的人问他:"潘老师,你看这块牌子竖在哪里好?"

牌子上是县委关于暂停开采的决定。

潘能指指禹峰岭下被炸开的地方,说:"插在这里,叫大家来看看,记住这个耻辱。"

采石队的工人哄起来,有人骂潘能老十三点。

潘能很神气地说:"老十三点怎么样?你们到底斗不过老十三点呀,告诉你们,真理在我手里,你们是歪理,总归要失败的。"

采石队的人平时大概很少见到这种一本正经的人,很少听见这种一本正经的话,想想到嘴的饭碗被一个老十三点敲掉,还要受他教育,真是又气又拿他没有办法。

地脉岛上的人就不一样了,他们早已习惯了潘能的脾气,不觉得有什么奇怪,奇怪的倒是潘能的成功。当潘能满山乱转的时候,岛上恐怕百分之九十九点九的人心里都以为潘能走火入魔,中了邪。现在潘能居然弄得县里做出决定不准开山采石,又带了县里的干部来竖封山的牌子,大家就觉得潘能有点了不起了。

当然这一切变化潘能是不明白的,因为他从来不在乎别人怎么对待他,几年来,他始终一心无二用。

封山的通告发出以后,潘能松了口气,他连夜写了十几封信,分别发到省博物馆以及北京、上海和外省的一些考古研究单位,他详细叙述了几块石片的形状,并介绍了市博物馆专家的看法。

结果是好几支考古工作队一拥而来,最远的来自东北地区,其速度之快,声势之大,令人吃惊,连潘能本人也未曾料到。

这些考古队是在县里只是作了暂停开山采石的决定,而对考古工作一无准备的情况下,快速开进来的。他们基本上是在整个现场无组织无政府的状态下进行开掘考古的,各个考古队到底弄去了多少石器,无人知晓,以后很快发生了考古队与考古队之间的矛盾,考古队抢夺十分厉害。

等到县里通过正常途径,组织了市、县有关人员来到地脉岛的时候,第一批发掘的石器早已被抢夺殆尽。

县、市有关领导十分恼火,县委在一份内部材料上通报批评了潘能,陆怀中书记也为此承担了责任。

潘能本人并不知道,即使他知道,他也不一定会计较,批评也好,表扬也好,他都可以置之度外。

争执继续进行,考古也在进行,但似乎已经与潘能无关,他的目的就是禁止开采,不让炮声响起来,他的目的已经达到了。

但是采石队并没有离开地脉岛,这使潘能不能放心。

现在轮到采石队满岛转,他们在寻找新的开采目标。潘能始终警惕地注视着他们的行为。他发现不仅采石队的人在寻找,考古队也在寻找,东挖挖,西撬撬,像一群十分贪婪的淘金者,使潘能有一种不舒服的感觉。

考古队的人住在叶炳南的招待所,挤不下,打了地铺。

地脉岛往日的幽静已经没有了,最不安分的是岛上的年轻人和小孩子,他们跑前奔后,一有空就到叶炳南这边来,考古工作者能看出一块石片是几千年以前的石器,他们觉得很神秘、很新鲜。

应该说,采石队和考古队,打破了地脉岛多年的宁静,带来了许多崭新的东西。

以上这些,就是马乐二上地脉岛面对的情况。从第一次上岛到第二次上岛间隔时间并不长,但地脉岛给马乐的感受已经今非昔比了。

这一切虽然和马乐要破的案子没有什么直接的关系,但马乐面对这样的情况,多少有点猝不及防,束手无策。

首先第一条,他和单建平没有地方住,叶炳南那里人满为患了。

一七

马乐、单建平和另几个外来人一起住到地脉岛小学的教室里。

白天学校是要上课的,他们只是在晚间把课桌椅拼一拼,从岛民家租来被褥,将就着睡。学校的课桌有的很破旧了,块头大一点的人,睡上去压得吱呀响,听得人胆战心惊的。

即使如此艰苦,上岛的人却没有谁退回去,每个人上岛都是有目的的,不达目的,不会回去的。

小学生凑热闹,有的孩子有意一大早就来上学,看见教室里桌子上东倒西歪地睡着的城里人,新鲜又好奇,就在院子里大喊大叫。

这时候潘梅就在自己的小屋里问一声:"谁在叫?"

调皮的孩子就溜走了。

看起来潘梅在学生中还是很有威信的。

地脉岛小学是在两年前从初小发展成完小的。学校规模很小,设备也比较差。学校的状况,曾经被人们唱出一首顺口溜,叫"两两三三"。

两间教室三班复设,
两名教师三块黑板。
两只粪缸三眼土灶,
两扇破门三根歪梁。
……

除了潘梅,另一位老教师柳仲安,已经六十七岁了。柳老师四十年代毕业于南洋模范中学,此后就一直在地脉岛教书。柳仲安也是太湖人氏。柳家从前是很有家道的。柳仲安的曾祖父柳文贤曾于清宣统二年(一九一〇年)创办了太湖地区第一所幼稚园,从此开始了太湖地区最早的学前教育。柳文贤并且同时在太湖地区的一些要镇创办私塾。柳文贤出身并非豪门望族,至多不过算个中小地主,要靠柳家有限的资产支持许多义塾,是很难做到的。柳文贤有一孔姓同窗做了礼部主持,柳文贤取得了他的支持,在家乡大办教育。柳文贤一心办教育的精神,一时为大家所称道。

一次柳文贤与几个文友在太湖泛舟,饮酒作诗。太湖山清水秀,风光旖旎,大家兴趣所致,不觉越漂越远,后来湖上刮起大风,小船失去控制,顺流向南漂到一个小孤岛停泊。

他们在岛上住了一夜,发现小岛几乎与世隔绝,绝大部分岛民是文盲,岛上的文化教育是一个空白。

这个小岛就是地脉岛。

柳文贤回家以后,一直挂念此事。他很想亲自去地脉岛办学,但因诸多事务实在无法抽身,后来便命儿子柳瑞照进地脉岛开办义学,就是从那时起,地脉岛才结束了无学无塾的状况。

不仅柳瑞照子承父业,柳瑞照的儿子也子承父业,到了再下一代,就是柳仲安了。柳仲安仍然子承父业,把一生交给了地脉岛。其实柳仲安年轻时已经离开了家乡,到了上海,中学毕业已经考取了上海交大。由于父亲病逝,家人一个召唤就把柳仲安召回了家乡,又上了地脉岛。

这一上岛就是几十年。

柳仲安当年的那颗为家乡偏远地区办教育的火热的心随着年

龄的增长慢慢地冷却了,他越来越不适应教学生涯了,即使应付地脉岛上的小学生,他也感到有点力不从心,无能为力了。

自从五十年代末,来了一个新时代的大学生潘能,和柳仲安做伴,柳仲安那种被时代淘汰的危机感就开始了。

柳仲安和潘能共事近三十年,相处实在不怎么样。潘能能说会道,夸夸其谈,还常常口吐狂言,瞧不起柳仲安。柳仲安虽然年轻时在上海读书,也接受过不少洋思想,但骨子里仍是一个老派人物,尤其在地脉岛这样的地方待长了,与世无争,清静安闲。可是半道里杀来一个潘能,搅得他不安宁。柳仲安上岛时,地脉岛的小学全称是太湖地脉岛初等小学堂,由民国政府出资办学,但当时没有统一的教材,柳仲安就自己找一些材料来教,其中也包括《三字经》之类。一九四九年以后,由人民政府接管学校,改为地脉岛初级小学,柳仲安的津贴就由人民政府发给,以后有了统一教材,柳仲安并不完全照教材教学,仍然按他自己的路子上课,偶尔碰上县里抽查或统考,倘是考语文,地脉岛的学生也不见得比别人差。如果是算术,柳仲安就不派学生去,推说风大湖上不好走,或者说没有接到通知,怎么说都行,反正地脉岛偏远,人又少,历来不大受重视,很少有人来管,这正中柳仲安下怀。自从潘能来了以后,柳仲安就有人管了。潘能虽然自己几乎是一个被管制的坏分子,在学校里却处处要管柳仲安,安排课程、上学放学时间等等,一概要由他做主。柳仲安虽然不与他计较,但实在看不惯他的做派,有一度曾气得离岛回家,走的时候,确实是想一去不返,回家养老了,可是在家里待了几天,很不习惯,又回了地脉岛,他好像已经离不开地脉岛了。

柳仲安一日不离地脉岛,和潘能吵吵闹闹就一日不得停。一直到两年前潘能退休,由他的女儿潘梅接任,柳仲安才缓了一口气。

潘梅的性格和她父亲大不一样,文静寡言,知书达理,又不狂妄,十分尊重柳仲安,一老一少,倒是很合得来。

现在小学的课程,按教育部门规定,是比较多的,特别是小学高年级,有算术、语文、常识、体育、音乐、美术等,这些课程有一大半由潘梅承担,柳仲安只教两门,语文和常识。

潘梅的母亲是地脉岛本地人,娘家一个兄弟,六十年代初在潘能调教下,考取了北京的大学,家长为了报答潘老师,提出将女儿许配给潘能。可是潘能当时虽然定为右派,心气却很高,心里是看不起这个没有文化的岛民的,回绝了,风声传出去,女方羞愤自杀,未遂,潘能良心发现,才结为夫妇。婚后感情倒还不错。生潘梅时,难产,岛上医疗条件差,产妇产后血崩而亡。

潘梅一生下来就没有了母亲,从小跟父亲在学校长大,和柳仲安很熟。她觉得柳仲安很慈祥,很温和,她对父亲老是和柳仲安吵架不可理解,一直到她长大成人,才明白这是父亲性格所致。

现在轮到她和柳仲安共事,她要尽自己的力量,去安抚这个孤独的老人。

这两年,潘能虽然不再教书,但仍然住在学校。但他的心思毕竟转移了,特别是最近一段时间,他好像已经忘记了柳仲安的存在,甚至忘记了自己的女儿,忘记了他工作了三十年的地脉岛小学。

当然,实际上他是不可能忘记的。

所以,当吴小弟告诉他采石队要为他们翻建小学校舍的时候,他愣了一下。

地脉岛小学的校舍，当初是柳文贤和柳瑞照动员一叶姓地主腾出的一间空余房，一直无偿用了几十年。土改以后，这间房正式成为村里的公房了。到潘能上岛的时候，这间房子已经不能再用，并且学生人数也增加了。潘能上蹿下跳，催促村里向上面要了经费，在五十年代末新建了两间校舍，就是现在校舍的原身。当时泥草结构，七十年代初，翻过一次，用土砖砌了墙，盖的仍是草顶，到现在已是十几年过去了，房子已经破烂不堪。

潘梅在两年里已经向县文教局打了四次报告，都是石沉大海。她也向吴小弟提出过，去年吴小弟在十分紧张的村行政开支中，拨出两千元，翻盖了瓦顶，又添置了部分新的课桌椅，其他的就无能为力了。

可是一个月前，吴小弟突然拿来两万元，说是用来修建小学的专款。潘梅高兴之余，问起钱是哪里来的，吴小弟说，你只管用吧，不要管哪里来的。

潘梅和村里的会计作了预算，然后组织进料，忙了一个月，才把需要的材料备齐了，过几天就要开工了。

小潘老师的言行表里，在地脉岛，可说是有口皆碑的。在教书育人方面，她是女承父业，心无二用的。而在待人接物方面，小潘老师显然比老潘老师更受人欢迎。

只有吴中强骂了她一句"骚货"，也许吴中强出口就是这样，但也可能吴中强确实认为潘梅有这样的缺点。当然潘梅到底是不是有不够持重的缺点，这和马乐、单建平无关。马乐、单建平关心的不是她和谢湖的私情，而是她和谢湖是不是还有其他的秘密。

马乐和单建平住到学校，就有了和潘梅接近的机会，很自然也很正常。从这一点上说，他们还要感谢那些如狼似虎的考古队呢。

画家小李曾经提供过潘梅给马福康看病,并且说了"你不要装聋作哑"这样一句话的线索。这条线索是不是关键所在呢?

马乐二上地脉岛,第二天是星期天,一大早,马乐看见有人找潘梅看病。

潘梅有一只药箱,里面器具用物很全,不过潘梅并没有拿听诊器或其他什么。

马乐走过去,说:"潘老师,你会看病?"

潘梅不好意思地笑笑,说:"我是瞎看看的。"

病家说:"小潘老师懂的。"

马乐问:"村里没有赤脚医生?"

说有赤脚医生,送一个重病人到县医院去了,两天还没有回来。

马乐问潘梅:"你学过医?"

潘梅又抿嘴笑笑,说:"没有学过,不过我从小一直想做医生的,可惜没有考上医学院。我跟冯老伯学的,是中医,西医我是自学的。"

病家插嘴说:"小潘老师是很聪明的,样样拿得起。"

潘梅不好意思地摇摇头,就帮病人搭脉看苔。

马乐不好再打扰,就在一边看。

潘梅看过以后,说:"不要紧,没有大毛病,就是伤风。"

她从药箱里拿出一些中成药银翘散给了他。

病人走了以后,马乐又和潘梅聊天。马乐问她:"你说的冯老伯,就是冯仲青吧?"

潘梅说:"是的,冯老先生医道很高。"

马乐又问:"你怎么想到跟冯仲青学医呢? 他毕竟不是正式

医生嘛,跟赤脚医生学不是更正规吗?"

潘梅说:"我小时候生了一场大病,差一点送命,外面大医院都回头了,是冯老伯帮我看好的,我是最相信冯老伯的。"

马乐点点头,过了一会儿,他又说:"听说冯仲青有一段时间发了病,精神失常,你知道吗?"

潘梅摇摇头,说:"我不知道,那时候我还小,才四五岁,我不知道。"

潘梅的话里有漏洞。

马乐并没有具体指明冯仲青发病的时间,潘梅却说她四五岁时候的事情她不知道。推算起来,冯仲青失古砚,正是潘梅四五岁的时候。这至少可以证明潘梅知道这件事,知道而说不知道,就是隐瞒。潘梅为什么要隐瞒呢?

马乐索性直截了当地说:"听说是因为失了一方古砚,你知道吗?"

潘梅闭了嘴。

这时候学校门口有一个小孩慢慢地走进来,马乐觉得这个小孩有点面熟。他突然想起来,是马福康的孩子,就是那个颈项里挂着玉饰的小孩。

这一次不能再把他吓跑了。

马乐假装没有看见他。

小孩走了进来,手里拿着一把可以乱真的玩具枪。

潘梅说:"马小明,你怎么又来了?回去吧。"

马乐看了潘梅一眼。当然看不出她脸上有什么紧张不安的神色,但是她为什么要赶马小明走呢?

马小明用玩具枪瞄准一个什么地方,嘴里说:"我没有什么事情,我来玩玩。"

潘梅不再说什么。

马乐走过去,马小明朝他看看,友好地笑笑,没有逃走。

马小明的衣服扣得紧紧的,马乐再也不可能看见什么玉饰了。

马乐正想逗马小明说话,潘梅叹了口气说:"他家是很苦的,他爸爸是聋哑人,他妈妈瘫在床上。"

马乐"哦"了一声,问:"他父亲是先天性的聋哑吗?"

潘梅说:"是后天的,听说是受了风寒加上一场惊吓,就聋哑了。冯老伯的说法,是外感风邪引起的,用调气开郁的药方,但不能见效。我倒觉得马福康的耳聋,好像不是完全闭隔,一无所闻。我觉得他好像还有一点听力,我认为有恢复的希望。"

马小明在一边转着玩具枪,突然插嘴说:"我爸爸夜里还听见老鼠咬东西,他用鞋子砸老鼠的。"

潘梅正色说:"这可能是重听,或者是耳鸣,马福康的聋哑是确实的,但程度不一定很严重。"

潘梅好像急于向马乐证明马福康的聋哑,但又要强调程度不很严重,马乐不明白这是为什么。

马小明转了一圈又回过来,看看马乐,说:"我听见他说话的。上次谢湖子来,他们说话我听见的。哼,就是不跟我说话。"

小孩把谢湖叫成谢湖子,潘梅不由笑了一下,但随即又说:"马小明你不要瞎说,小孩瞎说不好。怎么可能呢?哑子怎么会说话呢?我和冯老伯都帮他看过,他在外面的大医院也看过的。"

马小明也不和潘梅争辩,又自顾去玩了。潘梅对马乐说:"马福康的小孩,很聪明,就是有个不好的习惯,喜欢骗人。"

马乐说:"我跟他说说。"

潘梅进屋去,马乐正要和马小明说话,马小明却先开口了,说:"你口袋里有什么?"

马乐一愣。

马小明笑起来,说:"我知道,你口袋里有真枪,对不对?让我看看吧。"

马乐说:"你怎么知道?谁告诉你的?"

马小明说:"你给我看看,我再告诉你。"

马乐把随身带的仿真枪拿出来,给马小明看。

这种仿真枪和真枪一模一样,不差分毫,就是没有杀伤力。马乐执行这样的任务,用不着带真枪,就用仿真枪。

马小明掂了掂分量,说:"好重。"然后吸了一口气,说,"是小辣子的爷爷叫我来的,小辣子的爷爷说你有真枪,叫我来找你玩。"

马乐问:"小辣子的爷爷是谁?"

马小明说:"小辣子的爷爷嘛就是小辣子的爷爷。"

说完马小明就要走,马乐喊住他,说:"你要想看枪,我可以给你看,不过你不要告诉别人,懂不懂?"

马小明点点头,心满意足地走了。

马小明的到来,似乎是为了完成一桩使命,这个使命就是为马乐提供极其重要的情况:一是马福康很可能既不聋又不哑;二是马福康和谢湖有联系。

可以肯定,绝不会是马小明自己要来完成这个使命的,他才七岁模样,什么也不懂。而事实上,马小明确实是完成了这样一个任务。那么背后一定有人在操纵他。换句话说,有人在暗中帮助马乐,将他引向谢湖和马福康。

这个人是谁呢？

潘梅出来,马乐问她:"小辣子是谁？你知道吗？"

潘梅说:"小辣子？小辣子好像是哪个小孩的绰号。我想一想,噢,对了,吴耀光。"

马乐问:"是谁家的？"

潘梅说:"是吴中良的儿子,噢,就是书记吴小弟的长孙。"

这样说来,居然是吴小弟把马小明支到马乐这里来的,来向马乐提供重要线索,那几句至关重要的话,是吴小弟叫马小明说的。

吴小弟在帮助马乐？

或者吴小弟为了转移马乐的视线？

或者吴小弟根本不知道这回事？

马乐的情绪兴奋起来。

他看见潘梅出门倒垃圾,突然慌慌张张地折进来,端着畚箕就往屋里去,很快又退出来,对马乐说:"有个人来了,找我的,你就说我不在。"

马乐不解地看着她。

潘梅脸上很红,说:"求求你,帮帮忙。"

马乐点点头。

潘梅刚进去关了门,果真有一个人急急忙忙地进了学校,是个年轻的军人,长相不错,个子也很高,一身崭新的军装,很威武,从肩章上看,是上尉军衔,至少是个正连级,或者副营级。

军人看见马乐当院站着,先是一愣,随即点点头,很性急就去敲潘梅的门。

潘梅屋里没有动静。

马乐有点为难,他不大忍心骗这个年轻的军人,又不好意思不给潘梅帮一下忙,憋了一会儿,他说:"潘老师好像不在。"

那军人说:"我找潘梅,小潘老师。"

马乐摇摇头。

军人叹口气,说:"我刚才还看见她的,一转身就不见了,肯定在里面,她不肯见我,我知道。"

马乐不好回答,就扯开去,说:"你是地脉岛出去当兵的吧?"

军人点点头:"是的,我和潘梅从小一起长大,又一起在南山中学毕业,她考上师范,我去当兵,约好的。"

约好什么,他没有说。当然,不说马乐也明白。

军人又说:"她现在不想见我,信也不写了,她变了。"

马乐不由有点同情这个高大的军人,马乐不由自主地为他叹了口气,同时也为潘梅叹了口气。

军人好像很感动,说:"你现在不忙吧?到我家坐坐,好吧?我家离这儿不远,马顺元家。"

马顺元?

马三爷?

马乐吃了一惊,真是千丝万缕,关系复杂。

马乐问:"马顺元是你什么人?"

军人说:"是我爷爷呀,我父亲兄弟四个,我父亲是老三。我自己兄弟三个,我是老大。我爷爷好福气,光男性后辈已经有十五个了,我叫马飞舟。"

倒是一个不俗的名字。

马飞舟催马乐:"走吧。"

马乐朝潘梅屋子看了一眼,马飞舟说:"她不想见我,我也不想强求,走吧。"

马飞舟如此热情邀请马乐,也许有什么原因,也可能马三爷要和马乐说什么。

这样看起来,马飞舟到学校来,一则想看潘梅,同时可能是特意来找马乐的,这两件事,孰主孰次呢,很难说。

马乐跟着马飞舟走出学校,马飞舟却没有带马乐回家,走出一段,马飞舟说:"潘梅现在变心了,我知道是什么原因,是那个姓谢的家伙。"

马乐说:"谁告诉你的?"

马飞舟说:"用不着告诉,谁都能看出来。那个家伙,流氓。潘梅是个好姑娘,我仍然喜欢她。那个姓谢的,太可恶了,我这次要搞他。"

马乐朝他看看。

马飞舟说:"我知道你就是来调查谢湖的,我有情况向你提供。"

说马乐就是来调查谢湖的,这话未免有点偏颇,有点强加于人。马乐是来调查走私案的,现在还只能说谢湖是调查对象之一,而同样马三爷、吴小弟也应该是调查对象。

有一点却基本上可以证实,马飞舟到学校来,找马乐为主,看潘梅为次。

有几个岛民从他们身边走过,马飞舟说:"我们到半山亭那边去,那边没有人。"

马乐不说话,跟着马飞舟走。既然马飞舟说有情况可以提供,哪怕上刀山,他也是要去的。

马飞舟提供的情况是这样的:

两个月前，谢湖带来两个人，说是省外贸的，来谈澄泥砚出口的事情，要亲眼看一看澄泥砚制作的规模、水平情况，但他们实际上只在制作工场门口转了一下，就直奔南望村去了。有人看见他们直接进了马福康家，一直待到下午才出来。据说进去的时候，两个人的背包都是空的，出来时却鼓鼓囊囊。他们一出马福康家，没有再在岛上停留，谢湖就用船把他们送走了。

后来有人问马福康的儿子马小明，知不知道他们包里带走的是什么？马小明说是碗。

这应该说是一个重要情况，但本身并不一定可靠，还有待调查核实，但由马飞舟说出来，却能说明一点问题。

准确地说，这情况不是马飞舟自己掌握的，而是马三爷，或者是吴小弟掌握的。因为两个月前马飞舟在部队，不可能了解谢湖的这些活动，而现在马三爷、吴小弟不出面，却让马飞舟借潘梅之事，以吃醋的面孔来揭露这件事。看起来吴小弟、马三爷不仅对谢湖，甚至包括对马乐，都是有所防备的。

一个因为失恋而苦恼而伤心的人，什么事都可能做出来，做什么也是情有可原的。再说马飞舟是军人，随时可以一走了之。

马飞舟见马乐半天不作声，说："我想我这样的形象，大概不很光彩，你可能看不起我，你以为挟嫌报复也好，争风吃醋也好，小人之心也好，不报谢湖这个仇，我不甘心。谢湖对潘梅，我敢说绝不会负责到底。"

最后这句话马乐完全相信，马乐也完全理解和体谅马飞舟的心情。但他觉得马飞舟不应该卷进来，马飞舟卷进来，等于自己亲手割断他和潘梅之间尚有的一点联系。他绝不可能再和潘梅重归于好了。

当然马飞舟不会这样认为,他也许认为只要搬掉谢湖这块绊脚石,一切就会好起来。

马飞舟错了。

这很可惜。

可惜的只是马飞舟,而不是马乐。从马乐的角度而言,马飞舟卷得越深,对马乐越是有利。

马乐或者说马乐的工作,是不是很无情?

马乐回到学校,潘梅说:"我看见他和你谈了半天。他说什么?"

马乐直言相告:"他恨谢湖。"

潘梅脸上一阵红一阵白,十分不安。过了一会儿,才问:"他说谢湖什么?"

这个问题马乐就不能直言相告了。他反问潘梅:"你以为他会说谢湖什么?"

潘梅显得很紧张。

马乐看着潘梅,觉得自己实在是有一点残酷,但他不能不这样,他问:"是不是谢湖有什么把柄抓在他手上?"

潘梅连连摇头:"没有没有。"

突然有第三个声音插进了马乐和潘梅的谈话:"怎么没有?当然有。"

是谢湖。

应该说谢湖来得正是时候。

潘梅见了谢湖两颊绯红。

谢湖的眼睛里流露出一丝难以觉察的柔情。

马乐心里突然很悲哀。

谢湖给马乐派了烟,说:"住在这里,不方便吧?"

马乐笑笑,说:"很方便,你看,和小潘老师谈话就很方便。"

谢湖也笑笑,回头问潘梅:"中午做了什么好吃的?"

潘梅很窘,轻声说:"我爸爸中午要回来吃饭的。"

谢湖说:"现在正是他高兴的时候,封山了,该请我吃一顿饭。"

潘梅张了张嘴,没有说话。

马乐走出校门的时候,谢湖和潘梅就进屋了,随即柳仲安就从自己屋里出来,跟了进去。

马乐看见了,想笑却笑不出来。

马乐的心情有点沉重。

因为这注定是一个悲剧。

眼看着一个悲剧的发生而能笑出来,马乐做不到,即使这个悲剧与他本人毫无关系,甚至悲剧的主人公很可能是他的主要对手。

这个可能性越来越大。

种种迹象表明,谢湖摆脱不了与文物走私的关系。

但到现在为止,还有几点模糊不清:

一、始终没有发现谢湖和吴长根联系的蛛丝马迹,单建平调查过刘小彤,可是一无所获。

二、暂时还不能确认潘梅与这件事的关系。

三、马福康聋哑病的真伪有待证实。

四、谢湖和马福康之间存在一种什么样的关系,有待查实。

尽管如此,马乐认为他的网没有白撒,尽管还不到收网的时候,但对网中大概有几条鱼,他已经基本了然了。

一八

　　冯家祠堂又名天砚堂，背山面湖，风光绝佳。据载，祠堂建于清顺治七年，于清同治十一年重修。以重修年代算，迄今亦已有百多年了。初建时祠由三个院落组成，中间院落后间内建有冯梦龙坐像。主要有大殿、戏台、走马楼等建筑，旧时祠内香火鼎盛。祠于清咸丰九年毁，至同治十一年重修，冯氏已无力重现初时风貌，建成一院两进七间规模。虽气势不及当年，但因借沾山水之光，仍不失为一方名胜。且此两进七间的建筑，十分讲究。第一进中间为大殿，两侧厢房。第二进一并排开四间，两进中间隔有天井，并用院墙封围成院落，正中有院门贯通前后，并附加"备弄"，纵横里外，十分便利。祠内两组砖雕门楼，雕刻细腻，布局巧妙，纹样多彩，雕工刚劲有力。大殿面阔有十七八米，进深九檩，前轩后廊，外观为硬山两坡瓦顶，下有青石矮石基，前檐柱为抹角方形，下由青石礩础承托。梁架为月形梁，用材较大。梁柱、梁沟除使用大斗外，尚有染垫、斗拱、荷叶墩、三角板，结构复杂，增添了大殿的华丽感。另在脊檩上亦有木雕，手法精细。即使是作为附房的厢房，也别具一格，与众不同。后进四间，进深七檩，前后带廊。前廊特深，用两排立柱，廊上架副檐，廊檐下饰矮木栏杆，以供坐息。下以青石陡板与压沿组成台基，前设踏步二级，两侧设青石垂带石，屋内方砖斜纹铺地，相当考究。

　　祠东有园，名东园，园不大，但缘池假山曲廊花坛俱全。植有白玉兰一本，高透屋檐。枇杷树一棵，绿叶扶疏，并有古银杏一株，郁郁葱葱，遮阴甚佳。小园南临湖水，东靠山岭，可见涟漪，亦可听松涛呼啸,可谓尽得山湖之胜。园内尚有碑刻数件,有嵌于院墙,有立于院内。其中有冯梦龙石碑像,还有一些诗词文章石刻,内容或简或繁,笔法或工或草,变化多端,比如其中有摹郑板桥书写的八个字:曾三颜四,禹寸陶分。言简而意赅。

百十年来,风侵雨蚀,从宅屋到小园,从花木到碑刻,都逐渐衰败凋落。现在的冯家祠堂,如果用四个字来概括:"日暮途穷"是最合适不过的了。

所以,重修冯家祠堂,保住这一历史的见证,不仅是冯氏后代的心愿,不仅是冯仲青的要求,也应该是政府的事、国家的事。

而事实上,重修冯家祠堂,几乎是不可能的事情。

但是,不可能发生的事情,现在却发生了。

在马乐二上地脉岛的时候,冯家祠堂的整修工程已经开始了。

马乐觉得十分意外。

冯仲青站在院门前,看着泥瓦匠忙碌,脸上并没有表现出愉悦,但谁都相信,此时此刻,老人的兴奋是难以言表的。

马乐上前喊了一声:"冯老先生。"

冯仲青向他点头示意,并邀马乐进去。

大殿里乱七八糟,堆满了建筑材料。马乐跟着冯仲青到他的卧室坐下。

马乐说:"房子修了,你也可以了却一桩心愿了,恭喜你。"

冯仲青不作答,泡茶,拿烟。

马乐问:"大修还是小修?是县里批的钱吧,批了多少?"

冯仲青:"哪里批的钱并不重要,能修就好。"

马乐在冯仲青的桌子上又发现了那本影印本《易经》,马乐开玩笑说:"冯老先生有没有算一卦,看看修冯家祠堂,阴阳作用怎么样？"

冯仲青微微皱了一下眉头。

马乐正想换个话题，冯仲青却开口说："《易经》说：终日乾乾，反复道也，或跃在渊，进无咎也。"

马乐不理解，不敢随便插嘴。

冯仲青又说："日往则月来，月往则日来，日月相推而明生焉。寒往则暑来，暑往则寒来，寒暑相推而岁成焉。"

这句话的意思马乐仍然不大明白，但大体上觉得好像是说天下万物顺其自然。冯仲青说这话是什么意思呢？难道他认为修缮冯家祠堂也是一种自然而成吗？

马乐觉得奇怪。

当然，奇怪虽奇怪，马乐却无暇去追究，他来找冯仲青是有目的的。

关于古砚的事。

马乐把他了解到的关于古砚的事原原本本地告诉了冯仲青。

冯仲青不动声色地听。

最后马乐说："冯老先生，我到博物馆看过那方古砚了。暗青色，雕刻一龙腾云驾雾，古朴大方，水池比较深，稍微有些倾斜，最主要的是砚台底端刻有'墨憨斋主人用'六个小字。我想，很可能就是你的那一方。"

冯仲青淡淡一笑，说："何以见得？"

马乐说："我现在口说无凭，你可以到市博物馆去看一看。"

冯仲青仍不表态。

马乐说："你是不是已经知道它的下落了？"

冯仲青说："世上许多事情，分明是不知其有比知其有为好，而人生在世，却偏又要去追其有。"

马乐说："这是你个人的世界观，别人不一定都这样想。何况，那方古砚本来就是属于你的，为什么不去追回来呢？我想这并不违反什么，可以说不会违背任何信条吧？"

冯仲青不说话。

马乐继续问："当初古砚是怎么失掉的，你一定也很清楚？"

冯仲青仍是淡淡一笑，不置可否。

马乐问："你真的不想去看一看那方砚台？如果真是你的，你不想要了吗？"

冯仲青说："如果真的就是，我以为，它现在的归宿，恐怕是最好的归宿了，不会有比现在再好的归宿了，你说呢？"

马乐不好说话。

事实上，从内心来说，马乐不见得一定是为冯仲青索宝着想。他是要冯仲青亲自去证实一下，这样，在他的破案工作中，就可以把这方古砚的事排开了，不必再为它而分心，而错过目标。

冯仲青好像有意跟他为难。

当然，此时在马乐心中，已经把这方古砚排除了，市博物馆的那方古砚，就是冯仲青的古砚，这一点他认为不必再怀疑。

有没有冯仲青的证实，马乐都不会再把这方古砚当作破案的重要线索了，这一点，马乐在市博物馆捐赠厅的时候就已经初步确定了。同冯仲青的交谈，看上去马乐似乎没有得到任何肯定的答案，但是冯仲青的反问、冯仲青的想法、冯仲青的假设，不都是最有力的证明吗？

冯仲青毕竟是冯仲青，不是潘能，也不是杜国平，指望他谈出更多更具体的东西是不可能的。

但是,排除了古砚,并不等于也排除了冯仲青。对冯仲青的怀疑,似乎是从古砚开始的,但排除了古砚,却不能因此而排除对冯仲青的怀疑。如果有两种可能,一是冯仲青对地脉岛吴长根走私案一无所知,二是冯仲青对地脉岛吴长根走私案一清二楚,马乐当然宁信后者而不信前者。

冯仲青一定也有一个关于吴长根的故事,他可以永远只把它埋在肚子里,马乐是不可能听到冯仲青讲述吴长根的故事的。但是其他方面的内容呢?马乐仍然有信心。他相信多少还能从冯仲青那里打听一点什么。

有个中年泥工进来,告诉冯仲青,在东园地底下挖出一小罐铜钱,叫冯仲青快去看一看,有没有用,不去就要被抢光了。

冯仲青和马乐一起到东园。

挖出来的是一小罐古钱,都是清朝的一些重宝、通宝,比如半重宝、光绪通宝等。

几个泥水匠都抢了一把在手里。

冯仲青说:"都放回去,这是古钱。"

冯仲青的样子一点也不严厉,但说话很有分量。几个抢了古钱的泥水匠,十分不情愿地把铜板扔回罐里。

冯仲青捡起一枚,擦了锈泥,看了看,说:"这是古钱币,无价之宝。"

几个清池挖泥的小工听冯仲青这么说,又继续挖了起来。

冯仲青阻挡说:"缘池这么深浅正好,再挖就嫌深了。"

他们没听冯仲青的话,很快又挖了尺许,范围也扩大了,但未见任何异物,只是淤泥。

冯仲青说:"物在何处,自有定数,强求不得。"

几个小工不服气,盯着那罐古钱看,有人说:"我们现在也见世面了,现在这种挖出来的东西,最值钱,埋得越深价钱越大,对不对?"

冯仲青没有回答对不对。

他们又说:"那帮考古的人,一副穷急腔调,不值钱为什么这样急?这样抢?"

马乐站在一边看了会儿,有几个年纪大点的泥水匠不说话,埋头做活。马乐过去,和他们搭讪,问:"这样算是大修了吧?"

他们说当然是大修,拨了两万块呢。

马乐说县里倒肯拨钱下来了。

他们说根本不是县里的钱,县里的人恐怕连冯家祠堂朝南朝北都不晓得呢。

马乐说那钱是乡里出的?

说乡里也不管冯家祠堂,钱是小和尚拿出来的。

马乐就很有感触,说你们村里现在很富了,拿得出这么多钱来,听说修建小学的两万块钱也是村里出的。

泥水匠七嘴八舌地说管他呢,有钱就修嘛,反正都在小和尚手里。谁知道他是怎么弄的,抢的偷的骗的诈的,还是做出来的?小和尚心里一笔账,只要他报得出来就行。

到此为止,马乐并不觉得有什么可疑之处。一个村的经济收支情况,当然不必公布于全体村民,只要账目上清楚,干部不入私人腰包,别人也不会多说什么,这很正常。马乐的想法和泥水匠的想法差不多。

突然有个小青年捏着铁锹叫起来:"碰到了。"

大家紧张地盯住露出来的部位看。

抹掉淤泥,是一块很大的石头。

大家失望地"哦"了一下,然后又嘲笑那个小青年。

石块被扔在一边,冯仲青过去用水冲了一下,把泥冲净,就发现上面有四个古隶字:"清净慈悲。"

四个字笔力甚是遒劲。

冯仲青叫几个人把石头翻过来,背后什么也没有。

像冯家祠堂这样的老宅,初建时代离现在已有两百多年,其间又经焚毁,留下一些古董文物,本是不足为奇的。

挖出石块的小工懊丧地说:"手气不好,假使手气好,挖件古董出来,我一世人生不愁了,也用不着做这种苦力。"

别人说:"顶屁用,什么古董,吃又不能吃,用又不能用,除非你去做吴长根。"

这就提到了吴长根。这是马乐两次上地脉岛,第一次听到有人在闲谈中提到吴长根。

但是很快就有人扯开去,吴长根刚刚出现又消失了,马乐没有办法抓住他。

马乐想续上和冯仲青的谈话,他走过去,看冯仲青认真地把"清净慈悲"四个字缝中嵌的泥抠出来。马乐看了一会儿,说:"有人让我带信问你好。"

冯仲青说:"谁?"

马乐说:"我爷爷,马顺昌。"

冯仲青笑起来,看得出,这笑发自内心。他说:"马顺昌,从前抢了我那方古砚,又还了,他不识货。"

马乐大吃一惊。

爷爷说是他帮冯仲青从别人手里夺回了古砚,冯仲青却说是爷爷抢了古砚。

是爷爷说谎？

是冯仲青说谎？

马乐突然有一种被这些老头捉弄了的感觉。老头子，爷爷，冯仲青，马顺元，实在都是一些很狡猾的阴谋家。

当然也有另一种可能，这些老头子都是一些很昏庸的老糊涂。

狡猾也好，糊涂也好，他们都不肯说真话，这是真的、一致的。马乐突然有了一种厌恶的情绪，也不知道究竟厌恶谁，只是觉得很厌烦。

所以马乐突然不想再谈，他对冯仲青说："我走了。"

作为一个侦查员，马乐还不很合格。

这时候是下午两点左右，马乐往学校走，在路上他遇见了吴中强和叶坤林，各人拿了些扁担、箩筐和其他一些工具。

马乐问他们上哪儿。

吴中强指指湖面上不远处的一座小山。

那是花山。

花山也是太湖中的一个小岛，离地脉岛大约一公里远。花山面积很小，大约只有零点五平方公里。岛上不住人，一直是一座荒山孤岛。

说是荒山孤岛，实际上并不孤也不荒，岛上果木森森，轻风吹拂，花木飘香，何来荒意；而且山里树多鸟多，有山鹰、画眉、喜鹊、鹁鸪、八哥、十姐妹、白头翁，岛边湖滩的芦苇丛中，还有气概雄伟的大雁、矫健傲岸的鹭鸶、矮小猥琐的野鸭、成双成对的鸳鸯，这些禽鸟，有的单独活动，有的成群出没，水上陆上组合成一个迷人的鸟类公园，何孤而言。

花山上人的遗迹还是有的,可见从前花山曾有人烟。比如有明朝义士,感叹于明末世衰,天下不稳,独上花山隐居,植花养鹿,吟诗作对,以此逍遥,人称逍遥书生。后闻明为清灭,大恸,呕血而亡,所养之鹿跳掷断角,不食而死。山民义而葬之,花山上的义鹿冢就是由此而来。

花山北坡一处,有石栏,称寄信船石栏。相传为宋人所凿。说在此石栏下焚书,可达冥府。从前地脉岛上的人,在清明、七月十五、冬至之夜,划船而来,在此焚书信焚纸钱,寄给已逝的亲人。此习俗现已不存,但石栏犹在。

在地脉岛一些老人那里,至今还常能听到关于花山的神奇传说。

比如观音泉,说清朝时,有人在花山凿井,垦土丈余,得见山壁镌刻三大隶字"观音泉",下有泉水,泉中刻正书有云:"凡众生得饮中水者,恭愿身气清凉,无诸热恼,心悟真常,顿明般若。"说挖井之人,饮得泉水,果真顿明般若,出家做了和尚。

当然,这些事情,现在大都是只有传说,不见实物了。

关于花山还有一件事情,令人费解。方圆不过五百米的花山,一旦躲起人来,是很难找到的。

例子很多:

其一,官兵剿匪的时候,曾有几个湖匪躲上花山,官兵围剿数日,不见踪影,在官兵尚未撤离之前,这一拨湖匪都已在太湖其他区域犯事了。

其二,日本人清乡封湖,太湖游击队也有人躲上花山,日本人枪打火烧,大片芦苇变成灰烬,仍然找不到游击队。

其三,一次从北山劳改农场的煤矿逃出来两个犯人,泗水而来上了花山,警察搜遍全岛,失望而归,此时却传来在火车站发现逃犯的消息。

这很奇怪。

有人怀疑花山是否有一条湖底通道。

这不可能。

至于花山是什么时候什么原因开始断灭人烟的,说法不一。或者是因为某次大水,淹没了小岛,断了人烟,这是有可能的。花山海拔很低,自然环境不很好,也或者是因为常遭匪扰,岛小人少,无力抵抗,各种原因,都有可能。

尽管现在花山无人居住,但地脉岛的人并没有忘记花山,对花山花果树木的种植和管理,他们从来没有中断或放弃过,常常划舟以往,朝去夕归。

这就是花山。

马乐并不知道花山的情况,所以他开玩笑地说:"你们上花山秋游啊?"

吴中强说:"是秋游,你去不去?"

马乐说:"就你们两个去?"

吴中强说:"还有谢湖。"

应该是这样的。谢湖应该对花山感兴趣,谢湖应该对太湖的所有一切都感兴趣。

马乐跟着吴中强来到湖边,有一只船停着,上船一看,不光有谢湖,还有潘梅。谢湖见了马乐,一如既往,潘梅却好像心事重重,不敢正视马乐。

船是摇的,由叶坤林掌橹,这一日风平浪静,三推两扳就到了花山。

一上岛，就看见有一些简易草棚，马乐走进去看看，居然还有一些米和腌制食物，以及行灶锅碗等用具。

这是预防上花山遇上大风，回不了地脉岛。这样在花山住一夜两夜也没有问题。

有几只肥硕的老鼠见有人来，并不逃跑，大模大样地看着马乐他们，然后大模大样地走开了。

吴中强和叶坤林上花山是有任务的。他们两家在花山都有果树，他们来采橘子，所以各自挑了箩筐走散了。

谢湖和潘梅没有任务，两人去爬山，马乐不便跟着一起走，只好单独行动。

马乐一个人在半山上转，他跟到花山来，本无什么目的，与其说是想多了解一些谢湖的行踪，不如说就是跟过来玩玩的，所以现在他应该是轻轻松松、毫无负担的。

马乐上了一个山坡，发现坡上一大片砂岩裸露，怪石横欹侧卧，似椅似榻，在其中一块比较平整的石头上，有一脚印，长尺余，足趾、足弓、足跟皆清晰可辨。这种东西若是在哪个景点上，无疑会有名人题词书写，比如"仙人石"啦，比如"禹王脚"啦，生在孤岛花山，实在是冷落了些。

马乐下坡，到了湖边，又发现一处奇景，在不远处湖水中，忽沉忽浮有一类似小亭的物体，上长芦苇，下有大块青石板叠砌物，看上去不像天成之物，很可能是人工的。看来花山上的人迹还是很多的。

鸟在树丛里飞来飞去，马乐注意到花山上除了鸟，别无什么动物生灵。

下晚，马乐回到停船的地方，过了一会儿，谢湖和潘梅也来了。

他们看到船头上已经放了好几筐橘子,吴中强和叶坤林不在,大概又去采了。谢湖一步跨上船头,弯腰抓了几个橘子,抛给马乐和潘梅。正在这时,突然听得一声尖叫,一只硕大无比的猫,从船舱里蹿出来,直扑谢湖。谢湖闪过猫的偷袭,猫扑了空,停在离谢湖大约两米远的地方,同谢湖对峙着。

马乐简直不敢相信,他从来没有见过这么大、这么粗壮、这么凶猛的猫,与其说是猫,不如说是只狼。从它的形体,从它的神态、动作看,它更像一只狼。

但它确实是一只猫。

马乐突然注意到潘梅在一边脸色发白,嘴唇哆嗦。她怕这猫伤害谢湖,这一点毫无疑义,但是猫怎么可能伤得了人呢?

猫当然伤不了人。

何况这个人是谢湖。

谢湖一边注意着猫的动向,一边四处观察。突然,他发现船头上两只盛橘子的箩筐边,有一把斧头。

(这是一件非常奇怪的事,船上哪里来的斧头呢?事后问吴中强、叶坤林,都说没有带斧头上船,因为根本用不着带斧头上船。)

谢湖飞快地弯腰拿起斧头,就在这一刹那间,猫又尖叫了一声,转身逃跑。谢湖没有让它跑出多远,斧头飞过去,随着一声惨叫,猫头落地,断了的头颈里喷出来的血,飞溅数米,射在谢湖身上。

潘梅捂住脸。

马乐也觉得很不舒服。

谢湖站在船头发愣。

这时吴中强和叶坤林各人又挑了一担橘子下来，一见这场景，叶坤林先"哎呀"了一声。

吴中强对谢湖说："你把它杀了？"

谢湖没有回答，过了一会儿，说："我不应该杀它。这只猫，已经有了人类的智慧。我从它的眼睛里看出来的，我不应该杀它。"

吴中强不再说什么，立即解了缆绳，说："快走吧。"

潘梅神色慌张，也许她胆子小，可是吴中强和叶坤林为什么也很不安呢？

划船的时候，谁也没有说话，一直到船靠近地脉岛，他们才松了口气。到这时，他们才告诉马乐关于这只猫的故事。

自从地脉岛的人在花山搭了简易住房，又储存了食物，就有老鼠来捣乱。老鼠繁殖极快，它们不仅偷吃粮食和腌制食物，还破坏成熟的和不成熟的瓜果。于是地脉岛的人就把猫带上花山，去捉老鼠，这是顺理成章的事。有了人就有粮食，有粮食就有老鼠，有老鼠就有猫。这些猫都是家养的，很乖巧很听话。一旦把它们带到荒岛上，开始的时候还没有忘记抓鼠的本性，时间一长，本性被大自然融化了。猫们不仅不再与鼠为敌，却反过来与人为敌，干起了老鼠干的勾当。于是人又重新把猫抓回去家养。据说有一只猫，野性极大，怎么也抓不住它，也只好任其自然，变成野猫了。

变成野猫的猫，破坏力比老鼠更大，对人的仇视也比老鼠大。它不仅糟蹋粮食，居然还能把人藏起来的食物偷走，甚至把搭起来的房子拆得七零八落。人被猫惹恼了，他们带了棍棒，甚至带了猎枪到花山去打猫，可是猫像精灵一样，始终躲在暗处。它可以袭击人，乘人不备突然冲出来抓你挠你，然后一溜烟跑了。有一次几个小伙子撒了一张大网，耐心等了两天两夜，那猫终于落了网。可是就在收网的时候,猫突然发出一声像人一样的叫喊,叫得大家心惊肉跳,猫就在这时冲出网口逃跑了。

谢湖杀死的,就是这只猫。

为什么偏要由谢湖来杀死它呢?难道这就是命里注定吗?当然不是。猫袭击谢湖,谢湖不杀它,它就会伤害谢湖,谢湖当然要杀它。换了别人,也会这么做的。

但是猫为什么偏要袭击谢湖呢?当时现场有三个人,除了谢湖,还有潘梅和马乐。

猫为什么偏要死在谢湖手里呢?

死在谢湖手里是不是预示着什么呢?

这不可能。

也许老人们会有什么说法,他们会说那不是猫,而是别的什么,是不能碰的,这当然都是迷信的说法。

吴中强、叶坤林也相信迷信?

潘梅也相信迷信?

谢湖呢?

还有马乐自己呢?

一九

网渔船经常停靠的地方,沿湖有两个小村落,一个叫杨湾村,一个叫风月村。杨湾村在岛的东南角,风月村在岛的东北角。两村沿湖都成凹形,避风,所以网渔船一般都停在这地方。

杨湾村大一些,有二十一户人家,风月村总共十三户人家。单建平花了大半天时间,调查了两个村子的三十几户人家。

他的目标是戴阿宝。

矛头直指戴阿宝，一点也不兜圈子。这样做很可能打草惊蛇，但是不这样似乎也没有其他更好的两全其美的办法。而事实上，跟他们兜圈子，声东击西，或者以退为进，不光费时费力，实际上等于是掩耳盗铃，骗骗自己罢了。

所以，马乐、单建平一致认为还是直截了当的好。如果真的吓跑了戴阿宝，倒更加能够证明戴阿宝的问题。

被调查的人数是三十八人，有男有女，有老有少，对问题的回答，大致可分三种态度：

第一种是一问三不知。

第二种是吞吞吐吐，欲说欲盖。

第三种是竹筒倒豆子，爽爽快快。

线索主要在第三部分。

比如有人提到戴阿宝的船有时候好像不跟船队一起行动，有时候船队停在这里，却没有戴阿宝的船，而有时船队不在，却看见戴阿宝的船停在地脉岛；再比如有人说在陆港常常碰见戴阿宝，戴阿宝在陆港从来不在鱼行里，总是看见他跟几个人在店里喝酒；再比如有人提供线索，说上戴阿宝船的人很多，戴阿宝送他们上岸，有时是高高兴兴，有时却是骂骂咧咧。

马乐和单建平一起分析了这些线索，认为这些线索还需要作进一步的调查，至少要上一次连家船。

当晚他们就到吴小弟家去，由吴小弟介绍上连家船，比他们自己闯去，肯定要方便得多。

吴小弟家又是高朋满座，一大桌酒席。

马三爷也在。

马乐和单建平进去,吴小弟和马三爷都从桌上退下来,陪他们进了里屋。

吴小弟说:"知道你又来了。"

马乐正要代爷爷向马三爷问好,马三爷已经开口了,说:"他好吗?不生病啊?"

马乐笑笑,说:"好,向你问好呢。"

马三爷哈哈一笑,说:"你骗我,他怎么会向我问好?他巴不得我早死呢,是不是?"

马乐还是笑笑,也不解释。他觉得在马三爷和爷爷之间根本用不着解释什么。

吴小弟说:"有什么事,尽管说好了。"

马乐说想上连家船。

吴小弟说:"现在?"

马乐说:"不一定现在,晚上如果不方便,明天也可以,你能不能介绍一下。"

吴小弟说:"那就明天吧。"

马乐说:"最好能找一个可靠一点的。"

吴小弟说:"那当然,找他们队长,又是党小组长,张海根。"

单建平问:"明天他们会不会走?一般在这里停几天?"

吴小弟说:"一般停两三天,昨天下晚才回来,明天大概不会走。等一会儿我再去打听一下,你们放心,不会误事的。"

对马乐他们调查戴阿宝的事,吴小弟的态度明显是积极主动的,这和马乐了解吴长根的情况不同,在了解吴长根情况时,吴小弟明显是有所遮掩的。

马乐第二次上岛,吴小弟已经两次配合了。第一次是马小明和马飞舟主动到学校来向他提供线索的。第二次就是现在,对调查戴阿宝的事很主动。

吴小弟正在把谢湖和戴阿宝推到马乐面前。

马乐倘若沿着谢湖和戴阿宝的线索走,会不会从此失了吴长根呢?很有可能。到现在为止,既没有发现谢湖和吴长根的联系,也没有发现戴阿宝和吴长根的瓜葛。

原以为条条江河归大海,各种线索最终能归结到吴长根那里。现在线索是多了起来,但吴长根却几乎淹没了,失掉了。

难道因为吴长根死了,所有的线索就断了吗?

这不可能。

或者因为谢湖、戴阿宝和吴长根根本就没有任何关联?

那么谢湖和戴阿宝之间呢?

谢湖曾经让吴中强把马乐带到戴阿宝船上,他们之间也就不大可能有什么秘密。

谢湖、戴阿宝、吴长根是不是各干各的呢?会不会从走私这一根藤上能摸出三只瓜来?

吴小弟交代过后,又出去陪客人。

马三爷一心要和马乐说说马二麻子的事。马乐完全明白老人的心思,和爷爷一样,他们各自都非常想念对方,尽管从前他们可能有些什么怨恨,但现在他们确实都在思念对方。

当马乐说起爷爷若不是因为突然病了,说不定跟他一起来了,这时候,马三爷就亢奋起来,说:"他要来?他要回来?"

马乐没有明确回答。

马三爷说:"好,能回来就好,算不清的账,可以算算清了。我还以为,这世里没有希望了呢,他要回来,最好。"

马乐说："马三爷,你跟我爷爷,到底有什么算不清的账呀?"

马三爷说："账多呢,我一笔一笔全记着,等他回来。"

马乐笑起来。

有人进来喊马三爷喝酒,马三爷对马乐说："今天我们有客人,改日跟你讲马二麻子,嘿嘿嘿嘿。"

马乐和单建平从吴小弟家出来,回学校去,一路觉得风很大,好像要变天。

回到学校,住宿的人大都来了,都在乒乒乓乓地搭桌子。马乐和单建平正要搭床,潘梅过来,说："你们跟我来。"

走出几步,潘梅说："柳老师家里有事,回去了,你们睡他的床吧。他是一张大床,两人好睡。"

马乐说："这不大好吧。"

潘梅说："不要紧的,经常这样的,这里不讲究。"

进了柳老师的房间,马乐问："谢湖呢?晚上怎么老是不见他?他到岛上来,在哪里住夜?"

潘梅突然脸红了。

马乐意识到,潘梅和谢湖的关系,已经进入到哪一个阶段了。

潘梅走了以后,马乐和单建平闲聊了一会儿,听见山风越刮越大。如果大风不停,就不必担心连家船明天会起航了。

半夜里马乐醒过来,又听见那个若隐若现的喊救命的声音。他很清楚,不是那个声音喊醒了他,是他先醒来才听见那个声音的。马乐在其他任何地方睡觉,一般是一夜到天亮才醒,为什么上了地脉岛,半夜总是要醒呢,很奇怪。

马乐喊醒单建平。

单建平听了半天,什么也没有,嘟哝说"你见鬼"。倒头又睡了。

马乐再听,确实什么也没有。

他又睡了。

第二次醒来,仍是半夜,这一次却确实是被喊醒的,不是远处那个奇特的声音,是潘梅的一声尖叫。

马乐和单建平赶出来,看见潘梅披了衣服站在门口,说:"没有什么,做了一个梦,噩梦,吓了一下。"

第二天早上,他们见到潘梅,同她开玩笑,说潘梅可以给凶杀电影配音。潘梅不好意思地笑了,说梦见一只无头的猫,要咬她。

单建平说:"无头的猫怎么咬人?"

潘梅说:"我也不明白,只是害怕。"

吃过早饭,马乐、单建平在吴小弟的陪同下,到杨湾村沿岸连家船上去。

还未走到,就听见一片嘈杂声,中间夹着女人的哭声。

是连家船上出了什么事。

三个人过去一看,湖滩上围了一大群人,一个女人浑身透湿趴在一块木板上号啕大哭。

吴小弟看见张海根,连忙问他出了什么事。

张海根面色沉重,说:"出大祸事了,昨天夜里碰上大风,人没了。"

吴小弟问:"谁家?"

张海根说:"戴阿宝。"

马乐、单建平、吴小弟都愣住了。

张海根告诉他们,本来戴阿宝应该跟连家船一起过来,前天下晚停在地脉岛。但戴阿宝另外有事,要到陆港拐一下,迟一天到地脉岛。昨天下晚,他们从陆港出发,结果遇上了大风。戴阿宝的女人抱住一块木板,漂了半夜,才到了地脉岛。戴阿宝和船已经无影无踪了。

大家在劝说戴阿宝女人,帮她换了衣服。

说戴阿宝水性好,这点风浪难不住他。

又说说不定到花山去了。

又说戴阿宝会抓住船板的。

马乐问戴阿宝女人大概什么时候出的事?

女人说大概是半夜十二点多,因为她在这之前记得戴阿宝说了一句,快一点了。

正是马乐半夜第一次醒来的时候。

女人又哭起来。

大家又劝。

说幸亏两个小孩和老人在渔村定居,要不然更惨了。

又说女人命大。

最后有人说了一句:要是前天跟船队一起回来,就没有事了。

戴阿宝女人听见了这句话,突然不再哭,却骂了起来。

女人骂:死鬼黑心黑肺,鬼迷了心窍。

女人骂:叫你不要到陆港去你偏要去。

女人骂:你送命送在这上面也是该然。

女人骂:戳死鬼的魂啄了你的脚。

吴小弟问张海根:"有没有派人到花山找一找?"

张海根说:"已经去了。"又问,"你们来有什么事吧?"

吴小弟支吾了一下,看看马乐。马乐这时候也不大好开口。他问张海根,戴阿宝女人说戳死鬼的魂啄了你的脚,是什么意思?

张海根叹了一口气,说:"戴阿宝,能干人,能干过头了。"

不明不白。

马乐问也问得不明不白。

这时候去花山寻找的人回来了。

戴阿宝女人又哭起来。

张海根对吴小弟摇摇头,说:"不可能再有其他去处了,大概没有希望了。"

马乐问:"船也不能打捞了吗?"

张海根说:"这一带很深,有三米多,打捞很困难,得不偿失。"

马乐望着茫茫太湖,心中茫然若失。太阳升起来,不远处花山岛上郁郁葱葱的树木清晰可见。马乐突然想起关于花山岛藏人的传说,关于花山岛有湖底通道的怀疑,他希望这些传说都是真的。

戴阿宝会不会使了一个金蝉脱壳计,他从湖底通道逃跑了?

这是不可能的。

这样的事只有在惊险电影推理小说中才会发生。

戴阿宝确实是失踪了,很可能永远地失踪了,沉入湖底,或者漂于湖面,都很难说。

关于戴阿宝与走私案的关系的调查,似乎也要告一段落了。

种种迹象表明,戴阿宝确实是在做古董生意。

戴阿宝失踪了,这是事实。

但戴阿宝失踪得太蹊跷,也太是时候了。

不管怎么样,马乐还是要作最后一次努力。他抱着被误解、被怨恨,甚至被骂的准备,向戴阿宝女人提了一个问题:"你们在陆港停留一天,有什么事?"

出乎意料,戴阿宝女人既没有骂人也没有表现出愤怒,她看看马乐,说:"我认识你。你上次到我们船上来过。你是公安局的。我知道你们会再来的。我跟他说你还会来的。你们不会放过他的。"

因为围的人太多,吴小弟和张海根连忙把戴阿宝女人劝到张海根船上。

戴阿宝女人继续说:"你们就是想知道,他是不是在弄古董。我告诉你,他就是一门心思钻在那里面了。你们不要以为他发了大财,蚀本生意也做过不少,经常上别人的当,弄了假货回来,跳脚,说出来你们也不会相信的。"

张海根说:"我说过的,这个人,就是自己以为自己能干。"

马乐说:"他弄来这些东西,给什么人?"

戴阿宝女人说:"我不知道什么人。"

戴阿宝倒卖古董是事实,但仍然抓不住他与走私案的联系。

基本上已经到了山穷水尽的地步。

单建平突然问:"你们到陆港,是住在陆福生家里的吧?那个劳改了五年的陆福生。"

戴阿宝女人一愣,说:"没有,我们住在船上的。"

单建平说:"你们在陆福生家吃饭的。"

戴阿宝女人说:"没有,我不认得陆福生。我们在陆阿大家吃饭的,开烟纸店的陆阿大,不相信你去调查。"

这就是柳暗花明又一村。

马乐当即决定:去陆港。

吴小弟说:"我叫吴水龙送你们,他的船快。"

吴小弟又一次表现出积极主动。

一小时以后,他们在陆港派出所的配合下,以查假烟假酒为名,搜查了陆阿大的小店。

搜出文物古董九件,其中二级文物两件。

陆阿大交代了来龙去脉。

如果说陆港码头是一个集散物资的码头,那么陆阿大的小店就是一个集散古董的小店。戴阿宝等人收来货物,集中在陆阿大这里,再由陆阿大通过关系运到福建,从海上偷渡走私出去。

但是陆阿大的交代对马乐来说,却没有实质性的帮助。除了已经失踪很可能已经葬身太湖的戴阿宝这一个确切的名字之外,另外还有几个人,陆阿大不知道他们的姓名和住址,只能描述他们的长相。

也许可以给戴阿宝打上一个句号了。但是在马乐内心,始终不相信戴阿宝已经葬身太湖,这种想法从何而来,马乐自己也不明白。

二〇

地脉岛又爆出一个大冷门。

几支实力雄厚的考古队联合在地脉岛南泊小山以东的草鞋坡进行小规模试掘。

他们发现了动物群遗骸。

地脉岛又一次轰动了。

在这之前,南泊小山禹峰岭下出土的旧石器遗址已基本弄清。遗物分布在长约七十米、宽十四米的范围内,总面积大约有八百多平方米,文化层厚四十二厘米。内涵比较丰富,有用于刮削的刮削器,用于钻孔的尖状器,用于砍伐的砍砸器,石核以及使用石片。根据这些遗物的数量、种类、石器加工的地方、色彩以及分布状况分析，初步认为可能是一处旧石器时代晚古人类的石器加工场地。

这是一个相当了不起的发现。

这一发现有力地冲击了历来关于太湖的成因以及太湖地区人类活动历史的一些定论。

许多年来，关于太湖历史的记载，见著于史书的，认为太湖流域人类活动的历史，最早为距今六七千年的新石器时代，此为一；长江三角洲南部平原成陆较晚，五六千年前太湖还是汪洋大海，此为二。

有关湖泊志和地质学方面的资料都是这样下结论的。比如关于太湖成因，认为最早是在由于海水浸淹而凹陷成大海湾，以后经过漫长岁月，长江和钱塘江带来的泥沙和其他物质冲积，使海湾逐渐变浅，形成河口沙嘴，而南北两条沙嘴成钳状向外伸展环抱，使海湾变成与海湾若断若连的泻湖，随着时间的变迁，泥沙的淤积和其他变化，使后来连成一片的泻湖，与海湾完全隔绝，封淤成一大片蝶形洼地，其主体部分就是太湖。

地质学家研究了太湖中岛屿上的岩石结构和舟山群岛的岩石结构，发现两者结构相同；又从太湖诸岛的灰岩系岩石中发现保留着的珊瑚、贝类等海洋沉积物，以及从一些太湖鱼类至今还保留着海鱼的一些特征，比如太湖银鱼的祖先就被考证是海鱼，等等这些，都为太湖由海洋演变而来提供了佐证。

但是，地脉岛旧石器的出土，却使人们对这些定论发生了怀疑。

这些打制石器的时代，至少在一万年以前，也就是说在一万多年以前，太湖已经有人居住。

这样，对于太湖的历史面貌，就有了新的推测。

很可能当时太湖是一大片疏林草原,而南、北山、地脉岛等则是连在一起的。后因气温转暖,海面上升,海岸线推进,而江南沙嘴的形成,使荆溪改道,与笤溪一起汇聚于太湖原址一带洼地,形成了最初的太湖。曾经在太湖底发现春秋时代的街道遗址,以及古书记载比如"太湖胥口去岸数里皆涸,中露一石桥"这一类的现象,也就有了比较合理的解释。这和太湖地区流传的"沉掉先州城,兴了苏州城"的说法也比较吻合。

然而,这只是推测,要下新的结论,不是一件轻而易举的事。为了寻找更多更有力的证据,考古队联合挖掘草鞋坡。

尽管选定草鞋坡进行开掘,不是随意而定,是根据寻找史前文化遗址遗物的一般规律,即洞穴、向阳、依山傍水、有一定高度等,经过反复选择才确定的,但这次试掘毕竟是一次盲目性较大的行动,所以考古队一开始并不寄予很大期望也是正常的。

结果却使他们大喜过望。

在草鞋坡发现了哺乳动物化石。

当一段段一块块白花花的兽骨从褐红色泥沙中暴露出来的时候,考古队员的惊喜心情是难以描述的,大概不会亚于淘金者发现金矿时的激动。

化石中,有动物的牙齿、牙床、股骨、脊椎骨、上下颌骨以及粪便化石等。接着,考古队以惊人的速度,宣布初步考证结果,揭开了这个动物群的面貌。发现的动物种类共六目二十种,有最后鬣狗、棕熊、黑熊、虎、狼、犀牛、鹿、猕猴、豪猪等,其中考古价值最大的最后鬣狗,是一种在数万年前即已绝迹的凶猛动物。它的化石被发现,以及其他动物化石含氟量的测定表明,距今数万年前,这些动物已活跃于太湖地区。

这就从一个新的角度证明,在一万年甚至数万年以前,太湖不是海洋,而可能是以低山丘陵的森林草原为主,同时也暗示了另一个事实,太湖流域和黄河流域一样,也是我国古文化的发祥地。

又一次轰动了史学界、地质界以及新闻界。

一下子把太湖地区的人类历史向前推了五六千年,并且填补了我国旧石器时代文化遗址和更新哺乳动物分布上的空白,这样的意义是非同小可的。

难怪地脉岛又一次轰动起来。

出入地脉岛的人更多了,大都是一些有身份有地位的人。村里专门设立了一个接待站。吴小弟明白,这些人都是不能得罪的。

可是,潘能却大大地得罪了一些人。

潘能来喊马乐的时候,他那副样子,把马乐吓了一大跳,面色灰暗,头发蓬乱,两眼通红,气急败坏地说了一句"你是公安局",拉了马乐就走。

一些外来的人,擅自在南泊小山和草鞋坡乱寻乱挖,潘能不能容忍这种强盗行径。

他对马乐说:"你是公安局,帮我去教训教训他们。"

马乐想解释一下,潘能却不由分说,一直到禹峰岭下才放开他的手。

果真有一些人在那里转。

潘能突然大叫一声:"你放下!"

马乐看见一个人背对着他们,一只手飞快地塞进口袋,很快又拿出来。

潘能上前,一把拉住他。

一回头,马乐吃了一惊,是钱秋岩。

潘能指指他的口袋,说:"拿出来。"

钱秋岩有点尴尬,说:"我捡的。"

潘能说:"不许捡。"

钱秋岩问:"有规定吗?"

潘能答不出来,没有规定。潘能问他:"你是什么人?哪个单位的?"

马乐在旁边很为钱秋岩难堪,一个到处受人尊敬的著名画家,却在这里受潘能的奚落,被潘能训斥。马乐忙走上去,说:"算了算了。"

潘能眼睛一瞪,说:"什么算了?拿出来!"

马乐对潘能说:"他是画家,很有名的,算了吧。"

潘能大声说:"不管什么人,中央首长也不许动一动。你拿出来!"

钱秋岩见围观的人多了,很难为情,从口袋里摸出一块石头,交给潘能,随后讪讪地走了。

其他人都不服气,跟潘能辩论,尽管潘能一张嘴很厉害,但也是寡不敌众,只有反复地说:"不许捡就是不能捡,有公安局的人在这里,你们试试看。"

弄得马乐哭笑不得。

一会儿潘能又有了一个目标,是一位上了年纪的人,很有风度,一件米色风衣,戴一副高档金丝边眼镜,有六十开外。

潘能指责他,说:"你这把年纪了,怎么也来做这种事情?怎么不懂得羞耻?"

老者生气了,脸涨得通红,说:"你出口伤人,你什么态度?"

潘能说:"我怎么出口伤人?我看你有岁数了,还算客气的,你这样,说得不好听,就是三只手。对三只手,讲什么态度?三只手被抓住了,怎么样?吃生活!"

老者气得说不出话来。

这时候吴小弟走过来,见了老者,谦恭地喊了一声:"赵老。"

被称作赵老的说:"我不是什么赵老,我是小偷,三只手,你们这位说的。"

吴小弟急忙把潘能拉到一边,生气地说:"潘老师,你怎么搞的?他是赵老,你怎么瞎说人家?赵老还答应帮忙贷款呢,你怎么搞的?他是市政协的副主席。"

潘能说:"我不管正主席、副主席,谁敢来抢我们地脉岛的东西,我就不客气。"

吴小弟说:"人家捡几块石头,你为什么要这样作难?岛上石头多的是,捡不光的,人家上地脉岛,就是看得起我们。"

潘能不再理睬吴小弟,转身对马乐说:"马同志,你帮我在这里看住,我到草鞋坡那边看看。"

马乐说:"对不起,我有事情。"

潘能看看他,叹口气,说:"好吧,你没有空,我有空。我在这里守定了,不走了,看他们在我眼皮底下怎么样?马同志,你等会儿要是回学校,跟我女儿说一下,叫她把饭送到这里来。"

吴小弟劝他:"潘老师,你不要这样较真了。你说要保护,不许开山采石,你的目的达到了,是不是?现在不开山了,你还要怎么样呢?"

潘能说:"你说不开山,由你说了算?我看不一定,那些采石队的人这几日满岛乱转,干什么?"

吴小弟说:"就算他们还想采石,那是另外一回事。这里这些人,都是有学问、有本事的。这些石头你不认识,让他们带回去,才能研究嘛。他们要找,让他们找就是了,找到了也是做学问的,又不是卖钱的。"

任别人怎么说,怎么劝,怎么挖苦,怎么咒骂,潘能是守定了。

马乐回到学校,想跟潘梅说一下潘能吃饭的事情,却发现学校里乱糟糟的,几个小学生见他进去,七嘴八舌地说:"潘老师摔倒了。"

"潘老师生病了?"

"潘老师昏倒了。"

马乐进屋一看,潘梅躺在床上,面色苍白,呕吐不止。

有几个学生去喊赤脚医生了。

柳老师说:"潘能到哪里去了,怎么还不回来?"

马乐说:"我去喊他。"

马乐重新回到禹峰岭,只有潘能一个人坐在那里。

潘能见马乐空手来,说:"饭呢,我要饿死了。"

马乐说:"潘梅病了,你回去看一看吧。"

潘能一急,拔腿就跑,跑了几步,又停下来,说:"这里怎么办?我一走,他们又会来的。"

马乐生怕被潘能缠住,赶紧要走,潘能说:"你不要走,我不叫你看守,你等一等,我马上来。"

大约两三分钟,潘能找来一个十二三岁的男孩,要男孩替他看守,答应给三块钱。

他们赶回学校,赤脚医生已经来看过了。

潘能问是什么病,赤脚医生没有回答,只是含含糊糊地说:"没有什么,休息一下就好了。"

潘能松了一口气,说:"哎呀,吓死我了,吃饭吧。"

吃饭的时候,陆陆续续来了几个女人,有的站在门口朝里边张望,有的走进来,在房门口看潘梅。

潘能说:"你们什么事?"

其中一个女人说:"听说小潘老师得喜事了,看看。"

潘能先是不明白什么意思,后来看到女儿脸色遽变,他好像突然明白了什么,忽地站起来,问:"怎么回事?你们说什么?"

几个女人被他一吓,说:"是维中女人说的。"

维中就是赤脚医生。

潘梅眼睛里冒出泪水来。

潘能脸上的肌肉抽搐了一下,推开饭碗跑了出去,过了一会儿,他把冯仲青请来了。

潘梅死活不肯让冯仲青搭脉。

事情也就明白了八九分。

潘能被这个突如其来的打击弄得暴跳如雷,一刻不停地骂,主要是三个内容:一是骂女儿不要脸;二是骂不知名的男人;三是追问这个人的姓名。

潘梅始终一言不发。

恐怕除了潘能,谁都知道那个人是谁。

看守禹峰岭的男孩跑来了,说有人在那里挖,他管不住。

潘能跺跺脚,又骂潘梅"不要脸",转身要走,却被男孩拉住了,向他伸出手来。

潘能说:"什么?"

男孩说:"钱,你说给钱的。"

潘能哼了一声,说:"这种小孩。"

男孩说:"你答应的,你不要赖皮。"

潘能摸出一块钱:"拿去吧。"

男孩不走,说:"是三块,说好给三块钱的。"

潘能气得又哼了一声,又摸口袋,好不容易凑出三块钱,全是零票,男孩才走了。

潘能刚走,潘梅就"哇"的一声哭了起来。

几个不肯离去的女人围住潘梅问长问短,柳老师说:"你们走吧。"

已经离去的冯仲青又退回来,问潘梅:"要不要开几帖药吃?"

潘梅只是哭,一概不答。

后来冯仲青和马乐一起走了出来,冯仲青说:"人生之最大难关,七情六欲也。"

他自己是不是已经割断了七情六欲呢。

马乐说:"能不能反过来说,人生最难得最可贵的也是七情六欲呢?"

冯仲青叹息了一声,过了一会儿,说:"我去过博物馆了。"

冯仲青终究没有能割断七情六欲,所以马乐终于得到了关于古砚去向的最后答案。

万事随缘了,唯有古砚忘不了。这实在是冯仲青的一个确切写照。

冯仲青慢慢地踱回家去,马乐看着他的背影,他不知道现在老人能不能真正达到"万事随缘了"的境界。

单建平到马福康所在的南望村了解情况,到下午才回来。

基本上没有什么收获。

只有一个妇女说她有一次夜里好像听见马福康在湖边跟什么人说话,她很奇怪,当时心里有点害怕,没敢走近去,第二天去问,马福康女人说她见鬼了。

这是一个疑点。

马福康的聋哑，难道真是一个烟幕弹？

如果可以找个借口到马福康家去看一看，会不会有什么收获呢？

恐怕不会。

而且打草惊蛇。

等了几天，终于有了一个机会。马福康送女人到医院看病，马乐、单建平眼看着女人被两个人抬到船上，马福康也上了船，等船开走了，他们就到马福康家去了。

只有马福康的儿子马小明在家。

马小明看见马乐和单建平，说："你又来了，我再也不告诉你了。"

马乐笑着说："不告诉我什么？"

马小明说："用不着你管。"

马乐和单建平打量了一下这间屋子，可以说，一贫如洗，一样值钱的东西也没有。甚至连个藏东西的地方也找不见，唯一可能放些物品的，是一个破旧的木板柜。

马小明见马乐注意这只旧木柜，就跑过去打开柜门，说："你看吧。"

木柜里只有一些旧衣服。

马小明十分机灵，很可能是被马福康或其他什么人关照过了。要想在他眼皮底下发现一点什么，看来是不大可能。如果正式搜查，是要搜查证的。

马乐看马小明在弄邮票，走过去和他攀谈："你集邮吗？"

马小明说:"你有没有邮票送我几张?"

马乐说:"有,下次来带给你。"

马小明专心地从一只信封上剪下一张邮票。马乐发现收信人居然是谢湖,信芯被抽出来放在一边,马乐一边和马小明说话,一边示意单建平看信。单建平拿起信看了一下,马乐眼睛溜过去,也看到了信的内容。

谢湖:

  货已安全抵穗,经人鉴定,三分为一级,双圆为二级,山根为二级,喜甚。不日将出送。

  望继续努力,再联系。

长山
×月×日

这封信外行是看不懂的,单建平朝马乐看看,马乐说:"用的是切口,三分是爵,双圆是古铜镜,山根是玉器。"

马小明看见信在单建平手里,一把夺了过去,说:"不要动!"

单建平说:"这封信是给谢湖的,你怎么可以动人家的信?"

马小明说:"谢湖的东西我都可以动,谢湖的东西都放在我们家里。"

马乐问:"你爸爸跟谢湖很熟,是不是?"

马小明说:"什么叫很熟,是很好。我爸爸跟我和我妈都不肯说一句话,跟谢湖就说话了。"

单建平问:"谢湖是不是常送钱给你们?"

马小明说:"瞎说,没有。"

单建平又问:"谢湖是不是救过你爸爸?"

马小明眼珠子一转,说:"不是,不是救过我爸爸,是救过我妈妈。"

马乐问:"什么时候,在哪里?"

马小明看看他,说:"我不说了。"

马乐和单建平又磨蹭了一会儿,问不出什么,就走了出去。

虽然只进去十来分钟,收获却很大。

看起来不能再停留在原地踏步,要有进一步的行动了。

当场决定,由单建平回局里,申请搜查证。

打草惊蛇也好,引蛇出洞也好,赶蛇入瓮也好,这一步早晚是要走的。

二一

如果顺利,单建平应该在下午跟班船回地脉岛。

马乐到码头去候单建平。

班船下午五点半左右到达,很准时。

在柴油机的吼叫停止的时候,马乐的心情莫名其妙地紧张起来。他盯着船舱口,看着一个一个人从船舱里出来,没有单建平。

马乐很失望,也很焦急。

突然,马乐愣了一下,一个意想不到的人从船舱里钻了出来。

看见这个人,马乐大吃一惊。

爷爷来了。

马乐愣了一下,才想起来奔过去搀扶爷爷。

爷爷见是他,笑笑,说:"是你啊?"

马乐急呼呼地问:"你怎么一个人来了?"

爷爷狡猾地一笑,说:"我是溜出来的,冲破牢笼,溜出来了。"

说完这句话,爷爷就闭了嘴,四处张望,对于马乐一连提出的比如"你为什么要一个人到地脉岛来?""你身体怎么样?""你出来奶奶爸爸妈妈知道不知道?""你坐船难受不难受?"等问题一概不答,他只是大幅度地翕动鼻翼,呼吸家乡的空气。

然后他一一打量码头上的人,一边摇头,说:"不认识了,一个也不认识了,都是陌生脸孔了。"

马乐说:"这一阵岛上人很多、很乱,你怎么就拣这时候来呢?"

爷爷眼睛一瞪,说:"这是我的家,我想什么时候来,就什么时候来,你管得着!"

马乐说:"不是要管你,因为上岛的人多,连个好一点的住处也没有。"

爷爷哈哈一笑,说:"住处?怎么会没我的住处?我就住在他家里。"

马乐想这个"他"肯定就是马顺元马三爷。

爷孙俩正在说话,就听见一个洪亮的嗓音在老远外喊:"哦嘀嘀。"

是马顺元马三爷来了。

一定是同船回来的什么人去报了信。

两个老人终于面对面地站住了,既不握手,也不挥拳,两人相立,虽然都已有些弓腰曲背,但仍是精神抖擞;四目相对,目光已经混浊,却仍然饱含深情。两人半天没有开口,好像两个武林高手在拼内功。

末了,还是马顺元先开了口,说:"你回来做什么?"

爷爷说:"回来找你算账。"

然后马乐陪着二老,一路斗嘴,一直斗到马三爷家。

马三爷家已经来了好些老人。

见了马顺昌马二麻子,老人都围上来,有的喊"老二",有的喊"二爷",有的喊"二麻子"。

马乐发现爷爷这时候记忆好得出奇,居然一一叫出了他们的名字和绰号。

闹了一阵,就开始摆酒摆饭,吴小弟闻讯赶来,又叫人去请冯仲青。

这顿饭一直延续了四个小时,马乐陪了四个小时。他听老人们谈了许多事,谈了马二麻子和马三痦子的许多往事。他们说,归根结底,马二和马三不是冤家不聚头,守在一起天天吵,分开了天天想,碰到了再吵。什么恩恩怨怨,什么情仇爱恨,现在都已经化作烟云,成了历史了。如果说马顺昌和马顺元真的有什么仇恨,确实都是过去的事了。这四个小时的陪同,使马乐更加确信了这一点,奶奶实在是多虑了,或者说她还不了解马三爷,甚至不了解爷爷。

散席的时候,夜已经深了,马乐怕爷爷累,安顿他在马三爷家早点睡觉。

可是第二天一早,马三爷就叫人来喊马乐去。马乐过去一看,爷爷和马三爷一起坐着,马乐猜想他们一夜未眠。爷爷说:"你坐下,我和三爷有话跟你说。"

马乐预感到他们可能要揭开一些什么秘密。

马乐的估计没有错。

先是关于古砚。

古砚是在二十多年前被南山中学冲过来的红卫兵查抄、没收的,和其他在地脉岛成分高的人家没收的金银、古董等一起交给了当时地脉岛的革命派吴小弟保管。吴小弟把这些东西放在村办公室的一个破箱子里,至于有没有上锁,谁也不知道。

一年以后,来了两个外调的人,要查马顺昌的历史。吴小弟告诉他们的是马顺昌的革命经历。

外调的负责人却戳穿了这个谎言,说已经掌握了证据,吴小弟如果胆敢包庇马顺昌,自己也要吃不了兜着走。

吴小弟没有办法了。

这时外调人员却话题一转,关心起地脉岛受红卫兵冲击的情况,吴小弟让他看了那个破箱子。

他看中了冯仲青的那方古砚和一尊明代的玉佛。

于是,做成了一笔交易。

吴小弟用一方古砚和一件玉器保住了马顺昌的秘密。

事后,吴小弟把这件事告诉了冯仲青。

冯仲青伤心之余,觉得事情十分滑稽,这方古砚好像跟马顺昌有缘。

冯仲青哈哈大笑,一笑不可收场。

大家都以为冯仲青疯了,其实冯仲青正是从这时开始醒悟了。

冯仲青从此缄默不语,保住了古砚的秘密,是为了马顺昌,为了马乐的爷爷。但他毕竟是不甘心的,所以会有"万事随缘了,唯有古砚忘不了"的条幅,所以会和马乐谈起天砚堂。

吴小弟怕冯仲青有一天会泄露这个秘密,就在儿子吴中强身上打主意。他让头脑简单的吴中强相信冯仲青精神不很正常,古砚是无稽之谈。通过吴中强的口,又影响了村里叶坤林这样的小青年,造成一种舆论。

这就是古砚以及围绕古砚所出现的一系列疑问的真相。

马乐怎么也不会想到,古砚的失踪居然和爷爷有关。

但是现在,马乐对古砚已经不很感兴趣,他希望听到有关吴长根的事。也许马乐的实用主义过于严重,但这也是情有可原的。第一次办案,拖了这么长的时间,总是东一榔头西一棒槌,虽然挖出了戴阿宝、陆阿大这条线索,但那都是歪打正着,跟吴长根无关,跟本案无关。关于吴长根一案至今没有眉目,马乐不可能不着急,不可能不讲一点实用、讲一点功利,他不可能有爷爷和马三爷那样的心情。

但是,马三爷却始终不提吴长根,讲过古砚,他们就开始叙旧。

民国二十七年夏,一场突袭的大风暴,太湖中许多小渔船遭难。有一个十七八岁的船上姑娘死里逃生,在水里挣扎了两天,漂到了地脉岛。

于是,一个故事开始了。

马顺元看中了这个姑娘。

马顺昌也看中了这个姑娘。

但是,马顺昌是没有道理的。当时马顺昌已经有了妻子,结婚一年。马顺昌的妻子是马顺元的妹妹,马顺昌和马顺元是郎舅亲。

马顺昌没有资格再看中她。

可是,马顺昌偏要看中她。

马顺昌和马顺元开始吵架。

但结果马顺昌和马顺元都没有得到她,姑娘被岛上叶家一个浪荡公子糟蹋,投湖自尽了。

经过同太湖生死搏斗才捡回来的一条生命，又这样轻易地给了太湖，这也许是命中注定。

于是，发生了马顺昌杀人的事情。

于是，官兵来捉拿马顺昌。

于是，马顺昌下太湖做了土匪。

于是，马顺元的妹妹在兄长和父母的逼迫下和马顺昌离了婚。

马顺元的妹妹从此没有再嫁。

这都是很久很久以前的事情了。

一直到老太太六十三岁，病重了。六十三是个关口，老太太卧病在床，只剩一口气，就是不闭眼。后来，才知道老太太有一桩心愿未了，她在临终前一定要再看马顺昌一眼，告诉他不是她要离婚的。

可是，那一年马顺昌的情况还很不妙，才从隔离室出来，吴小弟派人去打探过，没敢惊动他。

老太太后来还是去了，带着遗憾，也许还带着悔恨。

旧事重提，是前几年的事。马顺昌和原配夫人生有一子，是离婚以后生下的，所以一直住在马三爷家。这个儿子先天痴呆，又是瘫痪，但却能吃能睡。这个沉重的包袱，本来是应该马顺昌背的，却转到马顺元头上。

老太太死了以后，痴呆儿子就开始闹病，迷信的说法，老太太不忍心痴呆儿子去拖累娘家人，要带他走。

马三爷还是尽全力给他治病的，送到大医院一查，说是血里的病，要定期定时换血，不换血就要送命，还要用外国进口药，药费很贵，马三爷拿不出这么多钱，就找吴小弟商量。吴小弟也拿不出钱来。

只能眼看着他去死。

这时候吴长根来了。

（终于出现了吴长根,马乐心里一跳。）

吴长根找到吴小弟,说:"我有办法弄钱。"

吴小弟问他有什么办法。

吴长根说:"只要你把村里那个破木箱给我。"

破木箱里的东西大部分退还原主了,还有一些,或者原主已经去世,而小辈不知其情;或者因为退还时没有人认领,仍然放在那只破木箱里。

吴小弟就把那只破木箱交给了吴长根。他记得木箱里还有六件东西。他并不明白吴长根要干什么。

吴长根很快就帮助支付了全部医药费。

几年时间里,吴长根不断捐钱给村里。

第一笔钱,重修了湖神庙。

自从湖神庙修复以后,岛上外出的船再也没有遭过水难。

以后的钱,又修复或新造了几座庙,比如兴复庵、观音庙、吴妃娘娘庙、猛将堂等。从全岛面积推算,地脉岛平均每零点二平方公里即有一座庙,虽不如佛教圣地普陀山,但其密集程度,在国内也是少有的。

吴长根成了许多地脉岛人心里的菩萨。有些老人说,再建庙,就要建一座财神庙了,财神就是吴长根。

接着,村里又用吴长根的钱修了几条路,新建了仓库。

到吴长根出事时,村里账目上还有四万元,是吴长根捐赠的。

吴长根事发,吴小弟怕夜长梦多,急急忙忙把钱拿出来,用来新建小学,重修冯家祠堂。

这就是吴小弟、马三爷以及地脉岛上的一些人保护吴长根的原因。

如果要说牵连,爷爷倒是有点牵连的,这是爷爷自己补充出来的。

吴长根找过爷爷,求爷爷写了一张条子给一个什么人。爷爷已经忘记了是什么人了,只记得是他过去的部下。

事情似乎到此结束了。

其一,吴小弟把六件东西交给吴长根时,他并不知道吴长根要去干什么,不知者不罪。

其二,那六件东西中究竟有没有属于国家保护的定级文物。据吴小弟回忆,好像有三件是一般的玉雕工艺品,另有一只九龙杯,还有两件记不清了,好像都是杯、碗一类的。因为吴小弟不识货,所以现在也根本查不清这六件之中有无价值很高的文物,或者只是一般的古董。

其三,吴长根拿了这六件东西以后,再也没有向地脉岛的人家收过什么,他自己说,兔子不吃窝边草。

其四,地脉岛人对吴长根的保护,至多只能说他们目光短浅。如果跟他们说走私文物,损失的是国家这样的大道理,他们并不一定能够听进去。所以在地脉岛找出吴长根走私案的内线人物是不可能了。

事情确实到此为止了。

太平淡了,惊心动魄的搏斗、你死我活的较量、寡不敌众的劣势、误入陷阱的危险,什么也没有发生。

是爷爷的到来促进了事情真相大白。

为什么一定要等爷爷来了以后才揭开呢?

开始,马乐以为爷爷的事和走私案是没有关系的,现在看来还是有一点关系的。

但是如果爷爷早一点来呢?

如果爷爷早一点来,马乐这段时间的调查根本就用不着了。

换句话说,早知道爷爷来了以后会有这样的结果,马乐就不必这样盘根究底了。

这不等于是说马乐的心血白费了吗?

这很难说。

一切事情都有它的规定性,时间不到,是不能了结的。

本案结束了吗?

似乎结束了。

似乎还没有结束。

真相大白之后,马乐心里不仅没有豁然开朗、如释重负的感觉,相反,他觉得心里很乱。

确切地说,马乐有点沮丧。

但是马乐并不甘心。

他没有离开地脉岛。

还有一个重大目标。

谢湖。

二二

采石队走了。

在地脉岛开山采石已经无望,省政府已经正式公布地脉岛为省级文物保护单位,禁止开采。

考古队也走了。

他们圆满地结束了地脉岛的发掘工作,他们的工作得到了很高的评价。

是不是还有继续开掘的可能,暂时没有。经费的限制、学术界的轩然大波、部分遗物需要进一步的科学考证,都迫使他们冷静一个阶段。

地脉岛应该安静下来了。

但是,地脉岛没有安静下来。

又有人来了。

来的是县城建局和市园林局的队伍。

他们是被新发现的溶洞吸引来的。

溶洞洞口,就是谢湖曾经领马乐去过的那个地方。

发现洞口的是潘能。

潘能发现了洞口,欣喜若狂,又去奔波,希望有人来挖,但得到的回答是,已经挖过了,连几万年前的东西都挖出来了,还要挖什么,不再有人理睬他。

潘能回岛,宁愿自己出钱,三块钱一个人,请岛上人挖。可是,岛上人都不愿意。他们知道潘能拿不出这么多钱来,又不愿意白白地为潘能干。

终于,还是有人来挖了。

这人是谢湖。

谢湖不是一个人挖,他叫来了一支队伍。

主力军是城建局。

有两种可能:一是白费力气,洞里什么也没有,只是一个很小的毫无价值的山洞;另一种可能,是一个大溶洞。

全部都是黑乎乎的淤泥,令人胆战心惊的又稀又烂的淤泥。淤泥到底有多深,淤泥下面是什么,是一片空白,还是宝?

挖掘不久,就出现了石壁。

这给大家很大的鼓舞。

谢湖用水冲干净露出的石壁,他想寻找林公道人的"龙穴"两个字,可是不见。

挖掘继续进行,困难很大,全是淤泥,无立足之地,人要站在大箩筐里,用绳子放下去,再把淤泥一筐一筐地挖上来。洞口不大,只能同时容纳两个人下洞工作,工程进度极慢。

地脉岛的人心都被牵在这个洞里。如果挖掘出一个有价值的大溶洞,那么太湖南山风景区的建设可能会加速实现。那时候地脉岛会变成什么样子呢?

地脉岛将从此不再是一个封闭的远离尘世的不为人知的孤岛。

地脉岛将完全变成另外一个地脉岛。

地脉岛"小蓬莱""银盘青螺""太湖明珠""人间桃源"的美称,地脉岛四面皆水,独峙湖中的美景,地脉岛古文化遗址,地脉岛的许多自然景观,比如峭壁峰、长圻嘴、烟谷以及有关地脉岛的许多传说许多故事,都将被世人所接受、欣赏、赞叹,而不仅仅只停留在古人的诗书之中了。

这对地脉岛来说,当然是一件大好事。

这一切,如果缺少一个如北山林公洞那样的主要景点,就会逊色不少。

但是这一切与我们的主人公马乐并无关系。马乐虽然也在地脉岛上注视着溶洞的开掘,可是他真正关注的却是正在挖洞的谢湖。

单建平回局里,一去不返,马乐估计是他们的申请遇到了阻碍。一般来说,申请搜查是不会有多大阻碍的。单建平却一去不回,马乐心急如焚。

现在的情况,基本上是有物证,而无人证。马福康不仅装聋作哑,而且还是文盲。马福康不大可能成为人证。

再也没有人可以作证了。

人还是有的。

马乐想到引谢湖上岛并且和谢湖关系非常密切的吴中强。

马乐决定向吴中强摊牌。

马乐在学校门口,看见吴中强走过,就把他喊进来,才说了一句要了解谢湖,吴中强就打断他,很不友好地说:"我知道,你们在搞谢湖。我敢说,谢湖不是你们能搞倒的。我敢说,谢湖干过坏事,但他做的好事比坏事多。"

他不懂法。

接着,他又说:"我了解谢湖,谢湖什么事都跟我说。你们要了解什么?我可以告诉你们。"

马乐出其不意地说:"要了解他参与文物走私的事情,你清楚吗?"

吴中强一愣,随后说:"不可能,绝不可能,他和我是无话不谈的。"

马乐说:"可事实证明是有话不说的,除非你知道他有走私行为,否则,就是他有重要的话没有跟你说。"

吴中强张了张嘴。

当马乐把掌握的谢湖的情况告诉吴中强以后,吴中强好像受了很大的震动,半天没有说话。

马乐说:"他利用了你。"

吴中强说:"不对,他让我做的事,都是我自愿的,有许多是我提出来的。"

马乐说:"他让你把我的注意力引到戴阿宝身上;他让你把古砚当作烟幕弹,故弄玄虚,这些都是你自愿的?也许是,但你并不明白他为什么这样做?"

吴中强说:"他这个人,太精明了。"

马乐说:"文物走私是重案,谢湖如果参与了这件事,是逃脱不了的。不管别人怎么包庇、隐匿,都是没有用的,事情总归会弄清楚的。如果他和这件事无关,我们调查一下,也可以帮他摆脱干系,希望你能帮助我们。"

吴中强摇摇头。

这时候外面有人跑来喊吴中强。

吴中强说:"我去那边看看。"他顿了一下,又说,"你们要了解的事,再说吧。"

吴中强也许能提供一点什么,但应该允许他有思想转变过程。

除了吴中强,还有一个人是了解谢湖的,这个人就在眼前,就在学校里。

但是,现在潘梅除了上课,闭门不出,一概不理任何人。马乐去找她,会有什么结果呢?

马乐正在犹豫,潘梅主动来找他了。

潘梅说:"你和吴中强说的话,我都听见了。"

马乐有点意外地看着她,潘梅脸有点红,但不是因为害臊,而是因为激动。

潘梅又说:"那天马飞舟来过以后,他就都跟我说了。我几次想来找你,可是……"

她是要摊底牌了,马乐心里有点紧张,一边希望她快点说,又怕她后悔了不说,所以不敢开口问。

潘梅终于还是说了出来。

事情要从马福康说起。

马福康的家庭是很贫困的,他自己又聋又哑,老婆瘫痪不起。马福康的儿子马小明到了上学的年龄,却不能上学,家里的牲口要他饲养。潘梅到马福康家家访,了解了他家的困难,并且询问了马福康聋哑的症状。潘梅不仅动员马小明去上学,还下决心要医治马福康的后天聋哑症。她跑了好些地方求医,并向冯仲青求教,加上自己的诊断,用针灸、中医结合的办法治疗,经过大概半年的坚持,马福康先恢复了听力,有一天突然开口说话了。潘梅欣喜若狂,但她没有想到,马福康开口第一句话就告诉了她一个秘密。

马福康十四岁那年,确实曾经跟着父亲和大哥到过一个山洞,是因为肚子饿,到处找吃的发现那个洞口的。洞很深很大,下去以后就找不到出路了。马福康和父亲、大哥走散了,也不知在洞里转了多少时候,肚子饿得熬不住,蹲下来摸摸,地上是烂泥,抓一把吃,居然又香又糯,等马福康终于看见了亮光,找到了洞口时,他的神志已经不大清楚。他回去叫了人去救父亲和大哥,却怎么也找不到那个洞口了。从此,大家骂他小骗子,马福康又急又气又伤心,大病一场,从此耳聋口哑。马福康病了几个月才彻底好转,这期间有过一次不大的地震,也影响到地脉岛,那个洞可能是因为这次地震塌方了,所以,马福康病好以后再去找洞,当然找不到了。

但洞是确实存在的,有物证。马福康在洞里摸泥吃的时候,摸到了一些冰凉的物件。因为洞中漆黑,看不见是什么,他带回家才发现是一些古里古怪的器具和雕刻品,稍大的大概有六七件,另外还有一些小件。

马福康告诉潘梅的秘密,就是这几件古物,他至今还保存着。

潘梅当然不相信,但因为马福康好不容易开始说话,虽然结结巴巴,但毕竟讲清了事情的来龙去脉,潘梅高兴还来不及,也不去追究他讲话的可靠性了。

那一天马福康还没有走,谢湖来了,潘梅把马福康讲的事当玩笑讲给谢湖听。

马福康并没有生气,说也奇怪,在地脉岛上,马福康最信任的就是谢湖。

谢湖就跟着马福康回去了,以后的事情潘梅就不太清楚了。

只是到第二天该打针的时候,马福康没有来。潘梅叫人去喊他来,他来了。潘梅问他情况怎么样?马福康却又听不见了。潘梅不相信,以为他开玩笑,可是一天两天三天过去了,马福康又恢复了从前又聋又哑的症状。潘梅一时性急,所以说出了马福康你不要装聋作哑的气话。

其实,潘梅无心说出来的这句话,倒是给她说准了。马福康确实是在装聋作哑。

这是谢湖出的主意。

在马飞舟来找了马乐以后,谢湖说马乐已经在调查他了,看起来是逃不过的。为了让潘梅有个思想准备,他把一切都告诉了潘梅。

谢湖在马福康家里见到了那几件在山洞里捡到的古物之后,非常激动。

谢湖和马福康都需要钱。

谢湖已经欠了不少债,他要投资开发太湖。开发地脉岛的事业,需要大量的钱财。光靠开发公司的一部分盈利,是根本不够的,县里也不可能投资很多,谢湖只有自筹资金。

马乐忍不住插嘴说:"开发太湖不是走私的理由。"

潘梅低下头,沉默了。过了一会儿,才说:"我也是这样想的,那天我也是这么跟他说的。他跟我说了一件事,说有一个地方出土了汉朝的一个大陵墓,挖掘出大片的兵马俑,大约有几千件。可是因为缺少资金,无力保护,致使出土的文物遭到严重破坏,并且通向陵墓的道路也很差,参观的人怨声很大,日本提出一个建议,送一件兵马俑给他们,就帮助建一个展览馆,并修好这条路。这个交易不能成,因为是有损国格的。他问我是不是这样想,我说不出,所以我又反问他。"

马乐问:"他怎么说?"

潘梅说:"他没有回答,只说那一片出土的兵马俑,现在损失越来越大。"

马乐问:"那你到底怎么看?"

潘梅说:"我真的不知道,你说呢?"

马乐也说不出。

马乐问:"马福康知不知道谢湖在干什么?"

潘梅说:"他知道谢湖要拿那几件东西换钱,但他不知道详情。谢湖叫他装聋作哑,他就装聋作哑了。"

马乐问:"他怎么这么信任谢湖?"

潘梅说:"我不大清楚,但我知道有几个原因:一是谢湖曾帮助马福康联系过一家好医院,让马福康女人住院治疗;还有就是在马福康拿出古物之前,只有谢湖一个人相信马福康有关山洞的说法。别人都以为马福康胡说八道,我也是;而且,谢湖下决心要在岛上找到那个洞,这大概也是马福康信任他的原因,其他的我不知道。"

马乐听了潘梅的话,有点发愣,心里好像有点茫然若失的感觉,这种感觉从何而来,他不明白。他自言自语地说:"我不管别的,我们是侦破走私案的。"

潘梅声音颤抖地说:"他不是为自己,他为了搞太湖旅游区,已经欠了不少债。"

马乐摇了摇头。

潘梅掉下两行眼泪来。

谢湖的事情也真相大白了。谢湖确实参与了走私活动,提供货物,但是和吴长根无关。

潘梅走了以后,马乐一个人坐在屋里,一时竟然有点不知所措的感觉。

他点了一支烟,才吸了两口,单建平突然出现在门口,好像从天而降。

单建平没有带来搜查证,公安局局长认为申请搜查理由不足,不能签字。

马乐问:"是不是因为他的背景?"

单建平说:"可能有一点,听说市里有人找局长打过招呼了,但主要是理由不足。"

马乐很生气,说:"证据不足就不足,你怎么拖这么多天才来?"

单建平说:"你不要急,你猜我带来了什么?"

马乐说:"什么?"

单建平拿出来。

马乐大吃一惊。

是一张逮捕证。

东窗事发,在广州海关截获了三件文物;一件鼎,为国家一级文物,一件古铜镜和一件玉龙,为国家二级文物。

谢湖被供出来了。

搜查了谢湖家,抄出现金四万元。

谢湖骗了潘梅?

谢湖以开发什么什么为由,攫取了大量钱财?

或者这四万块钱正是谢湖准备投资开发太湖的?

这些问题,只能由他自己回答了。

事情变化快得出奇。

单建平看马乐发呆,说:"怎么啦,这不是你日盼夜想苦苦追求的吗,你不高兴?"

马乐确实是不高兴。

为什么?

因为这个案子基本上不是他破的。

但他的思路毕竟是对的,他一开始就把谢湖列为重点怀疑对象,说明他是有眼光的。

一个侦查员,查出了罪犯,伸手就可以抓获他了,怎么会不高兴呢?

这是怪事,马乐自己也不明白。

马乐和单建平一起到挖洞的地方去找谢湖,确切地说,是抓谢湖。

谢湖此时,是一无所知,还是已经有所准备？当马乐用锃亮的手铐锁住他的双手时,他会怎样呢？

他会反抗吗？

他会很镇定吗？

他会暴跳如雷吗？

他会淡然以待吗？

走近洞口的时候,马乐把手铐交给了单建平。单建平朝他看看,马乐扭过脸去。

半路上就听见有人说,洞口已经挖大了。到洞口一看,围了很多人,看不见下面。听见有人在说,浅部挖出来了,有一块可以立脚的石头,四周还是淤泥。

吴中强牵了绳子下去,有人说:"下面人已经很多了,恐怕挤不下了,石头很小。"

吴中强一边说"不多我一个人",一边荡了下去。

正在这时,发电机突然熄火,洞里一片漆黑。洞外人听见里面有人叫喊,很惊慌。然后是谢湖大叫了一声:"不要动!"然后就没有声音了,外面人赶紧修发电机。大约过了一刻钟,发电机重新工作了。

外面的人松了一口气,可是洞底下却发出了令人心惊肉跳的叫喊。

大家围过去看,当然什么也看不见。下去了一个人,又过了大约二十分钟,又是几声大叫尖叫,然后吴中强被拉上来了。

吴中强一身烂泥,两眼通红。

吴中强带上来一个消息:谢湖不见了。

谢湖沉到淤泥里去了。

一切发生在停电的那一刻钟。

为什么,为什么偏偏在那一刻钟停电?

是吴中强先掉下去,谢湖拉他上来,自己却滑了下去。吴中强本不应该下去,下面的立足点太小,容不下他,或者说容不下谢湖。

大家拼命地挖,挖了二十分钟,只挖到谢湖的一只鞋子。

可是,谢湖并不是倒栽下去的,怎么挖到鞋子而不见人呢?

吴中强承受不了这样的现实,发了疯似的大叫,被几个人强行拖了上来。

下面的人继续挖。

吴中强换了衣服,又荡下去,他不再叫喊,只是默默地挖泥,一筐又一筐,挖出来的,似乎永远只是淤泥。

谢湖终于被挖出来了。

挖出来的谢湖已经属于另一个世界了。

可以想象,他与死神进行了激烈的搏斗,他终究斗不过死神。

或者是湖神。

地脉岛上从前有一种说法,湖神要的东西,人是不可能夺回来的。所以,地脉岛上从前有不救落水人的风俗习惯。

谢湖也是湖神要去的?

谢湖曾经问过大家湖神要什么?湖神要的就是谢湖自己。

谢湖被放在洞外山坡上,没有人说一句话。

马乐惊呆了。

单建平也惊呆了。

谢湖死了。

谢湖是一个悲剧人物,一开始马乐似乎就有这种预感。马乐没有特异功能,他是怎么会有这种预感的呢?难道他是从谢湖的面相上感觉出来的？现在马乐不得不承认，他莫名其妙地担心谢湖有所不测，是因为他关心谢湖。

谢湖死了，马乐的担心成为事实。

谢湖死了，本案结束了，一切都结束了，本案当然不可能再继续。

不远处传来吵吵闹闹的声音，是潘能、潘梅朝这边跑过来了。

潘能一边跑一边骂："我要和他拼了。"

潘梅拉不住父亲，潘能的力气大得吓人。

潘能终于打听到破坏他女儿贞操的人是谢湖。

其实，他早就应该想到了。

潘能来找谢湖算账。

可惜他迟了一步。

父女俩看见了躺在地上再也不可能爬起来的谢湖。

潘能后退一步，"啊"地叫了一声。

潘梅两眼发直，死愣愣地盯住谢湖的脸，却没一丝声息发出来，身体一动不动，好像冻僵了。

谁也不知道该说什么。城建局负责工程的老梁和小王，神情惶惑，他们参加过本县好些风景区的开发，也挖过山洞，却想不到会出这种事情。

地脉岛！

过了半天，潘能嘀咕了一句："他死了，他闯了祸，他却死了。"

听了这句话，潘梅朝父亲丢去冷冷的一瞥，一言不发，蹲下去抚摸了一下谢湖冰凉的脸，然后站起来，转身就走了。

潘能在后面追了上去。

但是，潘能恐怕永远也追不上她了。

潘梅这一走,就走出了地脉岛,谁也不知道她的去向。

出了人命,开掘溶洞的工程队暂时撤走了。

地脉岛终于沉静下来。

一切恢复了过去的样子。

可是,没过一两天,开山的炮又响了。

炮声从花山传来,采石队到花山去开采了。

花山没有人住,花山也没有潘能。

有人对潘能说:"他们又在采石了,你去呀。"

潘能没有再上花山。潘梅走了,学校要停课,他只得暂时重操教书旧业。然而,即使他不教书,他也不会再上花山了,他不想去了。

马乐也应该走了。

马乐的任务完成了吗?

他的任务似乎还没有完成,他本来是来查和吴长根走私案有牵连的人的,却什么也没有找到。吴长根究竟有没有内线?也许有,但不在地脉岛上。天下之大,苏南农村之大,是没有办法寻找的。所以,也可以说马乐的任务告一段落了。

从另一个角度讲,马乐确实完成了任务,他查出戴阿宝和谢湖这两条走私线索。他的任务完成得很出色,但是,他查出了他们,却没有抓住他们。他也许永远也抓不住他们了。所以,又可以说他的任务完成得并不圆满。

马乐回想整个破案过程,他想起单建平在火车上说的话,他发现有好些事实,都被单建平言中了。比如,单建平说马三爷、吴小弟因为包庇,所以遮遮掩掩、虚虚实实。

比如他说,戴阿宝想摆脱自己,所以说了比较可信的话,他走的是另一条路子。

比如他说,潘能是因为恨,所以夸大其词。

马乐又想到,在几处关键地方,都是单建平点出来的。比如把马乐引向陆家湾的钓鱼湾,比如引出陆港的陆阿大,等等。

单建平没有先知先觉,也不是天才,如果说在这次侦查过程中单建平有什么特点,那就是不认真,至少在开始是不认真的。

马乐却是自始至终竭尽全力的。

马乐觉得有点窝囊。

现在单建平已经走了。马乐因为爷爷的关系,又住了两天。他要劝爷爷回去,爷爷不听他的,爷爷不愿意回去。

马乐不能再留下陪爷爷了。

就在马乐回去的前一天,有两个地质学家上岛来了,住在叶炳南家,和马乐一屋,夜里闲谈,他们告诉马乐一个惊人的奇闻:在考古学家带回去的许多化石中,他们发现了少量的非地球物质。

也就是说,地脉岛上不光有数万年前人类的遗物,还有外星球的遗物。

学术界已经为这些神秘的石块取了名字:"组合胺骨碌岩"。

他们来,就是要寻找更多的外星球遗物。

不可思议。

他们拿出一些实物给马乐看,并且送了一块给他。

马乐看这块石头,表面很光滑,很平整,色彩很奇怪,是一种说不清的混合色,形状呈长方形。

马乐相信了,大千世界,无奇不有。

后来地质学家睡了,马乐却睡不着,他摸摸枕头底下,有一本书,是单建平的那本《古董辨疑》,马乐凑着油灯看了起来。

书一开始以几则笑话来说明古人考证之不可靠。

第一则,说从前有某人生日,某知县特别准备了古砖为寿,并且将古砖名拓装成册页,古雅可爱。此人见了大喜,酬谢知县之仆,并说了感谢知县的话。于是,知县的仆人说,为弄这古砖我也出了不少力。此人不解,询问何因?仆人就把知县如何觅旧本模仿,如何在某处订造,如何上色使之剥落,如何使之生苔,一一告诉了此人,使此人十分羞惭。

第二则,说从前某人之门生在旅途中购买一块烧饼充饥,发现烧饼背面斑驳成文,于是开了一个玩笑,以纸拓了烧饼背面,很像从前的镜鼎铭文,寄给其师,说是在古董肆中有一古鼎,可惜没有钱不能买下来,因不知何时代物件,特将铭文拓下来,寄请师与诸人共相考订。其师收到信以后,立即邀请几个人来商参,结果认为是宣和图谱中某鼎,还特意为此加跋,说某字某字皆与图谱相合,某字因年久铭文剥蚀,某字因拓技不精故有漫漶,实非赝物,门生见之大笑。

读了这两则笑话,马乐笑了起来,但随后却又觉得十分悲哀。

在离开地脉岛的前一夜,马乐就是在这种悲哀的情绪中入睡的。

到半夜,他又听见了那个喊声,但现在他已经习惯了,不再惊讶。他在黑暗中睁开眼睛,发现小桌上有一点光亮,他起身一看,居然是那块组合胺骨碌岩发的光,虽然不太亮,但确实是光。

马乐心里突然涌起一种说不清的感觉,要说天砚,这块长方形、色彩奇异的石头,才是真正的天砚。

可是谁知道呢?

第二天一早,马乐带着这块石头,乘坐地脉岛的班船离开地脉岛。

他在船上看见了吴中强。

他问吴中强到哪里去。

吴中强说到城建局去。城建局将继续开掘溶洞。吴中强已经参加到他们的队伍中去了。

马乐点点头。

船开动了,马乐回头望去,地脉岛很快就消失了。

马乐只看见茫茫一片太湖水。

1990 年 3 月于苏州